A Boy
Called Hope

호프라는
아이

A Boy Called Hope

호프라는 아이

라라 윌리엄슨 장편소설

김안나 옮김

나무옆의자

:: 차례

일러두기
이 책의 모든 주석은 옮긴이주입니다.

1

내 이름은 댄 호프. 나는 머릿속 깊은 곳에 이뤄지기를 바라는 일들의 리스트를 간직하고 있다. 예를 들면, 닌자 그레이스가 북극에 있는 대학교에 가서 1년에 단 한 번, 24시간 동안만 집에 돌아오면 좋겠다. 나는 셜록 홈즈가 가장 위험한 미스터리를 풀도록 도와주고 싶다. 그게 좀비 미스터리라면 한층 더 재미있을 것이다. 나는 달에 착륙하는 최초의 열한 살 소년이 되고 싶다. 달에 도착하면 이렇게 말하고 싶다. "소년에겐 작은 한 걸음, 엄마에겐 거대한 골칫거리."● 나는 내 개가 행성들을 먹어치우고는 그걸 다시 카펫 위에 토하기를 그만했으면 좋겠다. 그리고 마지막으로 나의 가장 큰 소원, 아빠가 나를 사랑하면 좋겠다.

마지막 소원은 가장 이루기 어려운 것으로, 엄마를 설득해서 달까

● "한 인간에겐 작은 한 걸음, 인류에겐 거대한 도약"이라는 닐 암스트롱의 말을 패러디했다.

지 약 384,403킬로미터를 여행하는 것보다도 어려운 일이다. 솔직히 말해서, 나는 아빠 없이도 잘 살아오고 있다. 아빠 없이 사는 게 쉽다는 뜻이 아니라, 내 감정을 안으로 억누르며 살 수 있었다는 말이다. 오늘까지는 그랬다. 그런데 오늘 모든 것이 바뀌고 만다.

내가 소파에 앉아서 땅콩버터 샌드위치를 먹고 있을 때 그 사건이 일어난다. 아빠가 TV 화면에 나타난 것이다. 바로 내 눈앞에서, 바로 여기 우리 거실에서, 몇 년 동안이나 모습을 보이지 않았던 바로 이곳에서. 처음에는 샌드위치가 입천장에 들러붙는다. 바로 그 점이 내가 땅콩버터를 좋아하는 이유다. 땅콩버터는 아주 끈적끈적해서, 왜 그걸 튜브에 담아서 접착제로 팔지 않는지 의아할 정도다. 목이 막히지 않도록 하려면 혀 체조를 해야 한다. 여기까지만 해도 파라다이스가의 평소 월요일 저녁과는 다른 상황이다.

할 수만 있다면 나는 아빠를 꺼버릴 것이다. 버튼을 누르고, 작별 인사를 하고, 아빠를 암흑 속으로 사라지게 하면 된다. 하지만 허락도 받지 않고 아빠를 보이지 않게 만드는 건 무언가 옳지 않다. 마치 내 생각을 읽을 수 있다는 듯, 아빠가 나를 쳐다보고 내 눈길을 끌면서 고개를 끄덕인다. 놀랍다는 말로는 부족하다. 충격이 곧 다른 것으로 바뀌었다는 것, 그러니까 파라다이스가 10번지에서 아빠를 보자 머리가 멍해질 정도로 기쁘다는 걸 인정하는 데는 아무 문제 없다. 여기가 아빠가 있어야 할 곳이니까. 물론 아빠가 TV 프로그램 진행자이고 우리 사이에 전에는 없던 유리 화면이 있다는 작은 문제가 있긴 하다. 하지만 그래도 무척 놀라운 일이라서 나는 미소를 짓는다. 나는 그것이 아빠가 다시 돌아온 소년의 미소라고 확신한다. 실제로는 땅콩버터로 이가 붙어버린 소년의 미소지만.

닌자 그레이스가 어슬렁어슬렁 거실로 들어와서 힐끗 TV 화면을 보더니 놀란 금붕어 입이 된다. "아빠가 우리 TV에 나왔어." 누나가 뻐끔거린다.

누가 우리 열여섯 살짜리 누나에게 메달이라도 주세요.

"이게 무슨 새로운 난장판이람." 닌자 그레이스가 말한다. "아빠들에게는 십계명이 아니라 열한 번째 계명까지 있어야 돼. 네 가족을 버리고 4년 후에 TV에 나오는 화려한 직업을 가진 채 나타나지 말라. 이건 진짜 말도 안 돼."

이게 어떻게 말이 안 될 수 있단 말인가? 나는 혼란스러워서 눈을 깜빡인다. 십계명을 받은 모세도 아빠가 우리 삶으로 돌아온 걸 기뻐할 것이다. 분명 이건 영화 같은 일이다. 그래, 물론 아빠가 돌아오면 이렇게 환영해야지 상상했던 것과 정확히 일치하지는 않는다. 무지개 색깔의 설탕 가루가 바닐라 크림으로 녹아든 컵케이크도 없고, 폭죽으로 쓴 아빠 이름도 없다. 하지만 아빠는 여전히 우리 눈앞에 있고 이제 매일 아빠를 볼 수 있다. 절대 놓칠 수 없는 프로, 바로 그거다. 이것이 우리에게 얼마나 좋은 일인지 깨닫지 못한다면 닌자 그레이스는 정신이 나간 것이다. 이건 엄마가 내게 고성능 베어링이 장착된 이끼색의 스케이트보드를 사 준 이후로 최고의 사건이다.

"그럼 아빠를 본 게 기쁘지 않단 말이야?" 내가 묻는다. 닌자 그레이스의 입속에서 침 한 줄이 팽팽해진다. "대니얼 호프가 우리 아빠가 TV에 나오는 게 좋은 일이라고 생각한다면, 정신병원에 태워 보내게 택시를 한 대 불러주세요." 누나가 말한다. 팽팽하던 줄이 끊어진다.

하지만 닌자 그레이스가 처음부터 닌자 그레이스였던 것은 아니다. 옛날 옛적에는 그냥 정상적인 누나였다. 하지만 누나가 열세 살이 되면서 모든 게 변했다. 바로 그때 누나가 '언어 닌자'로 변했다. 언어 닌자란 말을 무기로 사용하는 사람을 말한다. 당신이 무슨 말을 하든 언어 닌자는 모욕의 화살로 반격할 것이다. 당신이 똑똑하다고 생각하는가? 다시 생각해보시라. 왜냐하면 언어 닌자가 매서운 말로 당신에게 바로 상처를 입힐 테니까. 누나는 틴에이저가 되면서 정확히 그렇게 변했고, 바로 그렇기 때문에 닌자 그레이스가 지금 나에게 비명을 질러대고 있는 것이다.

"우리 가족에게 저 남자는 죽은 사람이야."

언어 닌자가 내 등에 단검을 날린다!

"그리고 너도 그걸 받아들이는 편이 좋을 거야, 너한테 뭐가 좋은지 안다면 말이야."

닌자 그레이스가 입으로 독침을 쏘고 있다.

하지만 닌자가 무슨 말을 하든 이번에는 이것이 멋진 일이라고 생각하는 걸 막지 못할 것이다. 아빠가 명성을 얻으면 그의 아이들도 유명해질 것이다. 학교에서는 아이들이 나한테 사인해달라고 애원할 것이다. 오늘부터 나는 '정문의 성모 마리아' 학교의 스타가 되는 것이다. 벌써 눈에 선하다. 나는 내 웹사이트를 가지게 되고 엄청나게 유명해질 것이다. 어쩌면 내 신문을 가지게 될지도 모른다. 신문 이름은 『더 선(The Son)』*이라고 해야겠다. 남학생들은 나에게 축구팀 주

---

* 영국의 유명 신문 『더 선(The Sun)』을 패러디했다.

장을 맡아달라고 부탁할 테고, 여학생들은 공책에 "댄 호프의 부인이 되고 싶어"라고 쓰겠지. 게다가 학교 식당 아주머니들은 내 접시에 카레를 얹은 감자튀김을 더 많이 담아주겠지. 내가 너무 많아서 다 먹지 못할 거라고 말하면 아주머니들은 "먹을 수 있어"라고 하겠지. 왜냐하면 그들은 유명한 우리 아빠를 TV에서 보는 걸 아주 좋아하니까.(바로 이게 엄마가 말하는 '환심을 산다(curry favour)'는 것인가 보다.)

솔직히 말하자면, 아빠는 늘 텔레비전에 출연하고 싶어 했기 때문에 이게 그다지 놀랄 일은 아닌 것 같다. 인터뷰하는 것, 대중을 상대하는 것, 말하는 것―아빠는 사람들을 상대하는 일을 잘했다. 하지만 알아두시라. 우리는 아빠가 지방 신문 기자 일을 그만두리라고는 결코 생각지 않았다. 우리가 얼마나 잘못 알고 있나. 직업과 아이들을 버리고 4년을 빨리 돌려보니―짜잔!―여기 TV 스타가 나타난 것이다.

바로 이 부분, '아이들을 버렸다'는 점이 가장 상처를 준다. 아빠가 집을 떠날 때 나는 겨우 일곱 살이었다. 그날은 평소와 다름없이 시작되었지만, 끝날 때 나와 누나는 계단 꼭대기에 앉아 있었다. 누나는 열두 살이었고, 그 당시에는 정상적이었다. 부엌에서 서랍을 쾅쾅 여닫는 소리가 들렸고, 나는 엄마가 화가 난 거라고 생각했던 게 기억난다. 엄마가 요리 때문에 그토록 화가 났다면 엄마가 만든 저녁은 먹고 싶지 않았다. 그건 코티지파이●일 게 분명했다. 코티지파이를 먹으면 나도 늘 화가 났는데, 다진 고기에 고무 같은 조각들이 잔뜩 있어서

● 다진 고기, 양파, 감자로 만든 파이.

잘 씹히지 않았기 때문이다. 누나가 고무 같은 조각의 명칭은 연골이라고 정정해주었다. 부엌에서 쿵쿵 울리는 소리가 나더니 누군가 풀피리를 부는 듯한 소리가 들렸다. 누나는 나를 보면서 이건 코티지파이나 연골 때문은 아닐 거라고 말했다. 아빠는 엄마를 진정시키려고 노력했지만, 실제로는 화를 더 돋우고 있었다. 엄마는 몇 번이고 되풀이해서 '또 다른 여자' 때문에 속이 완전히 뒤집어졌다고 말했다.

누나가 "내 귀에는 완전히 외국어야"라고 말했기 때문에 나는 마침내 엄마 아빠가 외국어로 얘기하고 있다고 생각했다. 게다가 나는 엉덩이가 얼얼해져서 당장 움직이지 않으면 앞으로는 똑바로 일어서지도 못하고 개코원숭이처럼 걷게 되리라는 생각이 들 정도였다. 하지만 누나는 내게 자리를 뜨면 안 된다고 했다. 아빠는 완전히 새로운 인생을 시작하는 것에 대해 이야기하고 있고, 엄마는 놀아나는 것에 대해 소리 지르고 있으니, 점점 흥미로워진다는 것이었다.* 그렇다면 우리 모두에게 재미있는 일이 될 테니 정말 좋은 소식이라고 누나가 말했다. 아마도 우리 가족은 휴가 여행을 떠나게 될 모양이었다. 다만 아빠가 혼자 있겠다며 소리를 질러댔기에 나는 내가 원하는 재미있는 휴가 여행 얘기인지 아닌지 확신할 수 없었다. 아빠는 단 한 번도 야영장이나 솜사탕 얘기를 하지 않았다. 우리 얘기도 꺼내지 않았다.

그다음에 아빠가 한 말은 들리지 않았다. 아빠의 목소리가 낮았고 조리대 위에 커다란 햄을 떨어뜨리는 것 같은 쿵 소리까지 들렸기 때

• 새로운 인생이 모험 여행을 떠나는 것이고, 놀아나는 것이 노는 것이라고 오해하고 있다.

문이다. 엄마는 울고 있었는데, 웅웅대는 울음소리는 엄마가 경비행기를 한 손으로 조종하기라도 하듯 오르락내리락했다. 엄마는 아빠의 과외 활동에 신물이 난다고 소리 질렀고, 아빠는 더 이상 참을 수 없다고, 엄마의 히스트리오닉스*에 질렸다고 말했다.(그게 뭐냐고 묻자 누나는 학교에서 공부하는 과목이라고 속삭였다.)

그 순간 부엌문이 활짝 열렸고, 누나는 뱀처럼 기어서 자기 방으로 돌아갔기 때문에 아빠 눈에 띄지 않았다. 하지만 나는 그 자리에 있었다. 나는 움직일 수 없었다. 아빠는 현관문을 열고 나가서 쾅 닫았다. 그 충격에 벽지에 그려진 수선화들이 떨렸다.

나는 모든 일이 끝난 것에 기뻐하면서 내 방으로 돌아갔다. 나는 절대로 코티지파이를 먹지도 않고, 외국어로 말하지도 않고, 히스트리오닉스를 공부하거나 개코원숭이처럼 걷지 않겠다고 맹세했다.(그런데 개코원숭이처럼 걷기는 할 것 같다. 약간 재미있을 테니까.) 하지만 그날 저녁 이후, 모든 것이 조금 묘하게 바뀌었다.

우리는 더 이상 동네 튀김 가게인 '프라잉 스쿼드'**에서 튀김을 사지 못하게 되었다. 모든 상황을 검토했다는 누나에 의하면, 아빠가 튀김 가게에서 일하던 여자와 함께 도망갔다는 것이었다. 그 여자의 이름은 버스티 뱁스였는데, 감자튀김으로 남자를 꼬여내는 게 그녀의 계략이었다고 누나가 설명했다. 누나는 아빠가 '자기 몫의 칩을 먹어 버렸기' 때문에 그걸로 끝장이라고 말했다.*** 나는 나도 그 가게에서 내 몫의 칩****을 먹었다고 따졌다. 누나는 내가 먹은 칩은 아빠의

---

* 연극처럼 과장된 행동. ** 영국의 특수기동수사대 '플라잉 스쿼드'를 패러디한 이름. *** '자기 몫의 칩을 먹어버렸다'는 표현은 운이 다했다는 뜻. **** 감자튀김.

침과 다른 것이며, 아빠는 돌아오지 않을 거라고 했다. 사실, 아빠는 영원히 가버린 것이었다. 나는 어깨를 으쓱했다. 왜냐하면 일곱 살 때 나는 '영원히'가 일주일이나 한 달 동안이라고 생각했기 때문이다.

나는 얼마나 잘못 알았던 것인가.

영원히는 '영원히'라는 의미였다.

겉에서 보면 나는 여느 열한 살짜리 소년과 다름없다. 하지만 안을 보면 나는 멋진 생각들로 가득 차 있다. 내가 다니는 '정문의 성모 마리아' 학교에서는 나의 이 놀라운 능력을 알아차리지 못하고 있으니 정말 딱한 일이다. 한편으로는 나 스스로 이 사실을 잘 숨기고 있는 셈인데, 그래야만 파핏 선생님이 수학으로 모두를 지겹게 하는 동안에도 멋진 생각들을 계속할 수 있기 때문이다. 텔레비전에서 아빠를 본 다음 날인 오늘도, 파핏 선생님이 '혼합 계산 순서'라는 주제에 대해 인간이 할 수 있는 가장 장황한 설명으로 기네스 세계기록에 도전하려 하는 동안, 나는 기발한 계획을 완성하고 있다. 아빠를 TV에서 본 것은 굉장한 일이었지만 나는 그것으로 만족할 수 없다. 파핏 선생님이 괄호, 순서, 나눗셈, 곱셈, 덧셈, 뺄셈에 대해 웅얼웅얼 설명하는 동안 나는 아빠와 이야기하기를 내가 얼마나 바라는지, 그리고 그 일을 어떻게 실현시킬지 생각한다.

"얘." 조 비스터가 속삭인다. "성인의 유물을 하나 더 수집했어. 지금까지 모은 것 중에서 제일 좋은 거야. 직접 보기 전에는 믿을 수 없을걸."

나는 어깨를 으쓱한다. "성인들과는 보지 않고도 믿기로 한 거 아니었어?"

조는 내가 스스로 똑똑한 줄 안다고 중얼거린다. 엄밀히 따지면, 그건 맞는 말이다. "이 천 조각은 말이야." 조가 파핏 선생님의 눈치를 살피면서 말한다. "'놀라운 크리스티나 성녀'의 조각상 발에 입을 맞춘 사람의 발을 만진 사람의 발에 닿았던 거야."

하느님하고 직통 전화로 연결된다고 생각하는 사람에게는 대꾸해 봐야 소용없다. 노력이야 해볼 수 있지만 실패할 것이다. 그런 사람들 과는 그냥 잘 지내면서 나도 그들만큼 이상한 척하고 있으면 된다. 나에게는 이 방법이 지난 몇 년 동안 효과적이었다. 조 비스터와 나는 입학했을 때부터 친구로 지내고 있다. 그 당시 조는 콧물로 벽에 핑거페인팅을 하는 게 취미였고, 나는 그 애의 땋은 머리채를 움켜잡고 그 애가 서커스 조랑말이라도 되는 것처럼 "이랴!"라고 소리치곤 했다. 나는 조가 이런 종교적인 얘기를 하는 대신에 예전처럼 코딱지를 파고 있으면 좋겠다는 생각을 하곤 한다. 그 애는 이러한 유물들이 더 나은 사람이 되도록 도와준다고 한다. 실제로 그 애는 이를 닦을 때도 성스러운 물을 사용하는데, 그렇게 하면 친절한 말만 하게 된다는 것이다.

하지만 그건 완전히 헛소리다. 어제 조가 내 얼굴에 난 뾰루지가 베수비오 화산 같다는 말을 했다. 성스러운 물로 양치했다면 그런 말을 하면 안 된다. 이 말도 덧붙여야겠다. 우리가 다섯 살 때 내가 조의 머리를 계속 잡아당겼음에도 불구하고 조의 머리는 여전히 신기할 정도로 길다. 조는 절대로 머리를 자르지 않겠다고 한다. 왜냐하면 머리카락에는 엄청난 위력이 있기 때문이라는데, 그 점에 대해서는 삼손에게 물어보란다.(우리 이웃집에도 이름이 샘슨*인 개가 있지만, 조가 그 개 얘기를 하는 것 같지는 않다. 왜냐하면 이웃집 샘슨의 엄청난 위력은 요란하게 짖어대는 것뿐이기 때문이다.)

나의 두 번째 학교 친구는 크리스토퍼다. 우리 동네에 새로 이사 온 애로 9월 학기가 시작할 때 전학 왔다. 처음 온 날, 파핏 선생님이 어디에서 왔느냐고 물어보자 크리스토퍼는 웃더니 에메랄드 섬**이라고 대답했다. 선생님은 마치 눈 뒤에서 성냥불을 켠 것처럼 눈이 커지더니 교탁 위에 지구본을 갖다 놓고 에메랄드 섬은 유럽에서 세 번째로 큰 섬으로, 인구는 약 630만 명이라고 설명했다. 선생님이 크리스토퍼에게 앞으로 나와 지구본에서 에메랄드 섬을 짚어보라고 했다. 크리스토퍼는 에메랄드 섬이 지구본에는 나와 있지 않을 것 같다고 말했다. 왜냐하면 그건 학교에서 걸어서 10분 거리에 있는 아일랜드 주택단지의 별명이기 때문이라는 것이었다.

쉬는 시간이 되자 나는 크리스토퍼에게 가서 악수를 하면서 파핏 선생님의 얼굴색을 딱지를 뜯어낸 피부색처럼 변하게 만들 수 있는 사람이라면 누구나 환영한다고 말했다. 크리스토퍼는 마치 내가 머리 두 개 달린 외계인이라도 되는 것처럼 쳐다보고는 다른 데로 가버렸다. 우리의 우정은 그렇게 시작되었다. 며칠 후 조가 야광 플라스틱으로 만든 노크의 성모 마리아 조각상에 대해 얘기하고 있을 때 크리스토퍼가 다가오더니 자기는 기타 치는 것을 좋아한다고 말했다. 또한 태권도 초록띠이며 햄스터도 한 마리 키운다고 했다. 조가 햄스터 이름이 뭐냐고 묻자 크리스토퍼가 "부!"***라고 소리쳤다. 그러자 조

● 삼손(Samson)을 영어식으로 읽으면 '샘슨'이다. ●● 아일랜드의 별칭. ●●● 야유를 보내거나 놀라게 할 때 내는 소리.

는 뭐라고 성스러운 말을 한마디 하더니 거의 뒤로 넘어질 뻔했다. 알고 보니 부는 진짜 햄스터의 이름이었다. 조는 햄스터가 아무리 바보 같은 이름을 가지고 있다고 해도 아시시의 프란체스코 성인이라면 햄스터를 사랑했을 거라고 말했다. 나는 부라는 이름이 '놀라운 크리스티나 성녀'보다 훨씬 더 놀라운 이름이니 너는 입 다물라고 조에게 말했다. 크리스토퍼는 조의 성인들에 대해 더 알고 싶다면서 알파벳 순으로 성인들의 이름을 하나씩 말해달라고 했다.

조가 잠시 생각하더니 대답했다. "지금 성스러운 걸로 날 놀리는 거야?"

* * *

다음 날, 아빠는 돌아온 아빠 탕자처럼 TV에 돌아와 있다. "안녕, 아빠." 내가 선언하듯 말한다. "나는 아빠한테 연락할 거예요." 하지만 아빠는 내 말을 들을 수 없는 것처럼 행동한다. 그래서 내가 아빠인 척 나에게 말한다.

"그래?" 아빠가 말한다. 나는 되도록 낮은 목소리를 낸다.

"그럼요." 내가 대답한다. "나한테 기발한 생각이 있어요. 아빠가 알면 감탄할 거예요. 그러니까······."—내가 TV 화면에 가까이 기대자 아빠 얼굴에 내 입김이 서린다—"아빠는 나에 대해 처음부터 다시 알고 싶어 할 거예요."

아빠가 안경을 고쳐 쓰고 책상에 놓인 서류를 뒤적인다. "흥미롭구나, 댄. 그 일이 언제 일어날 거니?"

나는 다시 목소리를 바꾼다. "너무 보채지 마세요. 엄마가 그러는데 좋은 일은 기다리는 사람에게 찾아온대요." 그러고는 말을 잇는다. "하지만 오래 걸리진 않을 거예요." 나는 거실 탁자 위에 놓인 장난감 해적을 집어 든다. "아빠가 알기도 전에 우리는 함께 모험을 떠날 거예요."

거실 문이 열리고 닌자 그레이스가 나타난다. "너 혼잣말하고 있는 거야?" 누나가 툴툴거리는 동안 나는 해적을 집어서 잡지 위에 올려놓는다.

"해적이 섬으로 가고 있어……. 음…… 글래머* 섬으로. '이름 모르는 화려한 유명인'이라는 훌륭한 배를 타고." 내가 말한다.

"넌 곧 '정신과 의사'라는 훌륭한 배를 타고 여행을 떠날 것 같은데." 닌자 그레이스가 쏘아붙인다. 고개를 돌려 TV 화면을 보더니 누나의 입이 진공청소기가 되어 방 안의 모든 공기를 빨아들인다. "또 아빠를 보고 있단 말이야? 자학 그만해. 게다가 혹시라도 사람들에게 아빠가 유명인이라는 말을 할 생각이라면, 귀찮게 그럴 필요 없어. 사람들이 우리가 하도 재미가 없어서 아빠가 우릴 버리고 더 좋은 인생을 찾아갔다고 생각하기를 바라는 건 아니겠지?"

나는 어깨를 으쓱한다. "하지만 그게 사실이잖아."

"아, 그래. 하지만 우리가 그 사실을 광고할 필요는 없어. 넌 재미없다는 딱지가 붙어도 상관없겠지만 난 안 그래. 아빠가 텔레비전에 나온다는 얘기를 엄마한테 했더니, 그건 우리끼리만 알고 그냥 평소처

---

* 그레이스가 읽는 여성지.

럼 살면 된다고 했어. 우리는 아빠가 가진 부와 명성이 필요한 것도 아니고, 그렇게 큰 집에서 살 필요도 없어."

나는 그런 생각은 못 했다. 아빠의 집은 엄청 클 것이다, 버킹엄 궁전×3에, 수백 개의 창문이 있고 유니언잭*이 바람에 펄럭이고 있겠지. 깃발에는 아빠의 이니셜 MM이 쓰여 있을 거야. 여왕의 깃발에 ER이라고 쓰여 있는 것처럼. 집은 전자식 대문이 설치된 거대한 벽으로 둘러싸여 있을 테고, 포효하는 사자 두 마리가 현관문을 지키고 있고, 잔디는 후진 미용실에서 머리를 자른 것처럼 짧게 깎여 있겠지. 말콤 메이너드 저택 안에는 내 방이 있을 테고, 그 방은 축구장만큼 넓겠지. 내 방은 자주색으로 칠해도 된다고 하겠지, 그게 왕실의 색이니까. 아빠는 아마도 멋진 개를 한 마리 키워 침입자들에게 경고하도록 하겠지. 어쩌면 샘슨 같을지도 몰라. 넌쿠 부인이 키우는 오줌 싸는 개. 샘슨은 시추와 푸들의 잡종 같은 모습이다. 그래서 나는 그 개를 시츠푸(shihtz-poo)라고 부른다. 시츠푸라는 이름을 생각해보니, 아빠가 그런 개를 원할 것 같지 않다.**

"네 머릿속에서 아빠를 쫓아내." 누나가 눈을 흘기며 말한다.

나는 다시 해적을 집어 든다. "나는 어떤 계획도 없어." 나는 해적을 거실 탁자 가장자리로 옮기면서 말한다. "만약 뭔가를 찾아볼 생각이 있었다 해도 그 생각들을 짓눌러버렸어. 애꾸눈 뚱보 해적의 발밑에 깔려 뭉개진 금화처럼 말이야. 그때 앵무새가 해적의 귀에 대고 '스페인 은화다!'라고 지저귀겠지. 아니, 나는 원하는 보물을 찾느니 차라

* 영국 국기. ** 'shihtz'와 'poo'에는 배설물이라는 뉘앙스가 있다.

리 널빤지 위를 걸어가 바다에 빠지는 벌을 받겠어."

"넌 괴짜야." 난자 그레이스가 대꾸하면서 내 손에서 해적을 잡아 뺏어 바닥에 던진다.

"에잇, 저런······. 누나가 해적을 '소용돌이치는 카펫의 바다'에 빠 뜨렸어."

그날 저녁, 침대에 누워 기타를 치는데 아빠 생각이 머릿속을 이리 저리 헤집고 다닌다. 나는 지금껏 아빠를 그리워했다. 나는 손가락으 로 기타 줄을 잡으며 살면서 아빠가 얼마나 필요한지 생각한다. 그것 은 마치, 오래전에 내가 내 영혼 안에 아빠의 작은 씨앗을 뿌린 것과 같다. 거기에 물을 주고 잘 보살펴왔는데, 어느 날 갑자기, 내가 미처 깨닫기도 전에 그 씨앗은 잎이 무성한 나무로 변해 있었다. 나는 나지 막이 노래를 흥얼거린다. 내가 아빠에게 연락할 계획을 세우고 있다 는 걸 알면 엄마는 뒤집어질 것이다. 왜냐하면 엄마는 6월에 만난 새 로운 남자친구와 사랑에 빠져 있기 때문이다. 빅 데이브라는 아저씨 다. 그는 '퀵 카스'라는 가게를 운영하고 있는데, 보아하니 두 사람은 우리의 낡은 차 샤라드*의 보닛을 사이에 두고 눈이 마주친 모양이 다. 샤라드는 사라졌지만 엄마와 빅 데이브 아저씨는 6개월째 사귀고 있다. 음악이 내 방의 어두운 구석에서 물구덩이처럼 출렁이고 나는 손가락이 아파서 그만둬야 할 때까지 연주한다.

"아빠." 내가 어둠 속에서 속삭인다.

"그래, 댄." 내가 가장 굵은 목소리로 대답한다.

---

* 일본 다이하쓰사에서 만드는 소형차.

"지금도 아빠 인생에 내가 있기를 바라는 거죠? 내 말은, 나에게 두 번이나 상처를 주지는 않을 거죠?"

아빠는 대답이 없다.

2

보낸 사람: 댄 호프 〈dansherlockhope@deemail.com〉

보낸 날짜: 11월 22일 07:54

받는 사람: 말콤 메이너드 〈malcolmjmaynard@silvertv.com〉

제목: 안녕하세요

안녕, 아빠.

아빠를 처음 텔레비전에서 봤을 때, 나는 찰스 스캘리본즈(아빠가 떠
났을 때 엄마가 사 준 개 이름이에요)가 내 운동화에 토해놓은 걸 모른
채 신발을 신었을 때보다 더 놀랐어요. 나는 이렇게 생각했어요, 우리
아빠가 나왔다! 아빠는 유명 인사다! '유명 인사'를 대문자로 쓴 걸 보
면 내가 얼마나 흥분했는지 아시겠죠.

아빠가 내 이메일에 답장을 보낸다면 어떤 기분일까 상상해보려 했
지만 상상이 안 돼요. 그러니까 아빠가 답장을 보낸다면 그때는 상상

하지 않아도 알게 되겠죠.

그나저나 그레이스 누나는 여전히 살아 있어요. 스탠이라는 이름의 새 남자친구를 사귀고 있어요. 누나 얘기는 이걸로 충분해요.

다시 내 얘기를 할게요. 나는 이제 열한 살이고, 기타를 칠 줄 알고, 스케이트보드와 셜록 홈즈 미스터리 전문가예요. 아빠가 책꽂이에 책 두 권을 두고 간 거 기억 못 하죠? 한 권은 치핵의 원인을 규명하는 것에 대한 책이었고, 다른 한 권은 셜록 홈즈가 미스터리들을 어떻게 풀어냈는지에 대한 책이었어요. 제가 어떻게 했게요? 처음에는 치핵에 대한 책을 읽어보려고 했는데 이상한 그림이 너무 많았어요. 그래서 대신에 셜록 홈즈 책을 읽었어요. 두 번이나.

또 내 방도 아빠가 마지막으로 봤을 때 이후로 새로 단장했어요. 내 침대는 은하계에 던져진 것처럼 보여요. 수많은 야광 별들이 천장에 붙어 있는 걸 상상하면 돼요. 그리고 행성 모빌도 하나 있는데, 그건 엄마의 친구인 빅 데이브 아저씨가 사 준 거예요. 누나는 행성 모빌을 보고도 전혀 감탄하지 않아요. 천왕성을 올려다보고 싶은 사람은 아무도 없을 거래요. 게다가 엄마는 내가 방바닥을 어질러놓았다고 불평하면서 내 방은 블랙홀이라는 거예요. 블랙홀이 뭔지 찾아봤는데, 그건 아무것도 벗어날 수 없는, 빛조차도 벗어날 수 없는 우주의 영역이에요. 블랙홀은 여러 가지로 분류할 수 있어요. 초대질량 블랙홀은 수십만에서 10억 M_{Sun}(태양질량), 중간질량 블랙홀은 수천 M_{Sun}, 항성 블랙홀은 수십 M_{Sun}, 그리고 마이크로 블랙홀은 몇 M_{Moon}(달질량)이에요. 엄마한테 이 이야기를 했더니 엄마가 내 방은 초대질량 블랙홀이래요.

지금까지 나에게 '초대질량'이라고 한 사람은 아무도 없었어요. 앞으로 나는 이 말에 익숙해질 거예요.

여기까지가 내 소식이에요. 아빠도 이메일로 요즘 어떤 일들로 바쁜지 얘기해주세요.

우리가 펜팔이 된다면 근사할 거예요. 우리가 곧 만날 수도 있을까요? 아빠가 파라다이스가 10번지로 오지 않아도 돼요. 내가 아빠 있는 곳으로 가면 되니까요. 그 편이 초대질량 블랙홀에서 만나는 것보다 훨씬 나을 거예요.

되도록 빨리 답장 보내주세요. 아빠 이메일 주소는 TV 웹사이트에서 찾아냈어요. 나 똑똑하죠? 엄마는 내가 엄마를 닮았대요. 물론 진짜로 그런지 난 잘 모르겠지만요.

사랑하는 댄으로부터 :)

파라다이스가를 따라서 학교로 걸어가는 동안 나는 무언가 달라진 기분이 든다. 어쩌면 어딘가 다르게 보일지도 모른다. 마치 안개 같은 황금색 외형 물질로 둘러싸인 것 같다. "댄 호프는 우주에서 가장 행복한 소년이다. 왜냐하면 아빠와 연락을 했으니까"라고 말하는 외형 물질. 나는 넌쿠 부인에게 손을 흔들면서 "안녕하세요!"라고 소리친다. 아주머니가 샘슨을 앞마당으로 몰고 가는데, 개가 한쪽 다리를 들더니 아주머니의 슬리퍼에 쉬를 한다. 아주머니도 나를 보고 손을 흔드는데 약간 놀란 표정이다. 아주머니가 놀란 것은 내 주위에서 마법 광채를 봤기 때문이라고 생각하고 싶지만, 사실 아주머니의 발에서 김이 나기 때문일 것이다.

애거팬서스로로 접어들면서 나는 미소도 짓는다. 나는 머릿속으로 아빠가 이메일을 열고 있다고 상상한다. 오랫동안 잃어버렸던 아들이 연락해 온 것을 깨닫자 아빠는 놀라움에 입을 동그랗게 벌린다. 아빠는 어쩌면 행복한 나머지 작은 눈물방울을 닦고 있을지도 모른다. 아니, 아니, 그건 지나치다. 하지만 아빠는 즉시 나에게 답장을 쓴다. 그 편지에는 아빠가 떠나버린 것과 내 삶의 일부가 되지 못한 것이 미안하다는 내용이 담겨 있겠지. 학교 끝나고 집에 가면 이메일이 나를 기다리고 있겠지.

이메일은 없다.

나를 둘러쌌던 외형 물질은 약간 색이 바랬겠지만, 나는 너무 슬퍼하지 않으려고 한다. 어쨌든 아빠는 바쁜 사람이고 지금 TV에 나오고 있으니까. 아마도 아빠는 팬들에게 사인도 해주고 마을 축제에도 참석하는 등 모든 행사에 모습을 나타내고 있을 것이다. 엄마 말로는, 그게 요즘 유명인들이 하는 일이란다. 분명히 오늘 늦은 저녁이나 내일 아침 학교 가기 전에는 아빠로부터 답장을 받을 수 있을 것이다.

답장은 없다.

* * *

다음 날 학교에 갈 때, 나를 둘러쌌던 황금색 외형 물질은 칙칙한 검은 구름으로 바뀌어 있다. 넌쿠 부인이 우유를 들여가면서 "안녕!"이라고 소리치지만, 나는 마치 입안 가득 스크램블드에그를 물고 있는 것처럼 우물우물 대답한다. 애거팬서스로 꺾어들 때도 내 눈은 바닥만 보고 있다. 나의 정교한 계획은 계획대로 되지 않은 것 같다. 아빠는 왜 아직도 답장을 하지 않는 걸까? 이 질문이 머릿속에서 회전목마처럼 빙빙 돌고 있다.

어젯밤, 엄마가 알라딘 슈퍼마켓에서 저녁 근무 중이고 누나는 스탠 형의 집에 가 있을 때, TV를 켜자 아빠가 나왔다. 나는 혹시 아빠에게 내 이메일을 읽었다는 신호라도 있나 살펴보았다. 물론 아빠가 이메일을 읽었다고 큼직하게 써 붙였을 거라고는 기대하지 않았지만 그래도 '뭔가를' 볼 수 있기를 희망했다. 혹시나 귓불을 잡아당기거나 씰룩거리는 것으로 아빠와 아들 사이의 은밀한 메시지를 전달하지는 않을까. 하지만 아무 신호도 없었다. 아빠는 아주 침착해 보였다. 그러니까 아빠는 내 생각은 거의 전혀 하지 않았다는 뜻이다. 나는 너무 짜증이 나서 아빠하고 대화할 생각도 하지 않았다. 아빠하고 대화한다면 결국 나 자신과 언쟁을 벌여야 한다는 걸 알았기 때문이다.

"무슨 일이야?" 학교 운동장 식수대에서 물을 마시는데 조가 묻는다. "아침 내내 침울하더니 파핏 선생님이 미술 재료를 나눠 주라고 했을 때도 웃지 않았잖아."

"두통 때문에." 내가 힘없는 목소리로 대답한다. 나는 벽에 기댄 채 조가 턱으로 흘러내린 물을 닦는 걸 바라본다.

"두통이라고?" 이 세상 누구도 친구가 두통이 있다는 말에 이렇게 기뻐하지는 않을 것이다. "그거 아주 좋은 소식인데." 조가 말한다. 조가 손을 앞으로 뻗어 내 어깨를 움켜잡더니 자기가 해결할 수 있다고 주장한다. "이 헝겊 조각은 어떤 사람의 머리에 닿았던 건데, 그 사람이 머리를 만졌던 사람이 머리를 만졌던 사람은……."

"좋아, 계속해봐."

"아빌라의 테레사 성녀는 두통에 관해서는 모든 걸 알고 있었어. 내가 이 천 조각으로 네 머리를 건드리면 두통이 사라질 거야." 조가 말한다. "그리고 두통 때문에 눈이 아프다면, 나에게는 히포의 아우구스티누스 성인의 무덤을 만졌던 사람의 무덤을 만졌던 사람의 무덤에 닿았던 천 조각도 있어. 그런데 아우구스티누스는 아픈 눈의 수호 성인이지만 양조업자의 수호 성인이기도 하니까 얼마나 효과가 있을지는 잘 모르겠어. 어쨌든 학교 끝나면 우리 집으로 가서 치유의 시간을 갖자."

조 때문에 머리가 아프기 시작한 것 말고 두통은 없다. 게다가 히포●를 만진 천 조각은 내 진짜 문제를 해결하는 데 도움이 안 될 게 확실하다. 내 문제는 아빠로부터 연락이 없다는 거니까. "그래, 좋아, 꼭 그래야 한다면." 내가 천천히 말한다. "하지만 내 오렌지주스에 성수를 넣지 않는다고 약속해야 갈 거야."

"성수는 한 방울도 남지 않았어. 어제 변기가 막혔는데, 아빠가 성수 병을 집더니 변기에서 꺼낸 질퍽한 화장지를 거기에 담았어. 아주 기분 나빴어."

"그래, 그랬겠다." 나는 벽에 기대고 있다가 몸을 일으킨다.

"성수를 잃은 것보다 더 화나는 건 아빠가 먼저 나한테 물어보지 않았다는 사실이야. 아빠가 물어봤다면, 유다 다대오 성인께 기도하라고 했을 거야. 아빠가 변기를 막히게 했다면 아빠는 '절박한 상황의

● 하마라는 뜻.

수호 성인'의 도움이 필요할 테니까."

엄마로부터 조의 집에 가도 괜찮다는 문자가 왔는데, 참으로 다행인 것이 우리는 이미 조의 방에 들어와 있고, 조가 천 조각이 들어 있는 플라스틱 카드로 내 이마를 누르고 있기 때문이다. 카드가 피부에 닿자 시원한 느낌이 들지만 그뿐, 내 기분이 조금이라도 나아지는 것 같지는 않다. 조를 기쁘게 하기 위해 나는 벽에 걸린, 알로이시오 곤자가 성인이 하늘을 올려다보는 그림을 쳐다본다. 그러고는 눈동자를 내려서 똑바로 앞을 보면서 기분이 나아진 척한다. 내 연기가 그다지 훌륭하지 않은지 조는 전혀 확신하지 못한다.

"나는 이게 두통과는 전혀 상관없는 일인 것 같아." 조가 카드를 침대 옆 탁자에 내려놓으면서 말한다. "뭔가 다른 문제가 있는데, 넌 그 얘기를 하지 않는 거야. 그런데 친구라면 비밀이 없어야 하잖아."

"어떤 성인이 그런 말을 했어?"

"우리 엄마가 그랬지만, 엄마는 성인은 아니야." 조가 팔짱을 끼고 내가 알로이시오 곤자가 성인을 쳐다보지 못하도록 막아선다. "뭐가 문젠지 나한테 털어놔야 돼."

나는 가방을 열고 법석을 떨면서 책 한 권을 꺼내 읽는 척한다. "아무 문제 없어." 나는 구더기의 생태에 관한 정말 재미있는 교재를 읽느라 너무 바빠서 조를 쳐다보지 않는다.

"너 지금 책을 거꾸로 읽고 있잖아." 조가 허리에 손을 짚은 채 대답한다. 내가 책을 바로 드는 사이에 조는 침대 옆 탁자 서랍을 뒤지더니 이제 주먹을 쥔 채 손을 높이 쳐들고 있다. "이거 받아. 한동안 빌려

가. 네가 모든 해답을 찾고 치유된 다음에 돌려주면 돼. 거절할 수는 없어. 선물을 거절하는 건 무례한 짓이야." 조가 손을 펴서 내 코 밑에 내민다. 그 애의 손바닥 가운데에는 10펜스 동전—그러니까 도로 공사에 사용하는 스팀롤러로 밀어 길쭉하게 만들어서 전혀 10센트 동전인 줄 알아볼 수 없게 한—크기의 은으로 만든 메달이 놓여 있다. 한쪽 면에는 성인의 모습이 새겨져 있는데, 누군지 모르겠다. 솔직히 말해서 나는 성인은 누가 누군지 하나도 모른다.

나는 사팔눈을 하고서 그것을 바라본다. "내 머리는 괜찮다는 말을 도대체 몇 번이나 해야 되는 거야?"

"그래, 네 말 들었어. 하지만 이건 네 머리를 위한 게 아니야." 조가 인정한다. "이건 성모 마리아의 가브리엘 성인이야. 사실 이 메달 때문에 성인들의 유물에 관심을 갖게 됐어. 이건 빙고 게임을 하다가 돌아가신 할머니에게 받은 거야. 할머니는 '행운의 7'이라는 말을 듣자마자 '하우스다!'라고 소리치고 쓰러지셨어. 사람들이 할머니 관에 빙고 카드도 같이 넣었는데, 아빠 말씀이 할머니는 미소 지은 채 하늘나라에 가셨대. 아빠도 웃고 있었어. 할머니가 딴 돈을 아빠가 물려받았으니까."

나는 그 메달이 아픈 데 쓰이는 게 아니라면 뭐에 쓰는 거냐고 소리지른다.

"치유가 필요한 사람들을 위한 거야. 말 못 할 슬픔이 있는 사람을 위한 건데, 그런 사람들은 꿈을 이루어야 해. 그러니까 바로 너 같은 사람을 위한 거야."

3

조는 나에게 이루어지길 바라는 열 가지 소원의 리스트를 만들어서 성모 마리아의 가브리엘 성인 메달과 함께 간직하라고 말했다. 나는 리스트를 만드는 건 바보 같은 짓이라서 할 수 없다고 했다. 하지만 조는 내가 리스트를 만들면 가브리엘 성인이 그걸 읽고 그중 하나를 이루어줌으로써 나를 치유해줄 거라고 했다.

"완전히 말도 안 되는 내용으로만 리스트를 만들면 안 돼." 조가 경고했다.

"왜?" 내가 물었다. "성인들이 기적을 이룰 수 없기 때문에 그래?"

"아, 댄." 조가 온갖 종교적인 일들을 관장하는 지도자의 지친 표정을 지으며 고개를 저었다. "성인들이 어떤 식으로 신비로운 일을 하는지는 전혀 알 수 없어. 물건 고르듯 성인을 골라서 일을 부탁하고 나서 다시 내려놓을 수는 없어. 다시 한 번 말하지만, 왕실의 보석을 달라는 소원 같은 건 빌지 마. 가브리엘 성인은 들어주지 않을 테니까.

그분이 할 수 있는 일 열 가지를 적어놓으면, 그중에서 한 가지를 골라 실현시켜주실 텐데, 그게 가장 중요한 소원이야."

"어떤 게 제일 중요한지 가브리엘 성인이 어떻게 알아?"

조가 귀 기울여 듣더니 답답한 듯 가슴을 친다. "그분은 알아. 네 마음속을 볼 수 있으니까."

나는 가브리엘 성인이 내 마음속을 들여다볼 수 있다면 굳이 리스트를 만들 필요가 없지 않을까 하는 생각이 들었지만 조에게 말하지는 않았다.

1. 돈

2. 끔찍한 말을 하지 않는 누나

3. 튼튼한 위장을 가진 개

4. 이메일

5. 새 자전거

6. 초콜릿 시리얼로 가득한 수영장

7. 정문의 성모 마리아 학교 대신 마법사 학교에 다니기

8. 베이커가 221b번지*에 살기

9. '호프 1호'라는 이름의 나만의 로켓

10. 아빠

나는 리스트를 적은 종이로 가브리엘 성인을 감싸 접어서 침대 아

• 셜록 홈즈가 살았던 하숙집 주소.

래 장난감 해적섬에 있는 보물 상자 안에 넣는다. 그리고 이렇게 말한다. "당신이 나를 치유할 수 있다거나 하는 걸 믿어서 이러는 건 아니에요. 나는 믿지 않아요. 그리고 혹시 내가 조금이라도 슬프다면 그건 숙제가 많기 때문이지 다른 이유는 없어요. 어쨌든 내가 이러는 건 내게 도움이 필요하다는 얘기를 조가 더 이상 하지 않게 하기 위해서예요." 나는 잠시 멈춘다. "하지만 만약 당신이 할 수 있다면……. 아니……." 결국 나는 털어놓는다. "만약 당신에게 아빠가 내게 이메일을 보내게 할 방법이 있다면, 그건 좋아요."

나는 뛰어가서 컴퓨터를 켠다.

이메일은 없다.

마우스를 최소한 열 번이나 클릭하는 동안 날카로운 분노의 파편이 심장으로 밀고 들어온다. 이메일 주소가 맞는지도 다시 확인한다. 물론 주소는 맞다. 스팸 메일 폴더를 열어본다—그곳에도 아빠의 이메일은 없다. 아빠와 연락하겠다는 나의 정교한 계획은 실패했으며, 아빠가 나를 무시하고 있다는 것이 이제 확실해진다. 일이 돌아가는 걸로 봐서는 가브리엘 성인도 나를 무시하고 있는 것 같다.

두 번째 이메일에서는 첫 번째만큼 시시콜콜 얘기하지 않는다. 나는 아빠에게 내가 학교에서 금색 별 스티커를 많이 받고 있으며, 자세한 얘기를 알고 싶다면 답장을 보내라고 쓴다. 물론 나는 아빠가 유명인이고 그래서 바쁘다는 걸 안다. 하지만 나는 아빠가 하나밖에 없는 아들과 연락할 시간을 내기를 바란다. 날아가는 총알처럼 빠르게 보내기 버튼을 클릭한 다음, 나는 엄마가 알라딘 슈퍼마켓에서 늘 직원 할인가로 사 오는 알파벳 모양 감자튀김을 먹으러 아래층으로 내려간다.

빅 데이브 아저씨가 식탁에 앉아서 X 모양의 감자를 먹고 있다. "내 옆에 앉으렴." 아저씨가 음식을 삼키고 의자를 빼주며 말한다. 오늘은 화요일이고, 아저씨는 벌써 세 달째 화요일마다 우리 집에서 저녁을 먹고 있다. 나는 상관없다. 왜냐하면 아저씨가 오는 날이면 엄마가 반드시 맛있는 푸딩을 준비하니까. 아저씨가 없는 날에는 흐물흐물한 짜 먹는 요거트를 먹지만 화요일이면 알라딘 슈퍼마켓의 대형 냉장고에서 바로 가져온 푸딩을 먹는다. 솔직히 말해서, 내 위장이 즐겁기 때문만은 아니다. 나는 엄마를 행복하게 해주기 때문에 빅 데이브 아저씨를 좋아한다. 아빠가 떠난 후 우리는 모두 오랫동안 슬펐다. 그러다가 나에게는 개가 생겼지만, 엄마에겐 아무도 없었다. 아저씨가 나타났을 때 그는 엄마에게 강아지만큼이나 좋은 존재였다. 왜냐하면 엄마가 다시 웃기 시작했으니까. 그제야 나는 예전의 엄마를 되찾은 것이다.

"알파벳 감자 더 줄까요?" 엄마가 음식 그릇을 건네면서 말한다.

아저씨는 자기 접시에 남은 감자로 'NO'라는 글자를 만들어서 엄마에게 보여준다.

나는 거의 의자에서 떨어질 만큼 웃다가 넌자 그레이스가 한숨을 쉬면서 눈을 굴리기 시작하자 갑자기 웃음을 멈춰야 한다. 누나가 이런다는 건 곧 폭발한다는 뜻이다. 십 초 후, 누나가 폭발한다.

"불경기라는데 아저씨는 타격을 받지 않는 모양이죠?" 누나가 Q 모양을 입에 넣고 이로 짓누르면서 말한다.

아저씨가 왼팔의 문신 있는 부분을 긁적이자 큼지막하게 그려진 하트 모양에 작은 기름 자국이 남는다. 그러고 나서 아저씨는 어깨를 으쓱하더니 팔 근육을 풀고 마늘빵으로 접시에 남은 브라운소스를 처리한다. 문신된 하트가 박동하듯 움직이자 그 아래 가늘게 새겨진 '캐롤라인 1973'이라는 글자가 흔들린다.

"내가 말하려는 건, 아저씨는 너무 바빠서 일주일에 하루나 이틀 저녁에만 시간을 낼 수 있다는 얘기예요. 그러니까 아저씨는 불경기의 영향을 안 받는 거죠." 누나는 만족스러운 표정으로 O 모양을 집어서 입에 넣는다. "맡은 일이 너무 많아서 엄마를 만날 시간이 없나 봐요."

대화가 흘러가는 방향이 마음에 들지 않는다. 그건 누나가 하이힐 끝으로 내 무릎뼈를 찬다고 해도 변하지 않는다. 나는 고통을 감추려고 B 모양을 먹다가 목이 막힌 척한다. 누나가 내 정강이뼈를 부러뜨리지 않았어도 나는 누나가 무엇을 공격하는지 알고 있다. 며칠 전에 신문 판매원 니나 비돌포 아줌마가 나에게 빅 데이브 아저씨는 결혼을 했으며 어린 아들이 있다고 말해주었기 때문이다. "소문을 들었어, 안 그래?" 니나 아줌마가 말했다. "아이에 대해서는 잘 몰라, 안 그래? 하지만 소문에 의하면 그래." 내가 그 소문이 얼마나 믿을 만한지 고민하자 니나 아줌마가 빅 데이브 아저씨의 부인 이름을 말해주었다.

"카즈라는 이름이야, 안 그래?" 그녀가 말했다.

굳이 셜록 홈즈가 아니라도 나는 '카즈'가 캐롤라인의 애칭이라는 것을 알아냈다. 아저씨의 불룩한 이두박근에 사랑스럽게 새겨진 '캐롤라인 1973' 말이다. 퍼즐 조각들이 맞아 떨어지기 시작했다. 아저씨는 아직도 부인인 캐롤라인과 함께 살고 있기 때문에 우리 엄마를 매일 저녁 만날 수 없는 것이었다. 나는 누나에게 그 얘기를 했다. 우리는 성급하게 결론에 도달했다. 사실 결론은 누나가 내렸다. 누나는 특대형 트램펄린 위에 있는 것처럼 비약했다. 자기는 처음부터 알고 있었다고 누나가 말했다. 빅 데이브 아저씨는 믿기지 않을 만큼 좋아 보였던 것이다.

그때부터 닌자 그레이스가 아저씨를 잡으러 나섰다. 보아하니 그는 엄마에게 맞는 남자가 아니라 맞지 않는 남자라는 것이었다. 나는 아저씨에게 기회를 주고 싶었지만 누나는 안 된다고 했다. 남자들은 케이크를 가지고 있고 싶어 하는 동시에 먹고도 싶어 한다는 것이었다. 솔직히 말해서 내가 듣기에는 그래도 괜찮은 것 같았지만 누나는 그렇지 않다고 했다.

"빅 데이브 아저씨." 누나가 손톱으로 이를 쑤시면서 말을 잇는다. "바람둥이의 마음은 초콜릿으로 만든 속 빈 부활절 달걀 같은 거예요." 누나가 눈썹을 길쭉한 털 있는 달팽이 모양으로 만든다. "그건 공허한 거예요. 엄마는 그걸 좋아하지 않아요. 엄마는 전에 그런 걸 가져봤기 때문에 지금은 그 이상을 기대하고 있어요. 솔직히 말해서 엄마는 더 좋은 걸 받을 자격이 있다고요."

누나가 무슨 얘기를 하는지 깨닫자 아저씨의 머리 위에서 전구가 켜진다. 내가 의자에 앉아서 몸을 웅크리고 있는 동안 아저씨가 알겠다는 듯 코를 만진다. "걱정하지 마, 얘야, 너희 엄마에게 속이 빈 달걀은 절대로 사 주지 않을게."

누나가 흠칫하자 아랫입술이 떨린다. "지금 달걀 얘기를 하는 게 아니에요." 누나가 말한다. "무슨 뜻이냐면요……."

누나가 더 나가는 것을 막기 위해 나는 갑자기 대화에 끼어들어 부활절 달걀 모양의 여러 가지 초콜릿 이야기를 시작한다. 프랄린, 퍼지, 캐러멜이 들어간 것, 오렌지 크림. 내가 끈적이는 토피 이야기를 할 때쯤 누나의 눈이 면도칼처럼 변하더니 하이힐이 내 다른 쪽 무릎뼈를 걷어찬다. 나는 '아얏' 소리를 내는데 엄마는 이 말을 '으윽'이라고 받아들여 내가 끈적이는 토피는 그리 좋아하지 않는다고 생각한다. 나는 토피를 좋아한다. 하지만 이 순간 나를 더 걱정시키는 것은 누나가 나의 프리미어리그 경력을 끝장내버렸다는 것이다.

　내 무릎이 더 이상 다치지 않도록 나는 찰스 스캘리본즈를 데리고 산책을 나가겠다고 선언한다. 엄마가 안 된다고 말하려 하지만 그때 스캘리본즈가 나를 구해준다. 주둥이를 길게 늘이고 하품을 시작한 것이다. 이것은 보통 곧 토를 한다는 신호다. 엄마는 내가 돌아올 때까지 끈적이는 토피 푸딩 한 조각을 남겨놓겠다고 말한다. 그렇게 해주면 정말 좋겠다는 말을 하려 할 때 엄마는 내가 끈적이는 토피를 그리 좋아하지 않는다는 걸 기억해내고 그렇다면 구태여 푸딩을 남겨놓지 않아도 되겠다고 말한다.

　솔직히 말해서 찰스 스캘리본즈가 가다가 멈춰 서서 파라다이스 단지 안의 스카우트 막사 건물 벽에 쉬를 할 때도 나는 여전히 어떻게 하면 닌자 그레이스를 되돌릴 수 있을지 생각하고 있다. 보통의 경우라면 스카우트 막사에 쉬를 하는 것은 개가 밤마다 하는 열 번의 쉬 중 하나이기 때문에 문제가 되지 않는다. 하지만 오늘 밤에는 흰색 실내 가운을 입은 사람이 열려 있는 문 옆에서 쉬고 있다. 하필이면 오늘따라 찰스 스캘리본즈의 방광에 노란색 풀장이 들어 있는지 내가 끌고 가려고 하자 개가 저항하면서 좀 더 쉬를 한다. 개가 스카우트 막사를 화장실 삼아 일을 끝내자 실내 가운을 입은 남자가 나에게 안으로 들어와서 보라고 한다. 같이 해도 된다고 한다.

뭘 보라고? 뭘 같이 하라고? 실내 가운을 입은 사람들을 지켜본다고 뭐 좋은 일이 생기겠는가. 안쪽에서 기합 소리가 들리기에 도망갈 생각을 하고 있는데, 그때 찰스 스캘리본즈가 실내 가운을 입은 남자의 발에 오줌을 싼다. 그러자 나는 그 남자가 말한 대로 해야 한다는 의무감을 느낀다.

안으로 들어가자 나무로 지은 작은 막사가 '실내 가운을 입은 사람들'로 꽉 차 있는 것이 보인다. 모두 생김과 몸집이 제각각이고, 모두 바닥에 무릎을 꿇고 앉아 있다. 처음에는 그들이 기도를 하고 있다고 생각하지만 바로 그때 다들 뛰어올라서 허공에 대고 무시무시하게 주먹질을 하기 시작한다. 알아두시라. 나도 허공에 주먹질을 할 수 있었을 것이다, 꼭 그래야 한다면.

이 광경에 깜짝 놀란 찰스 스캘리본즈가 바닥에 버려져 있던 검은 띠를 씹다가 멈춘다. 개가 젖은 단추 같은 눈으로 나를 올려다보면서 끙끙거린다. 나는 현관 모서리를 붙잡고 개를 입구 쪽으로 끌어당기려 한다. 바로 그때 누군가가 기합 소리로 가장해 내 이름을 부르는 소리가 들린다. 나는 탁구공처럼 눈을 굴리면서 주위를 둘러본다. 알고 보니 그 소리는 내 친구인 크리스토퍼가 낸 것이다. 크리스토퍼가 나에게 손을 살짝 흔들자 여자 사범이 그 애를 향해 태권도의 5대 정신에 집중하라고 소리친다.

"맞아요, 지금 손님이 와 있지만 그렇다고 5대 정신을 잊어버리라는 말은 아니에요. 예의, 염치, 인내, 극기, 그리고 불굴의 스피리츠!"

사범이 소리친다. 나는 손을 들고 그들이 금요일 밤이면 쇼핑가에서 불굴의 스피리츠●를 마시느냐고 물어볼까 하다가 그만두기로 한다. 왜냐하면 그녀가 그것은 절대 포기하지 않는다는 뜻이라고 소리치기 때문이다. 하지만 장담하건대 술집에 있는 남자들도 절대 스피리츠를 포기하지 않는다.

10분 동안 지켜본 결과, 나는 크리스토퍼가 이 공중전의 달인임을 인정한다. 게다가 그 애의 이마가 땀으로 번들거리는 걸 보니 처음에 생각한 것처럼 쉽지는 않은 모양이다. 크리스토퍼는 나하고 눈을 몇 번 마주친 후 힘차고 잽싸게 발동작을 한다. 물론 이 동작을 지칭하는 좀 더 근사한 용어가 있겠지만, 나는 사범이 하는 말을 한마디도 이해할 수 없다. 어쨌든 나는 그게 무언지 알아내려고 애쓸 시간이 없다. 찰스 스캘리본즈가 버려진 검은띠와 싸움을 벌이고 있는 것 같기 때문이다. 이제 검은띠에는 유로터널●만 한 상처가 났다.(그런데 실제로 터널 크기인 것은 아니다. 극적인 효과를 위해 과장한 것이다. 파핏 선생님의 말에 따르면, 이것은 과장법의 한 예다.)

망가진 검은띠 값을 물어내야 할지도 모른다는 걸 깨닫자, 찰스 스캘리본즈와 나는 빛의 속도로 도망친다.(혹은 번개 같은 속도. 어느 쪽인지 결정할 수는 없지만, 둘 다 과장법이다.)

집에 오자 상황이 더 나빠진다. 우선 찰스가 검은색 실 뭉치를 토해낸다. 게다가 엄마가 남겨놓은 것은 끈적끈적한 토피 푸딩이 아니라 짜 먹는 요거트다. 그때 누나가 나를 움켜잡더니 욕실 벽으로 밀어붙

● 스피리츠(spirits)가 앞에서는 정신, 뒤에서는 독한 술이라는 뜻으로 쓰였다. ●● 영국과 프랑스를 연결하는 해저 터널.

인다. 누나가 이를 닦던 칫솔을 내 얼굴 앞에서 흔들어댄다. "왜 아저씨가 곤경에서 빠져나가게 한 거야?" 누나 입에서는 박하향 치약 거품이 흘러내리는데 마치 미친개가 거품을 무는 것 같다. "엄마한테 사실을 더 일찍 말해줄 수 있었어. 아저씨도 아빠랑 똑같은 남자야. 결국 두 사람이 부엌에서 다투고 엄마가 '캐롤라인 1973'에 대해 소리를 질러대는 동안 계단 꼭대기에 앉아 있고 싶은 거야?" 누나가 목욕탕 안을 이리저리 서성이는데, 그 시간이 0.001초밖에 걸리지 않는다. 가끔 박하 구름이 뿜어져 나와 공중으로 퍼진다.

"아저씨는 괜찮은 사람 같아." 내가 툴툴댄다. "나한테 행성 모빌을 사 줬잖아."

"넌 싼값에 매수됐구나." 누나가 치실 통에서 치실을 한 줄 끊어낸다. "우선순위를 정해야 돼. 아저씨는 아빠를 훌륭하게 대신하지 못할 거야. 왜냐하면 그는 아빠랑 똑같은 사람인데, 아빠는 방수 처리된 티백처럼 아무짝에도 소용없는 사람이니까." 누나가 이 사이에 치실을 끼운다.

"불굴의 정신." 내가 팔짱을 끼며 말한다.

"뭐라고?" 누나가 입에 치실을 어지럽게 매단 채 묻는다.

나는 아무것도 아니라고 말하지만, 그 말의 뜻은 내 머리에 고정되어 있다. 절대 포기하지 마라. 그리고 나는 아빠를 절대 포기하지 않을 것이다. 그래, 아빠가 버스티 뱁스와 함께 도망갔는지는 모른다. 하지만 거기에는 뭔가가 더 있을 것이다. 엄마는 언제나 모든 이야기기에는 양면이 있다고 말한다. 그리고 나는 어쩌면 아빠가 우리를 버린 게 아니며, 내가 세 번째 이메일을 보낸다면 아빠가 내 말이 맞다는 걸 증명해줄 거라는 생각에 매달리고 있다. 아빠가 답장을 보내면 나는 누나로 하여금 자기가 한 말을 먹어버리도록 할 텐데,* 이번에는 알라딘 슈퍼마켓에서 사 온 알파벳 모양 감자튀김은 아닐 것이다.

나의 세 번째 이메일은 이전의 두 번과는 다르다. 우선 나는 학교에서 일어나는 일들을 아빠에게 시시콜콜 전하지 않는다. 더 이상 "학교에서 금색 별 스티커를 받았어요. 나는 정말 똑똑해요" 같은 말은 하지 않는다. 그 대신에 전부 대문자로 쓰면서 아빠에게 왜 우리를 떠났는지, 왜 생일 카드를 보내지 않았는지 묻는다. 생일 카드는 중요한 문제다.

여덟 살 때 나는 아빠로부터 "여덟 살이 되다니 근사한걸"이라고 쓰인 카드가 오기를 원했다. 앞면에는 '호프 1호'라고 쓰인 빨간 로켓이 있고 둥근 우주 헬멧을 쓴 우주인이 작은 원형 창문으로 밖을 내다보는 그림이 있고, 안에는 함께 있지 못해서 미안하다는 내용이 쓰인 카드. 아빠가 멀고 먼 오지로 가야 하는 비밀 임무를 맡은 기자이기 때문에 올 수 없다면서, 내가 이해해주면 좋겠다는 내용이 쓰인 카드.

생일 카드는 오지 않았다.

아홉 살 생일날 나는 아빠로부터 "아홉 살이 되는 건 괜찮은 일이야"라고 쓰인 카드가 오기를 원했다. 카드 앞면에는 붉은까불나비 색깔의 빛나는 자전거가 있고, 한 소년이 페달에서 발을 뗀 채 언덕에서 전력질주로 내려오는데, 그 속도 때문에 타이어에서 불꽃이 튀는 그림이 그려진 카드 말이다.

---

* 취소하도록 한다는 뜻.

하지만 카드는 오지 않았다.

그다음 해에도 여전히 카드는 오지 않았고, 지난번 생일날 나는 "열한 살이 되는 건 천국 같은 일이야"라고 쓰인 카드가 오기를 원했지만, 내가 받은 것이라고는 '제이슨의 도너반' 식당으로 와서 진짜로 맛있는 새 메뉴 '더 킹 케밥'을 먹어보라는 광고 전단뿐이었다.

나는 아빠에게 24시간 안에 답장을 보내지 않으면 두고 보라는 마지막 이메일을 쓰고 보내기 버튼을 클릭한다.

그러자 10초도 되지 않아 받은 편지함에 TV 방송국에서 보낸 이메일이 뜬다.

이제 마우스만 한 번 클릭하면 아빠와 우리의 미래 사이에는 아무것도 없게 된다. 배 속이 비틀린다. 마치 마술사가 내 위장으로 기린 풍선을 만드는 것 같다. 나는 오랫동안 모니터를 응시하다가 마침내 용기를 쥐어짠다. 바로 이거야, 라고 스스로에게 말한다. 이것이 우리가 함께하는 삶의 시작이다. 나는 이메일을 열고 숨을 들이쉰다. 2초후 내 뺨으로 눈물이 줄줄 흘러서 무릎 위로 뚝뚝 떨어진다. 내려다보니 비탄에 빠진 심장 모양의 눈물 자국이 남아 있다.

4

결국 아빠는 내 이메일에 답장을 하지 않았다. 대신에 내가 보낸 메일이 답장도 없이 되돌아온 것이다. 나는 지금 혼란스럽고 더 이상 이전처럼 자신 있지는 않다는 걸 인정해야겠다. 이 시점에 나는 해적섬을 가져와 가브리엘 성인과 나의 소원 리스트를 꺼낸다. 나는 가브리엘 성인에게 나에게 이메일을 받도록 해주는 건 실패했다고 말한다.

"원 스트라이크." 나는 메달을 손으로 튕기면서 야단친다. "하지만 마법사 학교에 다니게 해준다면 용서할게요." 나는 연필을 잡아 줄을 그어 4번을 지운다. 모든 것을 다시 보물 상자에 넣고 나서, 나의 분노를 보여주기 위해 해골 밑에 X 모양 뼈가 그려진 플라스틱 깃발을 꼭대기에 꽂아둔다.

내 영혼 안에서 키우고 있던 작은 나무에 아빠가 독극물을 부어버린 것 같다. 나뭇잎들이 천천히 시들기 시작한다. 나는 망설임 없이 아빠에게 이메일을 다시 보낸다. 어쩌면 내가 유체이탈을 경험하고 있는지 누가 알겠는가. 한번은 엄마가 「댈러스」라는 오래된 TV 드라마에서 어떤 사람이 죽었는데 정신을 차려보니 샤워를 하고 있었고, 그때까지 일어난 일은 모두 꿈이었다는 얘기를 한 적이 있다. 그래서 나는 욕실로 뛰어가 샤워장 안에 들어가서 열까지 세고 뛰어 돌아와서 다시 컴퓨터 앞에 앉는다. 아니다. 이건 꿈이 아니다. 왜냐하면 내가 방금 전에 아빠에게 보낸 이메일이 다시 돌아왔기 때문이다. 답장없이.

그날 밤 나는 잠을 잘 이루지 못한다. 나는 파라다이스 단지에 있는 이상한 꿈을 꾼다. 그것은 내가 아는 모습의 파라다이스 단지가 아니다. 대신에 나는 나무 아래 있는데 에메랄드 같은 나뭇잎들이 내 위로 떨어지고, 가브리엘 성인 메달이 해가 되어 하늘에 있다. 나는 처음에는 기분이 좋아서 손을 하늘로 뻗어 떨어지는 보석 나뭇잎을 잡으려 한다. 어떤 것들은 손가락 사이로 빠져나가고 어떤 나뭇잎은 부스러진다. 구름이 가브리엘 성인 위를 덮어서 캄캄해지고 에메랄드가 더욱 많이 쏟아진다. 나는 도와달라고 소리치고 싶지만 목소리가 나오지 않는다. 바로 그때 누군가 손을 뻗는다. 그 사람의 얼굴은 볼 수 없지만 그의 손이 내 손을 움켜잡는다. 한순간 나는 어리둥절해서 손을 빼려 한다. 하지만 그 사람이 내 손을 단단히 잡고 있으며, 내 마음 깊은 곳 어디선가 그 사람을 믿어야 한다는 것을 알고 있다. 잠에서 깨어날 때도 나는 그 손의 온기를 분명히 느낄 수 있다.

다음 날 아침 학교로 걸어가는 길은 끔찍하다. 교문까지 도달하는 10분 동안, 나는 소원 리스트에서 7번을 지워버리는 편이 낫겠다고 마음먹는다. 우리의 '정문의 성모 마리아' 학교는 마법사 학교처럼 마법의 안개 위로 솟아 있지 않다—대신에 절대 빈곤의 자갈 채취장에 세워진 거대한 회색 감옥처럼 버티고 있다. 엎친 데 덮친다고, 죄수들 중 하나가 이상한 행동을 보이고 있다. 크리스토퍼가 내가 왜 태권도 도장에 더 오래 있지 않고 그냥 가버렸는지 알고 싶어 한다. 하지만 내가 막 말을 시작하려고 할 때 조가 와서 둘이서만 할 얘기가 있다고 한다. 불행하게도 이 은밀한 대화는 가브리엘 성인이 어쩌다 스물넷의 나이에 폐결핵으로 사망했는지에 대한 토론에 지나지 않는다. 곁눈질로 보니 크리스토퍼가 자리에서 일어나 케빈 커밍스의 옆자리에 앉는다. 그러더니 큰 소리로 친구라고 생각했던 사람들로부터 따돌림당하는 건 좋은 일이 아니라고 말한다.

점심시간 후에도 크리스토퍼는 여전히 기분이 좋지 않다. 파핏 선생님이 흥미진진한 소식이 있으니 다들 앉아보라고 말할 때도 미소조차 짓지 않는다. "여러분이 할 새로운 프로젝트에 대한 소식이에요." 파핏 선생님이 스물여덟 명의 별로 관심 없는 얼굴들을 둘러보면서 말한다. "우리는 '프로젝트 에코 에브리웨어(Porject Eco Everywhere)'를 시작할 거예요."

케빈 커밍스가 그 말을 줄이면 PEE*라고 떠들자 파핏 선생님이 의견이 필요하면 그때 물어볼 테니 조용히 하라고 말한다. "네, 선생님." 케빈이 의자에 털썩 앉으면서 말한다.

들어 보니 '프로젝트 에코 에브리웨어'는 우리가 쓰레기를 얼마나

---

* 오줌을 뜻하는 단어와 철자가 같다.

많이 버리고, 어떻게 하면 우리가 아주 특별한 것을 실제로 창조할 수 있는지를 강조하는 기회가 될 것이란다. 파핏 선생님은 그것을 '무에서 유를 창조하는 것'이라고 부르는데, 그것은 우리가 아무도 원하지 않는 물건들을 이용해 우리 인생에 중요한 누군가를 영원히 기릴 수 있는 의상을 만든다는 뜻이다. 다 만들고 나면 우리 스스로 모델이 되어 '프로젝트 에코 에브리웨어' 무대에서 패션쇼를 할 뿐만 아니라, 나중에는 판매한 돈을 쓰레기에 대한 교육을 하는 지역 프로젝트에 기부한다는 것이다.

"달걀을 담았던 상자나 시리얼 상자, 헌 옷, 파이 상자, 포장용 포일, 그 밖에도 뭐든지 여러분이 찾아낸 걸 가져오면 돼요. 여러분이 쓰레기를 뭔가 쓸모 있는 것으로 바꿀 수 있다는 걸 보여주세요. 나는 여러분의 영웅들이 나타나는 걸 보고 싶어요."

"쓰레기통에서 나타나겠지." 케빈 커밍스가 속삭인다.

"영웅을 찾으려면 여러분 집에서 자세히 살펴보면 좋을 것 같아요. 부모님이나 형제자매 중에 영웅이 될 사람이 있나요? 영화에 나오는 슈퍼히어로는 안 돼요. 가능하면 현실에 있는 영웅으로 하세요." 파핏 선생님이 말한다. "가족 중에서 찾을 수 없다면 여러분이 존경하는 사람을 선택하세요. 그리고 여러분 스스로 만든 의상을 입고 무대에서 패션쇼를 한다는 거 잊지 마세요. 그러니까 크고 대담하게 만드는 게 좋아요."

"패션쇼라고?" 조가 꽥 소리 지른다. "난 슈퍼모델이 될 거야."

"스테이크앤키드니파이*를 담았던 통으로 만든 옷을 입고 말이지." 케빈이 소리친다. 파핏 선생님이 다가오자 케빈은 다시 자리에 털썩 앉아 입에 지퍼를 채우는 척한다.

파핏 선생님이 그 자리에 서서 주위를 둘러보며 말한다. "이번 '프로젝트 에코 에브리웨어' 공연은 학교가 아니라 아만딘호텔에서 할 거예요. 호텔 측에서 연회장을 무료로 빌려주겠다고 했어요—우리가 행사 안내장에 호텔 광고를 실어준다는 조건으로 말이죠. 굉장하지 않아요? 게다가……." 선생님이 뜸을 들여 우리를 애태운다. "여러분이 깜짝 놀랄 선물이 있어요. 아직 확실히 정해진 게 아니기 때문에 지금은 말할 수 없어요. 하지만 여러분이 이번 프로젝트를 잘하고 싶을 거라고만 해두죠."

나는 PEE의 영웅으로 만들 가족 구성원의 명단을 머릿속에 떠올려본다. 오래 걸리지 않는다. 엄마하고 닌자 그레이스……. 나는 1000분의 1초 동안 생각하다가 두 사람 대신에 아빠로 해야겠다고 결정한다. 좋아, 지금 아빠가 내 영웅 명단에서 꼭 1순위는 아니지만, 이게 아빠를 다시 내 삶으로 끌어들일 수 있는 훌륭한 아이디어가 될 수 있어. 이 훌륭한 아이디어가 어떻게 실현될지는 잘 모르지만 어쨌든 해봐야지.

갑자기 크리스토퍼가 자기도 아빠로 해야겠다고 중얼거린다. 무슨 이유에서인지 나는 놀란다. 물론 그 애에게 가족이 없다고 생각했다는 뜻은 아니다—다만 그 애가 가족 이야기를 한 적이 한 번도 없기 때문이다. 그 애 아빠는 어떤 사람이냐고 물으면서 대화를 해보려 하자 그 애는 자기 아빠는 그냥 다른 사람들의 아빠 같은 사람이라고 말

• 살코기와 콩팥을 다져 넣은 파이.

한다. 그럴 리 없다는 말이 입안에서 맴돈다.

"뭘 할 거라고?" PEE에 대해 이야기하자 누나가 코웃음을 친다. 누나는 스탠 형과 팔짱을 낀 채 교문에서 기다리고 있다. "내가 제대로 들은 거 맞지? 쓰레기를 가지고 영웅 의상을 만들어서 패션쇼를 한다는 거 말이야. 내가 듣기에는 괴물쇼가 될 것 같은데."

나는 손을 주머니에 찔러 넣고 걷기 시작한다. "맞아. 우리가 쓰레기를 얼마나 많이 버리고 어떻게 하면 그 쓰레기로 뭔가 특별한 걸 만들 수 있는지 보여주는 거래."

"올이 나간 타이츠가 있는데 99펜스에 사. 1파운드숍에서 샀으니 그것보단 싸게 줄게." 누나가 빈정댄다.

스탠 형이 누나의 농담에 웃으면서 윗입술 위에서 자라고 있는 턱수염을 어루만진다. 그러자 최소 한 개 분량의 비스킷 가루가 떨어져 내린다.

"내 영웅은 아빠로 할 거야." 내가 말한다.

그러자 극적인 침묵이 흐른다. 내 생각에 새들도 실제로 지저귐을 멈춘 것 같다. 지구는 자전을 멈추고 강물도 사라져 말라버린 강바닥에서 물고기들이 퍼덕대고 있다. 태양도 사라지고 나는 소용돌이 속에 남겨져 있다.

"넌 아빠를 영웅으로 하지 않을 거야." 누나가 소리 지른다.

언어 닌자의 사무라이가 내 심장을 겨눈다!

스탠 형은 불편한 표정을 짓고— 솔직히 평소 표정과 크게 다르지 않다—혀를 내밀어 콧수염에 붙은 비스킷을 찾는다. 그런 다음에 집에 가서 좋아하는 퀴즈쇼를 봐야겠다는 핑계를 댄다. 갈림길에서 스탠 형이 다른 길로 사라지자 누나는 내가 망상증후군인 것 같다고 말한다.

"아닌 것 같은데." 나는 신발 앞부분을 바닥에 질질 끌면서 말한다.

"봐, 넌 스스로를 속이는 것에 대해 스스로를 속이고 있잖아." 누나가 내 곁에서 쿵쿵 걸어간다. "텔레비전에서 아빠를 봤다는 것만으로 아빠가 네 영웅이 되지는 않아."

"맞아, 하지만······." 내가 말한다.

누나가 멈춰 서서 나를 쳐다본다. "하지만이라고 하지 마."

"하지만 나도 아빠를 가질 권리가 있잖아." 내가 대답한다.

"물론 그렇지. 하지만 그런다고 뭔가 바뀔 거라고 생각하지 마. 그 남자가 다시 너를 원할 거라는 기대는 하지 마." 언어 닌자가 갑자기 파라다이스가 쪽으로 사라지면서 소리친다. "넌 정신병자야!"

나는 누나도 마찬가지라고 중얼대면서 누나 뒤를 따라간다.

자물쇠에 열쇠를 넣어 돌리고 현관에 들어서는 순간 위층에서 누나가 나를 부른다. 하지만 누나는 자기 방이 아니라 내 방에 있다. 왜 남의 방에 있느냐고 말하자 누나의 입가에 사악한 미소가 떠오른다. 누나가 종이 한 장을 들어 보여준 후 그걸 시계추처럼 흔든다.

"네가 쓸데없는 일을 꾸미고 있을 줄 알았어. 이걸로 증명이 됐군." 종이가 내 앞에서 흔들거리고 나는 눈으로 그걸 좇는다.

나는 종이를 잡으려 하면서 소리 지른다. "누나가 내 방을 뒤지고 있었다고 엄마한테 얘기할 거야."

"오, 아니, 얘기 못 할 거야. 궁금해할까 봐 알려주는데, 난 너의 그

잡종개가 카펫 위에 장난감 해적을 토하고 있길래 괜찮은지 확인하려고 온 거야. 혹시 해적의 플라스틱 단검이 개의 송곳니 사이에 끼어 있도록 놔두길 바란 거야?"

"아니." 내가 대답한다. "하지만 그래도 누나가 남의 일에 끼어들어서 내 물건을 뒤지고 있었던 거잖아. 이 일을 알면 엄마가 좋아하지 않을 거야."

"참는 게 좋을걸. 넌 엄마한테 말하지 못해. 그러면 엄마가 무슨 일 때문인지 물어볼 거고, 그러면 네가 아빠에게 이메일을 보내고 있다는 얘기를 내가 해야 할 테니까." 이 협박의 전투에서는 누나가 승자이며 누나는 그 사실을 알고 있다.

"아빠한테 이메일을 보낼 생각을 하긴 했어." 내가 말한다. "하지만 마음을 바꿨어. 구태여 그런 일 하지 않을 거야."

누나가 종이를 조각조각 찢는다. "정답이야! 그런데 내가 너라면 다시는 아빠 이메일 주소를 컴퓨터 앞에 붙여놓지 않을 거야. 그건 너무 빤하잖아? 아빠한테 정말 이메일 보내지 않을 거지?"

"아빠에게 이메일 보내지 않겠다고 약속할게." 내가 대답한다. 만족한 누나가 내게 손을 내밀라고 하고, 나는 그렇게 한다. 누나가 거품이 묻어 있는, 토사물로 덮인 해적을 내 손바닥 위에 놓는다. 그러고는 다른 손을 펴서 조각난 아빠의 이메일 주소가 색종이 조각처럼 팔랑팔랑 떨어지게 한다.

"봐." 누나가 의기양양하게 말한다. "네 해적이 깨어진 꿈의 섬 위에 있는데, 자, 눈이 내리네."

나는 세상에서 가장 나쁜 누나와 함께 살고 있지만, 그런 누나하고 한 약속을 어기지는 않을 것이다.

그러니까 나는 아빠에게 다시는 이메일을 보내지 않을 것이다.

다음번에는 아빠를 직접 만날 거니까.

5

나는 모리아티를 추적하는 셜록 홈즈처럼 할 생각이다. 그러려면 꼼꼼한 계획이 필요할 것이다─내가 사탕 막대로 시청을 만들었을 때보다 훨씬 더 꼼꼼한 계획. 나는 책상 서랍에서 종이 한 장을 꺼내 이렇게 적는다.

대니얼 조지 호프
나이: 11세
'바스커빌 작전'

(작전명을 만들 때는 '바스커빌' 같은 이름을 써야 한다. 그렇게 하면 내가 뭘 하려는지 아무도 정확히 알 수 없을 테니까. 만약 '아빠를 만나는 작전'이라고 쓴다면 닌자 그레이스가 경찰견처럼 내 계획을 알아내고 말 테니까.)

'바스커빌 작전'의 첫 번째 임무는 아빠의 주소를 알아내는 것이다.

30분 동안 아주 지저분한 현관 복도를 뒤진 끝에 나는 모든 지역 주민들의 주소가 담겨 있을 것 같은 낡은 책 한 권을 발견했다. 그렇다, 실제 주소에 전화번호까지 있다. 그 책은 벽돌만큼 무거운데, 엄마가 전화번호부를 왜 방으로 가져가느냐고 묻자 나는 그 위에 올라서서 장롱 뒤쪽에 있는 것을 집으려 한다고 대답한다.

"정말?" 엄마가 눈썹을 둥그렇게 만든다. "네가 장롱을 열 때 물건들이 머리 위로 산사태처럼 쏟아지지 않는다니 놀라운데. 어쨌든 무슨 장난을 하려는지 모르겠지만 그게 끝나면 나한테 좋은 생각이 있어. 전화번호부에서 청소부 좀 찾아봐. 이 현관 복도를 정리할 사람이 필요하니까. H로 시작하는 곳에서 호프(Hope)라는 사람을 찾을 수 있을 거야. 이름은 대니얼이야."

전화번호부에는 아빠와 똑같은 이름, 말콤 존 메이너드라는 사람이 세 명 있다. 아빠가 우리하고 성이 다른 것은 엄마가 우리에게 엄마 성을 따르게 했기 때문이다. 지금 생각해보니 다행인 것 같다. 나는 전화기를 꺼내서 첫 번째 말콤 J. 메이너드에게 전화를 건다. 전화를 받은 사람이 "잘못 걸었어요"라고 대답하고 전화를 끊는다. 두 번째 사람은 약간 스코틀랜드 억양을 쓰는데, 내가 세 번이나 '댄'이라고 이름을 밝혔지만 나를 '벤'이라고 부른다.[*] 세 번째로 전화를 받은 사람은 그 TV 진행자를 찾는 전화가 매일 자기한테 걸려온다면서 모두 자기 염소에게 덤비고 있다고 말한다. 모두 그의 염소에게 덤빈다면 그의 염소는

● '벤(bairn)'은 스코틀랜드 말로 '아이'라는 뜻.

가장 큰 숫염소 그러프만큼 큰 모양이다.* 마침내 나는 전화를 끊는다. 단서를 얻지 못했을 뿐만 아니라 현관 복도도 치워야 하기 때문이다.

'바스커빌 작전' 전체가 위험에 처했다. 그런데 빅 데이브 아저씨가 나에게 다르게 생각할 기회를 준다. 6시 정각에 나타난 아저씨는 피부병 걸린 개라도 잡아먹을 만큼 배가 고프다고 한다. 엄마는 찰스 스캘리본즈 1세를 먹을 수는 없으니 대신 음식을 사 오자고 한다. 여기까지는 전혀 흥미롭지 않은 사건이고 '바스커빌 작전'과 아무 상관 없지만, 아저씨가 다음에 한 말은 상관있다. 아저씨가 튀김을 먹자고, 정확하게 말하면 '프라잉 스쿼드'에서 파는 걸 먹자고 한다. 엄마는 튀김 파는 여자들이 싸구려 맥아식초 냄새를 풍기는 곳에서 파는 음식은 먹지 않겠다고 한다.

"그렇다면 '웍 디스 웨이'로 하지 뭐." 빅 데이브가 말한다. "그곳 카운터에 있는 남자가 25번 음식과 치킨볼 탕수육 냄새로 날 유혹할 수 있을 테니까."

그러자 아저씨의 치킨볼 덕분에 나는 정확히 어디로 가면 아빠의 주소를 알아낼 수 있는지 알게 된다.

***

"그래, 메달은 어떻게 돼가고 있어?" 조가 분수 문제를 내려다보며 속삭이다. "너 여전히 슬픈 기분이니?"

● 염소에게 덤빈다는 말은 짜증 나게 한다는 뜻. 댄은 진짜 염소 얘기라고 생각해 노르웨이 전래동화에 나오는 염소를 떠올린다.

"일단 애초에 나는 슬픈 기분이라는 말을 한 적이 없어." 내가 속삭인다. "1/7×1/8은 뭐야?"

"말하지 않아도 알았어. 네 온 얼굴에 쓰여 있었거든."

"뭐? 보이지 않는 잉크로 쓰여 있었다고?" 내가 중얼거린다. "답이 1/56이야?"

"응. 그 메달이 너의 삶을 바꿀 거야." 조가 대답한다. "가브리엘 성인은 언제나 결실을 맺거든. 우리 할머니가 그러셨어."

"돌아가시기 전에 말이지." 내가 야유하듯 말한다. "41/3+41/3은 뭐야?"

"할머니는 돌아가셨지만 그게 끝이 아니었어. 너도 알겠지만 할머니가 나한테 깃털을 하나 보내주셨어." 조가 나를 쳐다본다. "할머니로부터 메시지를 받는 건 내 열 가지 소원 리스트에 있었는데, 장례식이 끝난 다음에 메시지가 온 거야. 깃털은 천사들의 명함이야. 그건 죽은 사람이 하늘나라에서 보살펴준다는 뜻인데, 하얀 깃털을 보내서 앞으로는 다 잘될 거라고 알려주는 거야."

"조, 이 말을 하긴 싫지만, 깃털은 새의 엉덩이에서 나오는 거야."

"답은 82/3야." 조가 시험지 위에 휘갈겨 쓰고는 고개를 돌린다.

"여러분." 파핏 선생님이 말한다. "시험 문제를 하나 더 낼게요. 다음에 답하세요. 6학년 학생들이 수학 시험을 치고 있었어요. 선생님이 보기에 학생들 중 3/7은 착한 아이들처럼 정답을 쓰고 있었고, 2/7는 정답을 계산하려고 노력하지만 그러면서도 창 밖을 보고 있었고, 1/7은 벽시계를 보면서 시험이 끝나기를 기다리고 있었어요. 그런데 한 사람은 시험 도중에 다른 학생들의 집중을 방해하면서 떠들고 있었어요. 자, 그 사람의 이름이 뭘까요?" 파핏 선생님이 손으로 내 책상을 탕 내리친다. 선생님의 손을 그렇게 가까이에서 본 적은 없었다. 선생님의 손가락 마디는 코끼리 무릎처럼 생겼다.

몇몇 아이들이 웃으면서 내 이름을 적기 시작한다.

"대니얼 호프." 선생님이 손으로 내 시험지를 가리키면서 말한다. "네가 조하고 나누는 정다운 대화를 멈추고 혼자 힘으로 문제를 풀지 않는다면, 이 시험에서 몇 점을 받게 될까?"

"빵점이요." 내가 대답한다.

"정답이에요." 파핏 선생님이 대답한다.

이렇게 파핏 선생님이 야단치는 것으로 상황이 끝날 수 있었을 것이다. 하지만 내가 크리스토퍼 쪽을 보자 그 애가 나를 쳐다보고는 다시 조를 쳐다본다. 아주 잠깐 동안 크리스토퍼는 당황하는 기색을 보이지만, 그게 전부가 아니다. 그 애의 표정에는 내가 조하고 이야기한 것이 야단맞아 마땅한 일이라는 듯 약간은 잘됐다는 표정도 있다. 하지만 도무지 이해가 되지 않는다.

오전 쉬는 시간에 내가 화장실 건물 옆에 서 있는데 크리스토퍼가 내 옆을 지나가면서 벽에 테니스공을 던진다. 공이 튕기자 내가 잡아채 그 애에게 건네주면서 말한다. "너 태권도 잘하더라. 더 있으면서 네가 태권도하는 걸 지켜보지 못해서 미안. 하지만 개를 데리고 있어서 그랬어."

크리스토퍼가 고개는 끄덕이지만 말은 하지 않는다.

"내가 뭐 짜증 나게 한 거 있어?"

"아니." 그 애가 대답한다.

"조 때문이야? 내가 조하고 얘기했다고 야단맞을 때 넌 약간 즐거워하는 것 같더라. 하지만 조가 종교적 유물이나 천사의 엉덩이에서 나온 깃털에 관해 계속 종알대는 게 내 잘못은 아니잖아."

크리스토퍼는 테니스공을 바닥에 튕기더니 멈춰 서서 저쪽에 있는 조를 바라본다.

조는 벤치 위에 구부정하게 앉아 있는데, 구릿빛 긴 머리가 어깨 위로 물결치듯 흘러내린다. 한쪽 양말은 올라가 있고 다른 쪽 양말은 흘러내린 채, 그 애는 재킷 옷깃에 달린 배지를 만지작거리고 있다. 크리스토퍼와 내가 자기를 보고 있다는 걸 알아채자 조가 손을 흔든다. 크리스토퍼는 미소로 답하면서 손가락을 우스꽝스럽게 꼬물거리는 데 마치 두 살짜리가 하는 짓 같다.

"야." 크리스토퍼가 소리친다. "이리 와서 얘기 좀 하자."

조가 흘러내린 양말을 올리고 우리 쪽으로 오더니, 나한테 학교 끝나면 자기네 집에 가겠느냐고 묻는다.

나는 고개를 젓는다. "나는 바스커빌 때문에 바빠."

조의 눈이 커진다. "그게 뭐야?"

나는 어깨를 으쓱하고 나서 말해줄 수는 있지만 그러면 말을 들은 사람을 죽여야 한다고 말한다. 조가 웃더니 그러면 내가 좋은 기회를 놓치는 셈이라고 말한다. 성모 마리아의 플라스틱 조각상을 구했는데 내가 진짜로 봐야 한다는 것이다. 불을 끄면 성모 마리아의 심장이 어둠 속에서 빛을 내고, 머리 위의 후광을 감으면 조각상이 「아베 마리아」를 연주한다는 것이다.

"나는 그거 보고 싶어." 크리스토퍼가 말한다.

그 순간 나는 크리스토퍼의 문제가 무엇인지 확실히 알게 된다.

6

'프라잉 스쿼드'는 파라다이스 단지와 아일랜드 주택단지 사이 골목길에 자리 잡고 있다. 작은 가게로, 바닥은 검은색과 흰색의 체스판 무늬로 되어 있고 창문에는 핑크색 물고기 모양 네온사인이 번쩍인다. 4년 전부터 이 가게에 들어가는 것이 금지되어 있다. 엄마는 우리 앞에서 가게 이름조차 꺼내려 하지 않는다. 누나가 그 가게에서 감자튀김을 사 먹지 못하면 탄수화물 괴혈병에 걸릴 거라고 말했지만, 엄마는 그 말에는 신경도 쓰지 않고 동맥을 막히게 하는 다른 방법을 찾아내면 된다고 말했다. 누나의 말에 의하면 이 모든 것은 아빠가 으깬 소시지 냄새를 풍기면서 집으로 돌아왔기 때문이란다.

나는 기억나지 않는다. 으깬 소시지 냄새는 기억나지 않는다는 말이다. 아빠를 생각할 때면 나는 사과 향기를 상상한다. 그리고 거의 잊어버렸지만, 내가 벽장에 도둑이 있다고 생각할 때마다 아빠는 내 장난감 통에서 꺼낸 플라스틱 칼을 휘두르며 옷장 문을 활짝 열고 어떤 도둑도 살아남을 수 없을 때까지 옷장 안을 획획 내리치곤 했다. 그리고 내가 침대 밑에 괴물이 숨어 있을지도 모른다고 생각하면 아빠는 확인해보겠다며 침대 밑으로 살금살금 기어 들어갔다. 이제 나는 더 이상 괴물의 존재를 믿지 않는데, 한편으로 생각해보니 아빠는 믿을 수 있는 건지 잘 모르겠다.

찰스 스캘리본즈가 발톱으로 내 다리를 할퀸 다음 체스 판에 코를 대고 음식을 찾는다.

찰스 스캘리본즈가 생선 조각을 b1 위치로 옮긴다.

감자튀김은 f2.

소시지 조각은 g7.

으깬 완두콩은 c8.

"네 개가 우리 가게 바닥을 진공청소기처럼 빨아들이고 있구나." 카운터에 있는 아저씨가 말한다.

"이것도 서비스예요." 이렇게 말하면서 나는 선사시대 달걀이 가득 들어 있는 커다란 유리 단지 옆에 팔꿈치를 올린다. "저 개는 뭐든지 먹을 거예요." 나는 잠시 말을 멈추고 숨을 깊이 들이쉰다. "이걸 얻을 수 있을까요?"

"노가리튀김?" 아저씨가 턱을 긁으면서 묻는다.

"아뇨." 내가 대답한다.

"완두콩튀김?" 그의 기름진 앞머리가 흔들린다.

"아뇨."

"그럼 대구튀김?"

"뱁스의 주소요." 내가 말한다. 만일을 위해서 '버스티' 부분은 빼고 말한다.

"주소에 튀김을 곁들여 줄까?"

아무래도 내가 돈을 뜯기고 있는 것 같다. 내 주머니에 있는 거라고는 개가 내 재킷에서 뜯어 먹고는 누나의 비니 위에 토해낸 단추와 반쯤 먹은 사탕, 그리고 50펜스짜리 동전 하나뿐이다.(가브리엘 성인은 내 소원 리스트의 1번에도 그리 도움이 되지 않는다. 나에게는 여전히 돈이 없기 때문에 1번 소원은 이미 지워버렸다.) 50펜스로는 감자튀김을 살 수 없다. 하지만 "완전 거저! 오늘은 땡잡는 날―싸구려보다 더 싼 달걀"이라고 쓰인 단지에 들어 있는 선사시대 달걀 하나를 사기에는 충분하다.

"달걀 피클 하나 주세요." 나는 카운터 위로 동전을 내민다. 아저씨가 동전에 손을 뻗치자 나는 다시 동전을 내 쪽으로 끌면서 말한다. "그리고 뱁스의 주소도요. 그분이 전에 아저씨하고 같이 일했던 걸로 믿어지는데요."('믿어진다'고 덧붙이면 어른 말투처럼 들린다.)

찰스 스캘리본즈가 c7로 옮겨 냅킨 모퉁이를 먹고 있다.

아저씨가 달걀 표본 하나를 종이 봉지에 담는다. "빨리 먹지 않으면 봉투 바닥이 뚫어질 거야."

"그리고 주소는요?" 나는 아저씨가 동전을 가져가게 한다.

"몇 년 전 일이지만 스왈로가 제일 끝 집이었던 것 같아. 아이들이 노는 큰 언덕 근처에 있어. 내가 아는 건 그게 전부야. 50펜스 이상의 가치는 될 거야."

나는 검지로 카운터에 있는 버튼을 누른다. "한 번에 다 써버리지 마세요." 내가 말한다. 윙크를 할까 생각하지만 중간쯤에서 생각을 고쳐먹고 결국 눈을 내리깔고 걸어 나간다.

"달걀 피클!" 남자가 뒤에서 소리친다. "네가 잊어버린 것으로 믿어지는데." 나는 돌아가 카운터에 있는 달걀을 집어 든다.

밖으로 나가 찰스 스캘리본즈에게 달걀을 내밀었더니 개가 냄새를 맡고는 마치 그게 살아 있기라도 한 듯 펄쩍 뛰어 도망간다. 몇 초 후에 개가 돌아와서 꼬리를 흔든다. 한 번 더 냄새를 맡더니 그냥 먹을 만하다고 생각한 모양이다. 달걀 피클이 통째로 개의 입으로 들어간다. 잠시 후 달걀 피클이 스크램블이 되어 입 밖으로 나온다.

나는 집으로 걸어가는 길에 혼잣말을 한다. 그 언덕은 우리 집에서 20분 이상 걸리지 않는다. 나는 그 언덕에서 스케이트보드를 타고 내려온 적이 여러 번 있다. 그곳이 아빠가 집을 나간 이후로 지금까지 살고 있는 곳이란 말인가? 그렇게 가까운 곳이었다면 우연히 마주치기도 쉬웠을 텐데. 그리고 그렇게 가까운 곳이라면, 왜 아빠가 우리 집으로 찾아오지 않았던 걸까? 나는 아빠가 오지 않은 이유를 모두 검토해보지만, 어느 것도 적절한 이유가 되지 못한다. 아빠가 오지 않았다는 사실은 그대로 남아 있다. 하지만 그 사실이 내가 아빠한테 가는 걸 막지는 못한다.

'바스커빌 작전' 2부에는 길찾기 사이트가 포함된다. 나는 아빠의 주소를 기억하면서 컴퓨터를 켜고 스왈로가를 검색한다.(훌륭한 탐정이라면 이런 작업을 한다. 셜록 홈즈가 곧장 쳐들어간다고 생각하는 사람은 없을 것이다. 홈즈는 현장에 찾아가기 전에 준비하고 계획하고 추론한다.) 나는 길 끝에 있는 집을 찾아낸다.

무엇보다 먼저, 이 집은 버킹엄 궁전×3은 고사하고 ×1도 되지 않는다. 화려한 담장도 없고 둥근 무늬를 넣은 철 대문도 없다. 바람에 휘날리는 깃발에 대해서는 잊어버리는 게 좋다. 그 집은, 깔끔한 관목과 나무로 울타리를 두른, 그냥 평범해 보이는 집으로 밝혀진다. 집 옆에 있는 긴 골목에는 여러 개의 쓰레기통이 놓여 있다. 나는 아빠 집의 뒷마당을 확대해본다. 거기에는 장미나무, 나무들, 풀밭 위에 큼직한 조약돌을 박아놓은 것처럼 보이는 좁은 길, 작은 분수대 하나, 그리고 나무로 지은 헛간이 하나 있다. 유명인의 집치고는 모두 너무 평범하다. 그건 확실하다.

집 오른쪽으로, 도로를 따라 한참 내려오면 숲이 우거진 지역이 있고, 그 옆에 스케이트보드 언덕이 있고 그걸 넘어가면 파라다이스 단지로 연결된다. 나는 그 숲에 몇 번 간 적이 있다. 한 번은 숲 속에서 판지로 아지트를 지은 적이 있는데, 비가 와서 결국 종이 반죽을 뒤집어쓴 괴물 같은 모습으로 걸어서 집으로 돌아왔다.

스케이트보드를 옆구리에 끼고 스케이트보드 언덕 정상으로 올라가면서 내가 처음으로 한 생각은 내가 얼마나 이 일을 원하고 있나 하는 것이다. 지금처럼 아빠가 필요하다고 생각한 적은 없었다. 저 아래 골짜기는 11월에서 12월로 접어들었고, 서리가 반짝이는 질병처럼 거리로 퍼져나가고 있다. 저 멀리에 꼬마전구들로 둘러싸인 알라딘 슈퍼마켓이 보인다. 지금 이 순간 엄마는 아마 냉동 미니 양배추를 스캐너에 통과시키면서 계산하고 있을 것이다. 알라딘 너머 저 멀리에, 파라다이스 주택단지가 딱 끝나는 곳에, 서리로 덮인 캄캄한 들판이 영원히 뻗어나간다. 그 너머에 무엇이 있는지 알 수 없다. 물론 그곳부터 이웃 마을이 시작된다는 건 알지만, 나는 그곳이 세상의 끝이라고 상상한다.

머리 위의 칠흑 같은 하늘에는 흰색 물감을 묻힌 붓이 지나간 듯 수억만 개의 눈처럼 하얀 작은 점들이 있다. 어떤 것들은 크고, 어떤 것들은 작고, 어떤 것들은 색이 번져 있다. 그리고 초승달은 닌자 그레이스의 매니큐어 칠한 손톱 끝 같다. 나는 숨을 들이쉬었다 내쉰다. 입에서 나온 김이 싸늘한 허공으로 올라간다. 나는 이 일을 할 것이다. 지금 당장 할 것이다.

나는 스케이트보드를 숨기면서 집에 갈 때 가져가야겠다고 생각한다. 아빠의 집에 스케이트보드를 가져갈 필요는 없다. 지금 단계에서는, 일단 그곳에 도착하면 어떻게 할지 계획은 세우지 않았다. 하지만 그래도 괜찮다. 무슨 일이 벌어지든 나는 받아들일 것이다. 초인종을 누르고 아빠가 나오기를 기다리기로 결정한다면, 나는 그렇게 할 것이다. 초인종을 누르고 나서 숨고 싶다면 그렇게 할 수도 있다. 사실, 나는 무슨 일이든 내가 원하는 대로 할 수 있다. 왜냐하면 나는 '바스커빌 작전'의 지휘관이기 때문이다.

나는 천하무적이다.

나는 천재다.

아무도 나를 막을 수 없다.

나는 겁먹고 있다.

아빠의 집은 집들이 한 줄로 이어지다 골목길로 끊기는 교차점에 있다. 그 집을 한 번 보는 것만으로도 나는 속이 떨린다. 처음에 나는 휘파람을 불면서 집 앞을 지나친다. 휘파람은 절대로 수상하지 않다, 절대 그렇지 않다. 옆집에서 커튼이 움직이더니 누군가 나를 보기에 나는 아빠 집 옆으로 나 있는 골목길로 뛰어 들어간다. 내가 차가운 그림자에 머리를 기대고 쉬고 있는데, 고양이가 야옹대는 소리와 누군가 내 쪽으로 다가오는 발소리가 들린다. 쓰레기 봉지가 바스락거린다. 나는 셜록 홈즈라면 어떻게 할까 생각해볼 시간도 없다. 대신에 댄 호프는 이렇게 한다. 나는 쓰레기통 위로 올라가 가장 가까운 울타리를 넘어 정원으로 들어간다. 등 뒤에서 쓰레기통 뚜껑이 열리고 쓰레기가 툭 떨어지는 소리가 들린다. 발소리가 사라진다.

좋은 소식과 나쁜 소식이 있다. 좋은 소식: 아빠 집 밖 골목길에서 잠복하는 동안은 들키지 않았다. 나쁜 소식: 지금 나는 아빠 집 정원에서 잠복하고 있다. 마침내 나는 정원에 나 있는 좁은 길로 살금살금 숨어든다. 그런데 이상한 일이 있다. 길찾기 사이트에서는 울타리 옆에 트램펄린이 있는 것은 보지 못했다. 작은 축구 골대와 버려진 플라스틱 물총도 보이지 않았다. 그것들은 마치 여기 속하지 않는 물건들처럼 정원과 어울리지 않는다.

내가 트램펄린에 도달할 때, 부엌 불이 켜지고 자물쇠가 달가닥거리며 돌아가는 소리가 들린다.

"누구세요?" 어둠을 가르며 목소리가 들린다.

정원 안쪽으로 뛰어가 헛간의 그늘진 구석에 몸을 숨기는 동안 내 두피에서 땀이 솟아나서 작은 강을 이루어 머리카락 사이로 흘러내린다.

"누군가 정원에 숨어 있다면 경찰에 전화할 거야. 휴대폰에 단축번호로 저장해놨어."

나는 어둠을 끌어안고 숨을 쉬지 않으려고 노력한다.

숨을 쉬지 않기는 어렵다. 숨 쉬는 것은 다소 중요한 일이다.

나는 이곳에 영원히 숨어 있을 수는 없다는 걸 알기 때문에 그 사람이 다시 집 안으로 들어가길 기도한다. 바로 그때 내가 정원에 나 있는 길의 깊은 곳으로부터 털이 북슬북슬한 커다란 괴물이 솟아올라 내 다리를 향해 덤벼드는 걸 보지만 않았다면, 아마도 그 사람은 집으로 들어갔을 것이다. 내가 발길질을 하자 운동화가 그 북슬북슬한 것에 닿는다. 괴물이 엄청난 쉭익 소리를 내면서 침묵을 깨뜨리고 만다. 사실을 말하자면, 바로 그 순간부터 일이 틀어지기 시작한다. 나는 잠자는 아기처럼 조용히 숨 쉬고 있어야 한다는 걸 잊어버리고 에베레스트 산에 오르는 낡은 증기 기관차처럼 씩씩대기 시작한다.

알고 보니 고양이였는데, 어두운 형체가 침입자가 있는 걸 알고 있다고 소리 지르면서 나를 향해 달려오자 고양이는 후다닥 도망간다. "거기 있는 게 파파라치라면 큰일 날 거야. 이런 일은 불법이야. 미성년자를 염탐할 수는 없다고. 아무리 나의 아빠가 유명인이라고 해도 말이야."

나의 아빠?

너의 아빠?

우리의 아빠?

7

내 머릿속에는 천만 가지 생각이 스치는데 그중 가장 중요한 것은 '도망쳐라'이다. 소년이 팔을 회전 폭죽처럼 흔들면서 나를 향해 달려온다. 그가 다가오자 나는 그의 나이가 열다섯 살쯤이고, 생긴 것은 불독 같다는 걸 알아차린다. 그 불독이 벽돌로 만들어졌다면 말이다.

나는 발에 날개가 달린 슈퍼히어로라도 되는 듯 그를 향해 돌진한다. 스피드는 나의 것이므로 나는 회전 폭죽 소년을 제치고 나갈 것이다. 얼마나 빨리 달리는지 운동화의 형체가 흐릿할 정도다. 내가 자갈길을 반쯤 달려가고 있을 때 그의 발끝이 내 발목에 걸린다. 그가 중심을 잃는데, 나에게는 다행이다. 왜냐하면 갑자기 배 속으로부터 '으으으악' 소리가 나면서 나는 슈퍼히어로라기보다는 날개가 부러져 길 위에 대자로 뻗은 소년이기 때문이다.

"파파라치, 파파라치, 파파라치." 그가 재빨리 소리치는데, 인상 깊게도 그 말은 빨리 말하기 놀이를 하는 것처럼 들린다.

나는 고통을 삼킨 채 그로부터 도망쳐서 트램펄린 위로 뛰어올라 할 수 있는 한 빨리 팡팡 뛴다. 마지막으로 뛰어오를 때 울타리를 넘어 맞은편 쓰레기통 위로 떨어진다. 그 후에 나는 땅으로 뛰어내려 반쯤은 뛰고 반쯤은 절뚝거리면서 골목길을 빠져나와 스왈로가에 다다른다.

"넌 낙오자야." 소년이 소리를 지른다. 그가 담장을 퍽 걷어차는 소리가 들린다.

내 머릿속에는 오로지 스케이트보드 언덕까지 가야겠다는 목표밖에 없다. 숲을 가로질러 달리는 동안 고통은 느낄 수 없으며, 혹시라도 회전 폭죽 소년이 뒤에 있을까 봐 멈출 수도 없고 뒤를 돌아볼 수도 없다. 스케이트보드를 숨긴 장소에 이르자 나는 덤불 아래에서 스케이트보드를 끌어내 품에 안은 채 숲을 가로질러 달린다. 언덕 정상에 도착하자 나는 위험을 무릅쓰고 뒤를 돌아본다. 소년은 내 뒤를 쫓아오지 않았다. 스케이트보드를 가볍게 툭 치자 길을 따라 내려가기 시작하고, 나는 그 위로 뛰어올라 고성능 베어링에 고마워하면서 언덕을 쌩쌩 달려 내려간다. 언덕 아래 이르자 나는 스케이트보드에서 뛰어내려 길게 자란 풀숲에 고꾸라진다.

나는 오랫동안 그대로 엎드려 나 자신에게 똑같은 질문을 한다.

나의 아빠가 어떻게 그의 아빠일 수 있단 말인가?

얼어붙은 풀잎이 내 뺨을 간질이고, 파라다이스 단지는 옆으로 기울어져 있다. 나는 이 우주에서 말콤 메이너드가 나의 아빠라고 말할 수 있는 소년은 나밖에 없다고 생각했다. 하지만 내 머릿속에서는 회전 폭죽 소년이 한 말이 울리고 있으며 내 눈에는 어두운 뭉게구름이 지평선을 가로질러 미끄러지듯 흘러가는 게 보인다. 나는 아빠의 집을 찾아냈다. '바스커빌 작전'은 성공했다. 눈물 한 줄기가 옆얼굴을 타고 흘러내려 땅속으로 스며든다. 나는 내가 천재라고 생각한다. 다시 한 줄기 눈물이 흐른다. 나는 내가 천하무적이라고 생각한다. 세 번째 눈물이 먼저 흐른 눈물의 길을 따라 흐른다. 나는 내가 외롭다고 생각한다.

한 시간 후, 나는 어떻게 왔는지 모르지만 내 방 이불 속에 있다. 천장에서는 야광 별들이 빛나고 있다. 별 모양의 행복의 불빛들. 별들을 쳐다보니 마음이 아파서 나는 눈을 감는다. 엄마가 슈퍼마켓에서 돌아와 약간 오래돼서 판매할 수 없는 비스킷을 가져왔다고 소리쳤다. 그때조차 나는 방에서 움직이지 않았다.

그날 밤 나는 또다시 파라다이스 단지 꿈을 꾼다. 전과 똑같은, 내가 아빠 나무 아래 서 있는 꿈이다. 이번에는 가브리엘 성인 메달이 달이 되어 있다. 나뭇잎이 떨어지는데, 하늘에서 내리는 루비 같다. 처음에 나는 나뭇잎을 잡지만 그것들이 부서지더니 내 주위로 떨어진다. 핏빛의 장미 꽃잎이 떨어지듯이. 내 주위에 떨어진 잎들이 점점 쌓여서 무릎 높이가 되고 곧 허리까지 차오른다. 나는 비틀거리면서 진홍색 강 밑으로 쓰러지고, 이제 보이는 것은 내 손가락뿐이다. 손 하나가 다가오자 나는 희망으로 가득 찬다. 어디서 왔는지 모르지만 그 손이 내 손가락들을 움켜잡고 나를 위로 끌어올린다. 나는 아빠 생각을 하면서 잠에서 깬다.

"괴물이 나타나셨군." 누나가 토스트를 입안에 우겨 넣으면서 말한
다. "너 몰골이 완전 엉망이다."

엄마가 나를 쳐다보더니 눈길을 돌린다. 엄마는 김이 나는 차가 담
긴 머그잔을 감싸 쥐고 이따금 마신다. "너도 컨디션이 안 좋은 거니?"

나는 어깨를 으쓱하고 식탁에 앉는다.

"뭔가 먹은 게 잘못됐나 봐." 엄마가 말한다. 갈비뼈 근처에서 엄청
난 트림이 꾸르륵 소리를 내자 엄마는 트림이 폭발하기 전에 주먹으
로 입을 막는다. "미안."

마지막 남은 초콜릿 시리얼을 그릇에 쏟아부으면서 나는 머릿속으
로 리스트에서 6번을 지워버린다. 가브리엘 성인은 이 사랑스러운 초
콜릿 시리얼을 가득 채운 수영장을 절대 주지 않을 것이다.

"비스킷을 너무 많이 먹어서 그래." 엄마가 한숨을 쉰다. "한 봉지
다 먹으면 안 된다는 걸 알았는데."

엄마 얼굴색이 돌고래 지느러미 색이다. 내 회색 교복 스웨터를 엄
마가 입는다면 어디가 옷이고 어디가 엄마 피부인지 구별할 수 없을
정도다. 엄마는 좀처럼 아픈 적이 없기 때문에, 엄마가 일하러 가기
전에 잠깐 누워야겠다고 말하는 것은 놀라운 일이다. 내가 도울 게 없
느냐고 묻자 엄마는 미소 짓더니 핸드백에서 소화제를 찾아서 물과
함께 가져다 달라고 한다.

"하, 아첨꾼시 아첨꾼가의 아첨꾼 씨." 엄마가 2층으로 사라지자 누
나가 말한다. 누나는 내가 엄마에게 도울 일 없느냐고 물어볼 생각을
했기 때문에 샘을 내고 있다. 그렇게 하면 엄마에게 내가 일등이 되기
때문이다. 내가 혀를 내밀자 누나가 꽥 소리를 지른다. "웩! 초콜릿 토

한 것 같잖아."

스팽글 장식이 달린 엄마의 핑크색 핸드백이 현관에 걸린 코트 아래 단정하게 놓여 있다. 나는 지퍼를 열고 안을 들여다본다. 이것은 우주의 미스터리 중 한 가지를 발견하는 것과 같다. 나는 최초로 투탕카멘의 무덤에 들어간 사람 같다. 나는 무엇을 발견할 것인가? 보물이라도 있을까?

첫눈에 보니 흥미로운 건 하나도 없다. 미니 헬리콥터도 없고 손가락용 스케이트보드도 없으며, 물론 골라 담는 사탕도 없다. 가방 바닥에 단정하게 접힌 소책자 하나가 숨겨져 있다. 나는 그걸 꺼내서 계단 아래 칸에 앉아 무릎에 놓고 펴 본다. 책자에는 우리 동네에 있는 프린세스로즈병원의 문진표가 인쇄돼 있다. 다른 사람의 소지품을 읽는 건 나쁜 일임을 알지만, 뭐 어때. 이 집에는 한 명의 성인을 위한 공간밖에 없는데, 이미 가브리엘 성인이 있지 않은가. 그래서 첫 번째 질문은 다음과 같다.

1. 당신의 가슴은
   a) 건강하다
   b) 응어리가 있다
   c) 아프고 가시로 덮인 느낌이다

가시로 덮인 느낌이란 말은 고슴도치를 연상하게 하는데, 엄마가 브라 안에 고슴도치 두 마리를 가지고 있지 않다는 것은 확실하다. 하지만 엄마는 b)와 c)에 동그라미를 쳤다. 두 번째 질문은 도무지 무슨 말인지 모르겠다.

2. 당신에게는
    a) 출혈이 없다
    b) 흔적만 있다
    c) 출혈이 많다

엄마는 이번에는 a)에 동그라미를 쳤는데, 기막히지 않은 대답은 그것뿐이다.

세 번째 질문은 나를 완전히 당황시킨다. 이렇게 말이 안 되다니 차라리 프랑스어로 쓰여 있는 편이 낫겠다.

3. 당신의 증세를 설명하자면
    a) 건강하고, 행복하고, 활기에 넘친다
    b) 소화가 안되고, 아프고, 몸이 불편하다
    c) 우울하고, 피곤하고, 늘 화장실에 들락거린다

또다시 엄마는 b)와 c)에 동그라미를 쳤다. 나는 엄마가 곧 마흔이 된다는 건 알지만, 아직은 인생을 포기할 때가 아니라는 것도 확실하다. 길 아래쪽에 사는 넌쿠 부인은 여든여섯 살인데 아마 엄마보다도 a)에 가까울 것이다.

마지막 질문은 질문이라기보다는 안내문이다. 거기에는, 당신의 대답에 b)나 c)가 두 개 이상이라면 병원에 전화해서 예약을 해야 한다고 쓰여 있다. 엄마는 전화번호 아래 밑줄을 쳐놓았다. 두 번이나. 그것도 빨간 펜으로.

나는 소책자를 다시 접어 엄마 가방 안에 숨겨놓는다. 소화제를 가져다 달라는 부탁을 들었을 때 이런 걸 찾으리라고는 예상치 못했다. 위층에서 엄마 목소리가 들리는데, 위산 때문에 엄마 위장이 끝장나기 전에 서둘러달라는 내용이다. "지금 가요." 나도 소리쳐 대답한다.

***

학교에서도 나는 비밀에 관해 계속 생각하고 있다. 엄마는 아프면서도 그걸 비밀로 하고 있고, 아빠는 회전 폭죽 소년과 함께 살면서도 그걸 비밀로 하고 있다. 빅 데이브 아저씨는 '캐롤라인 1973'과 함께 살면서도 그걸 비밀로 하고 있다. 나는 모든 사람에 대해 걱정하면서도 그걸 비밀로 하고 있다. 그런데 누나는 그냥 누나다. 아침에 나는 가브리엘 성인을 재킷 주머니에 넣고 학교에 왔다.

"9번 소원은 불가능한가요?" 나는 주머니에 대고 속삭여 묻는다. "나에게 로켓이 있다면 달로 날아가 이런 지구상의 문제들로부터 달아날 수 있을 텐데. 다른 소원들을 들어줄 수 없다면 최소한 로켓이라도 보내주세요."

"대니얼 호프, 제발 주목해." 파핏 선생님이 말한다.

"로켓을 가질 수 없다면 8번 소원으로도 만족할 것 같아요." 나는 숨을 죽여 중얼거린다. "8번 소원도 엄청난 거니까." 나는 공책에 나의 새 주소를 아무렇게나 휘갈겨 쓴다.

대니얼 조지 호프

런던 베이커가 221b번지

"누가 중얼대는지 모르겠지만, 제발 그만." 파핏 선생님이 큼지막한 새 부리 같은 얼굴로 내 쪽을 바라보더니 가슴을 쫙 펴는 바람에 블라우스 단추 구멍이 팽팽해진다. "이건 여러분의 어리석은 수다보다 훨씬 중요한 일이에요. 바로 '프로젝트 에코 에브리웨어'에 관한 소식이에요. 자, 여러분이 아는 것처럼 올해에는 성탄절 연극 대신에 '프로젝트 에코 에브리웨어' 공연을 할 거예요."

"에이······." 케빈 커밍스가 말한다. "난 요셉이 되고 싶었는데."

"그보다는 당나귀 쪽이지." 조가 말한다.

"조용, 조용히." 파핏 선생님이 대꾸한다. "이번 행사는 특별할 거예요. 예수님 탄생 이야기처럼 특별하진 않겠지만, 장담하건대 그럼에도 불구하고 특별한 일이 될 거예요. 그래도 성탄절이 아쉽다면, 호텔 천장에 별들이 매달려 있을 거라고 약속할 수 있어요."

"양치기도 몇 명 있어야 돼요." 케빈이 말한다.

"양치기는 없을 거야." 파핏 선생님이 단호히 말한다. "네 영웅이 실제로 양치기라면 몰라도. 하지만 그럴 것 같지는 않은데."

"맞아요." 케빈이 대답한다. "나는 아빠로 할 건데, 아빠는 아주 중요한 사람이에요. 여왕님을 위해서 일하거든요."

"어떤 분야에서?" 파핏 선생님이 묻는다. 평소보다 눈이 두 배로 커진 걸 보니 감명받은 게 틀림없다.

"아빠는 국세관세청에서 일하고 있어요. 말하자면, 선생님 세금을 징수하는 것도 우리 아빠일 거예요."

"아, 그렇구나." 파릿 선생님의 눈이 다시 줄어들어 작은 토끼 똥만 해졌다. "아주 흥미롭군요. 하지만 다음 얘기로 넘어가지요." 선생님이 손뼉을 친다. "자, 오늘 여러분은 각자의 영웅에 대해 시를 쓸 텐데, 그렇게 하면 영웅을 그려보는 데 도움이 될 거예요. 아마 여러분이 만들 의상에 관한 아이디어를 얻을 수도 있겠죠. 케빈, 이번엔 무슨 질문이지?"

"우리 아빠가 아니라 전당포 주인으로 해도 돼요?"

"왜 그렇게 하고 싶어? 전당포 주인이 네 영웅이니?"

"꼭 그런 건 아니에요, 선생님. 하지만 전당포 주인은 동방박사 중 한 명이 그랬던 것처럼 금을 가져올 수 있잖아요. 전당포 진열장을 보니 금이 가득 있더라고요."

"성탄절 연극은 하지 않는단다, 케빈. 그 점은 확실히 말한 것 같은데. 이번 공연은 여러분의 영웅에 관한 거예요. 시를 쓰세요. 송시(頌詩)나 소네트, 구체시, 하이쿠를 써도 되고, 아니면 여러분 마음에 드는 다른 형식으로 써도 되지만, 잘 쓰면 좋겠어요. 여러분에게 도움이 될까 해서 '영웅'의 정의를 찾아봤는데, 영웅이란 고귀한 특성 때문에 남들로부터 존경을 받는 사람이에요. 자, 이제부터 여러분의 몫이에요."

"성모 마리아도 돼요?" 조가 묻는다. "원래는 우리 엄마로 하려고 했는데, 제가 성모 마리아를 얼마나 존경하는지 모른다는 생각이 들었어요. 그리고 성모 마리아가 이 세상에서 가장 유명한 엄마라는 생각도 들었고요."

파핏 선생님이 한숨을 쉬고 대답한다. "네가 정말 그래야 한다면 그러렴. 하지만 성모 마리아가 종이에서 나를 향해 튀어나오도록 해야 해."●

"무시무시한 말인걸." 조가 공책을 꺼내 후광을 그리면서 중얼거린다.

이건 정말 무시무시한 일이다. 아빠에 대해 제대로 아는 게 많지 않다는 걸 깨달아버린 지금 어떻게 아빠를 나의 영웅으로 해서 시를 쓸 수 있단 말인가? 마침내 나는 뭔가를 쓰기는 했는데, 이 시가 아빠의 고귀한 특성에 대해 얘기하는지는 잘 모르겠다.

나의 아빠

한때 아빠라고 불리던 남자가 있었다
그는 나를 엄청 화나게 만들었다
나는 그에게 메일을 보냈지만
그건 실패로 되돌아왔다
이제 나는 정말 많이 슬프다

크리스토퍼는 뭘 하는지 흘깃 보니 그 애는 시를 쓰는 게 아니라 자기 아빠 그림을 그리고 있다. 그림에서 그 애의 아빠는 팔뚝에 심장이 달려 있다.

"크리스토퍼." 파핏 선생님이 어느샌가 그 애의 책상 앞으로 온다.

● 눈에 확 띄게 해야 한다는 뜻.

나는 이런 일이 일어날 줄 알았다. "아주 칭찬받을 만한 그림이지만, 영웅을 그리라고 하지는 않았을 텐데. 영웅에 대해 시를 쓰라고 했잖아. 심장을 그리는 대신에 마음으로부터 우러나는 글을 써보렴." 나는 파핏 선생님이 내가 쓴 시를 볼까 봐 재빨리 책상 위를 팔로 가린다. "아버지에 대해 쓰는 게 막막하다면, 그 대신 어머니에 대해서 써보면 어떨까?"

"저는 엄마가 없어요." 크리스토퍼가 손가락으로 장난을 치면서 말한다.

나중에 수업 시간에 한 말이 무슨 뜻이냐고 물어보자 크리스토퍼는 내 말을 못 들은 척한다. 내가 다시 묻자 그 애는 나를 사납게 노려보더니 자기는 시를 쓰는 대신 그림을 그리기 위해 농담을 했을 뿐이라고 말한다.

나는 크리스토퍼가 거짓말을 한다는 걸 알지만 왜 그러는지는 모른다.

8

좀비들이 세상을 점령하고 있는데 빅 데이브 아저씨는 재미있는 모양이다. 남자 좀비 한 명과 그의 좀비 개가 인간의 살점을 찾아 어두운 골목길을 어슬렁거리는 동안, 나는 팝콘 한 줌을 집어서 입에 쑤셔 넣는다. 아저씨는 이 영화를 여러 번 봤지만 언제나 웃긴다고 한다.

"남자들, 좀비들, 개들, 그리고 팝콘, 이건 무적의 조합이야." 아저씨가 팝콘 알갱이를 삼키면서 말한다.

이 네 가지가 나를 행복하게 만드는데, 이틀 전 아빠 사건 이후로 적당히 질려 있던 나에게는 큰 전환점이다. 빅 데이브 아저씨는 꼭 알맞은 순간에 영화 한 편과 팝콘 한 통을 들고 도착했다. 내가 그를 쳐다보자 그는 화면에서 눈을 떼지 말라고 한다. 이제부터 최고의 장면들이 시작된다는 것이다. 그가 나에게 미친 눈빛을 한 좀비를 지켜보라고 말한다.

"전부 다 그런데요." 나는 이렇게 말하고 나서 웃음을 터뜨린다.

나는 아저씨를 좋아하지 않을 수 없다. 그에게 부인과 아이가 있다는 걸 알지만, 그와 함께 있으면 즐겁다. 그와 함께 있는 걸 즐기지 말자고 수없이 다짐했지만 나는 그럴 수 없다. 아저씨가 좀비를 보며 비웃는 동안, 나는 그가 자기 부인과 포옹할 때도 우리 엄마와 포옹하듯 할까―두 팔을 벌리고 함박웃음을 지으며, 진심으로 위로하는 듯 손가락으로는 엄마의 머리카락을 쓰다듬으며―궁금해진다. 나는 '캐롤라인 1973'도 우리 엄마가 하듯이 아저씨의 대머리를 토닥거리는지 궁금하다.

"이제 좀비가 더 많아졌어. 네 뒤에 있다고." 아저씨가 소리를 지른다. "좀비 개는 인간의 뼈를 원해. 조심해! 좀비들이 너네 집으로 들어가고 있어."

"아저씨는 어디에 살아요?" 나는 눈을 TV 화면에 고정시키고 커다란 팝콘 통에 입을 댄 채 웅얼거리며 말한다.

빅 데이브 아저씨는 나를 쳐다보지도 않는다. "저쪽 아일랜드 주택 단지에 살아." 그는 웃으면서 창문으로 떨어진 좀비가 계단을 구르는 장면을 손으로 가리킨다.

"그 지역은 집들이 근사하죠." 내가 말한다.

"그래, 그렇지." 아저씨가 말을 잇는다. "하지만 지금은 세를 사는 거야."

"그 집에 오래 살았어요?" 내가 묻는다.

"오래되지 않았어. 우리는 여기저기 꽤 이사 다닌 편이야."

우리. '나'가 아니라 '우리'라고 했다. 지금 아저씨가 실수를 한 것이다. 자기가 실수했다는 걸 알아차리지도 못한다. 지금 그는 영화 속

남자에게 뒤에 좀비들이 있다고 소리 지르느라 너무 바쁘다. 아저씨는 이 부분을 볼 때마다 늘 짜증 난다고 말한다. "말도 안 돼." 그가 말한다. "어떻게 저 녀석은 뒤에서 스무 명의 좀비가 발을 질질 끌면서 걸어오고 있단 걸 모를 수 있지? 저 웅얼거리는 소리, 끙끙대는 소리만 들어도 알 수 있을 텐데."

"아저씨 부인은 어디 있어요?" 왜 갑자기 이런 말을 내뱉는지 모르겠지만, 어쨌든 나는 말을 한다. 마치 내 혀가 자제력을 잃고 머릿속의 생각을 그대로 말한 것 같다.

아저씨는 팝콘이 목에 걸려 주먹으로 가슴을 친다. "미안, 팝콘이 잘못 넘어갔어. 팝콘은 치명적인 놈이야. 내가 아는 어떤 여자는 팝콘을 먹다가 딱딱한 걸 씹는 바람에 어금니가 깨졌어. 나도 팝콘이 기도를 막기 전에 그만 먹어야 할까 봐." 아저씨는 소파에서 일어나 팝콘 때문에 죽기 전에 맥주를 한 캔 마셔야겠다면서 우스꽝스러울 정도로 빠르게 부엌 쪽으로 걸어간다.

빅 데이브 아저씨는 그렇게 재미있는 사람이다. 다만 내가 웃지 않는 것은 좀비들이 집을 떠나 쇼핑몰로 갔기 때문이며, 나의 중요한 순간이 지나갔기 때문이다. 지나가긴 했지만 잊히지는 않았다. 나는 이미 '바스커빌 작전'을 수행 중이니까, 이론상으로는 나의 작전 목록에 미스터리를 하나 더 더할 수 있다. 이것은 나의 영리한 생각들 중에서도 가장 영리한 생각이다. 내 말은 '캐롤라인 1973'에 관해 좀 더 알아보는 게 얼마나 어렵겠느냐는 것이다.

이렇게 '라이헨바흐 작전'이 탄생한다.

라이헨바흐 폭포는 셜록 홈즈가 숙적 모리아티와 대결하는 곳이다. 나는 아빠가 두고 간 셜록 홈즈 책에서 그 이야기를 읽었는데, 하도 흥미로운 나머지 먹고 있던 초콜릿 웨이퍼 조각이 책장으로 떨어졌고 그 자국이 지금은 갈색 책갈피 역할을 하고 있다. 물론 내가 결국 폭포 옆에서 물고 뜯으며 싸우게 되리라는 말은 아니다. 또한 아저씨가 모리아티 같은 인물이라거나 그가 엄마를 재미로 만난다는 말도 아니다. 하지만 그게 사실이라면……. 그게 사실이든 아니든 '캐롤라인 1973'이 존재한다면, 나는 그 여자에 관해 전부 알고 싶다.

셜록 홈즈 미스터리에는 단서가 많이 등장한다. '라이헨바흐 작전'에 대한 첫 번째 단서는 니나 아줌마에게 얻었는데, 그녀는 빅 데이브 아저씨에게 카즈라는 이름의 부인과 어린 아들이 있다는 말을 해줬다. 니나 아줌마는 신문을 판매하면서 하루에 수백 명의 사람들에게 소문을 얘기하기 때문에 모든 것을 알고 있다. 파라다이스 단지 안에서 재채기만 해도 아줌마는 티슈 상자를 내밀면서 사라고 할 것이다.

나는 아줌마가 아저씨의 비밀에 대해 확신하고 있었다는 걸 안다. 왜냐하면 흥분해서 그녀의 눈이 반짝이기 시작했기 때문이다.(어쩌면 그게 펄이 들어간 파란색 아이라이너 때문이었는지도 모르겠다.) 게다가 아줌마는 자기는 절대로 거짓말을 하지 않는다고 말한다.(하지만 그 말 자체가 거짓말일 것 같은데, 왜냐하면 누구나 때때로 소소한 거짓말을 하기 때문이다. 나는 언제나 그런다. 누나가 스키니 진을 입고서 자기 엉덩이가 커 보이느냐고 물어보면 나는 늘 작아 보인다고 말한다. 사실은 거대해 보이는데도 말이다. 하지만 내가 누나 엉덩이가 거대해 보인다고 말하면 누나는 닌자 그레이스로 돌변하고, 그러면 나에게 아주 나쁜 상황이 된다.)

두 번째 단서는 아저씨가 '나'가 아니라 '우리'라고 말했다는 점이다. 그러므로 그에게 가족이 있다는 건 명백하다. 혼자 사는 사람은 '우리'라고 말하지 않을 것이다.

세 번째이자 마지막 단서, 동시에 절대로 숨길 수 없는 단서는 아저씨의 팔뚝에 문신된 '캐롤라인 1973'이다. 누나가 거실 탁자에 두는 연예 잡지 덕택에 나는 많은 스타들이 부인과 아이들의 이름을 몸 곳곳에 문신한다는 사실을 알고 있다. 더욱이 아저씨는 자기 피부에 쓰여 있는 이 증거를 완전히 부정할 수는 없다.(갑자기 혹시 아빠도 버스티 뱁스라는 이름을 몸에 새기지 않았을까 하는 생각이 든다. 그것도 모자라 풍차처럼 팔을 흔들던 뚱뚱한 소년의 이름까지 새긴 건 아닐까?)

내가 누나 방문을 노크하고 먹다 남은 팝콘을 건네면서 '라이헨바흐 작전'에 가담하고 싶으냐고 묻자 누나는 약간 놀란 것 같다.

"라이튼백이라고? 미식축구팀 이름 같은데." 누나가 말한다.

내가 어떤 일을 해야 하는지 설명하자 닌자 그레이스가 고개를 끄덕이며 이제 우리가 힘을 합해 우리 안에 있는 반역자를 쫓아낼 때가 되었다고 말한다. 나는 이 작전은 조사해보자는 것일 뿐 마녀사냥은 아님을 강조하려 하지만, 누나는 빅 데이브 아저씨는 무죄임이 증명될 때까지는 유죄라고 한다. 다음 순간, 누나가 완전히 말도 안 되는 계획을 얘기하는 바람에 나는 할 말을 잃는다. 그 틈을 타 누나는 남아 있는 팝콘을 모두 꿀꺽 삼켜버린다. "너도 내 생각에 동조하게 될 거야." 누나가 입술에 묻은 팝콘 조각을 털며 말한다. "내 말 명심해."

하지만 그럴 수는 없다. 말을 명심하는 것 말이다. 한 시간 후 욕실에서 면봉으로 볼 안쪽을 문지르며 생각해보니, 누나가 제안한 방법대로는 절대 할 수 없다. 누나가 제안한 것은 완전히 미친 짓이다. 우리는 틀림없이 들킬 것이다. 그것도 내가 빅 데이브 아저씨의 주소를 알아낼 수 있다는 전제하에 말이다. 지난번에 현관을 치우는 데 한 시간이나 걸렸는데, 전화번호부를 다시 꺼낼 수는 없는 일이다.

입에서 면봉을 꺼내 보니 솜 부분이 약간 끈적해 보인다. 팝콘 찌꺼기가 묻은 모양이다. 이런 일은 TV에서는 절대로 일어나지 않는다. 텔레비전에서 면봉으로 DNA를 채취할 때는 누군가 영화를 보면서 먹은 과자 덩어리가 묻어 나오는 법은 절대 없다. 나는 원래 면봉을 조그마한 비닐 백에 넣어 안전하게 보관할 계획이었다. 왜냐하면 언제 아빠가 텔레비전 스타라는 걸 증명하기 위해 DNA가 필요해질지 모르기 때문이다. 하지만 재판이 열려 내가 이 면봉을 증거로 제시해야 한다면 어떻게 될까.

검사: 재판장님, 이 소년의 DNA는 말콤 메이너드의 DNA와 일치하지 않습니다.

변호사: 이의 있습니다! 그 둘이 일치한다고 우리가 100퍼센트 확신한다는 것을 당신이 알게 될 것입니다. 이 소년은 그의 아들입니다.

검사: 이 면봉으로 증명된 것은 소년의 반은 캐러멜 팝콘이라는 사실입니다.

변호사: 이 사실들을 되씹어보면 당신은 우리가 옳다는 것을 알게 될 것입니다.

나는 웃고 나서 팝콘이 묻은 면봉을 휴지통을 향해 던진다. 그게 빗나가자 나는 한숨을 쉬고 손 대신 발가락으로 면봉을 집어 들려 한다. 그게 안 되자 나는 허리를 굽혀 면봉을 집어 휴지통 안에 있는 빈 포장용기 옆에 놓는다. 왠지 모르지만 나는 포장 용기를 휴지통에서 꺼낸다.

임신 테스트기다.

9

누나의 배가 불룩하기는 하지만 이전과 많이 달라 보이지는 않는다. "착한 여자들은 천상의 매력이 있지만 나쁜 여자들은 악마처럼 매혹적이다"라는 그라피티가 쓰여 있는 바보같이 헐렁한 티셔츠 때문에 알아보기가 더 어렵다.

"너 지금 뭘 빤히 쳐다보고 있는 거야?" 누나가 게으른 불가사리처럼 소파에 대자로 늘어지면서 쉿소리로 말한다. "만약 네가 쳐다보는 게 내 가슴이라면 엄마한테 이를 거야." 나의 소원 리스트에서 2번이 사라진다. 지금 누나가 임신을 해서 내 도움이 필요하다면 끔찍한 말을 하지 않는 새 누나를 달라고 할 수는 없는 일이다.

나는 빨리 머리를 굴려야 한다. "누나 옷에 있는 문구를 읽고 있었어."

"아, 이거." 누나가 티셔츠를 평평하게 잡아당겨 쳐다보며 말한다. "끝내주지, 농(non)*?"

농! 그 말은 끝내주지도 않고, 프랑스어로 말한다고 해서 누나가 임신했다는 사실이 달라지지도 않는다. 내 눈길이 자기 배에 머무르자 누나는 한쪽 팔을 배 위에 올려 내 시야를 막고 다른 손으로는 리모컨을 잡아서 TV를 켠다.

"이게 누구야." 누나가 신음 소리를 낸다. "우리는 이 남자로부터 도망칠 수 없나 봐."

TV에 아빠가 불쑥 나타나더니 파라다이스 단지 서쪽 방면의 교통 상황에 대해 얘기한다. 아빠는 불행한 충돌 사고가 난 맥냅 로터리는 피하는 게 좋으며, 밀튼 지하차도도 피해야 한다고 말한다. 아빠 눈 밑에는 보라색 다크서클이 보이고, 왼쪽 귀 위에는 흰 머리 한 다발이 삐져나와 있다. 가끔씩 아빠의 손이 사하라 사막처럼 넓은 책상 위로 왔다 갔다 하다가 다시 제자리로 돌아간다. 아빠가 목소리를 가다듬는다.

"왜 저 남자를 너의 영웅으로 하겠다는 거야?" 닌자 그레이스가 말한다. "저 남자는 아무것도 아니잖아."

나는 고개를 젓는다. "아빠는 스타야. 보면 알잖아."

"우리는 스타를 원하지 않아. 우리는 아빠를 원한다고."

때로는 닌자 그레이스의 말에 대꾸하는 게 불가능하다. 왜냐하면 누나는 내가 한참 걸려서 생각해낸 천재적인 대답에 언제나 그보다 좀 더 똑똑한 말로 대꾸하기 때문이다. 하지만 진짜 문제는 누나 말에 일리가 있다는 점이다. 아빠를 TV에서 보는 것도 놀라운 일이지만, 나

• 영어의 'no'와 의미가 같은 프랑스어.

는 아빠가 다시 평범한 일들, 예를 들어 나를 데리러 학교로 와준다거나 파라다이스가에서 함께 축구를 해주길 원한다는 결론에 도달했다.

아빠는 고개를 젓고 나서 수박 한 조각을 그대로 물어도 될 만큼 활짝 미소 짓는다. 아빠가 굉장히 멋진 여자 기상캐스터를 소개하겠다고 말한다—마치 아빠가 모든 기상캐스터를 봤지만 그 사람이 최고라는 듯. "아주 아름다운 여성입니다." 아빠가 말한다. "그래서 제가 이 사람과 결혼했지요." 누나와 나는 공포에 질려 서로 마주 본다. "드럼을 울려주세요!" 실제로 드럼 소리는 없지만, 내 심장이 같은 효과를 낸다. "바버라 앤 메이너드를 소개합니다." 그러자 카메라가 기상도 앞에 서 있는 여자를 비춘다.

내 눈알은 물컹거리는 메시볼*을 꽉 눌렀을 때 삐져나오는 것처럼 튀어나온다. 빨간색과 검은색 땡땡이 무늬 원피스를 입은 버스티 뱁스는 아름다운 무당벌레 같다. 옷이 어찌나 달라붙는지 그녀가 점심에 뭘 먹었는지도 알아낼 수 있을 것 같다.(보아하니 포도 한 알밖에 먹지 않은 것 같다.) 풍성한 금발이 어깨 위로 쏟아져 내린다. 그녀는 편안한 미소를 짓고 있는데, 이가 얼마나 고운지 크림색 진주 한 줄이라고 해도 믿겠다.

"식초 냄새."** 누나가 딱 잘라 말한다. "아빠가 저런 여자를 왜 좋아했는지 모르겠네."

나는 어림짐작할 수 있다.

"내가 상상했던 거하고는 다른데." 내가 조용히 말한다.

---

* 그물에 들어 있는 고무 재질의 공. ** 감자튀김에 뿌려 먹는 식초를 떠올린 것이다.

"다른 편이 나아." 누나가 눈을 가늘게 뜨고 나를 보면서 말한다. 누나는 계속해서 자기는 연고주의를 혐오한다고 말하는데, 보아하니 그 말은 친구나 가족에게 일자리를 주는 것과 관계가 있는 모양이다. 하지만 우선 누나가 연고주의를 혐오한다는 말은 사실이 아니다. 왜냐하면 누나가 이렇게 덧붙이기 때문이다. "내가 아직도 아빠하고 좋은 사이고 기상캐스터라는 멋진 일자리가 있다면 그 자리는 내가 가져야 한다고."

"누나는 고등학교 졸업시험부터 봐야 하는 거 아니야?" 내가 묻는다.

"쳇." 누나가 나를 향해 눈을 부릅뜬다. "누가 신경 쓴대? 난 이미 상식 학위는 취득했다고."

"최소한 누나도 외모 학위를 얻지 못했다는 건 아는구나." 내가 말한다. 하지만 닌자 그레이스가 이를 드러내자 나는 서둘러 후퇴한다. "내 말은, 누나가 학위를 딴 건 현명하기 때문이라는 거야."

"정말 그렇지 않니?" 누나가 대꾸한다. "난 똑똑하니까 채널을 돌릴 거야."

나는 목소리를 가다듬고 이제부터 우리가 날씨 정보를 건너뛰어야 하는 거냐고 묻는다. "비가 오는지 해가 나는지 알 수 없잖아." 내가 침울하게 말한다.

"창밖을 보면 되잖아." 누나가 말한다.

엄마는 이런 말을 한다. 인생은 네 엉덩이를 깨무는 습성이 있다고.● 물론 엄마가 정확히 '엉덩이'라고 하지는 않지만, 그 문제는 나중에 이야기하기로 하자. 막 내 엉덩이에 물어뜯기지 않은 곳이 조금도 남지 않았다고 생각한 때, 파핏 선생님이 또다시 살덩어리를 떼어 간다. '프로젝트 에코 에브리웨어'의 다음 과제는 영웅에 관한 발표라는 것이다. '프로젝트 에코 에브리웨어'로 인한 고통에는 끝이 없는 걸까? 들어보니, 각자 자신의 영웅으로부터 받은 물건 한 가지를 가져와 1분 동안 발표해야 하는 모양이다. 60초 내내 고통을 견뎌야 하다니.

나는 어떤 물건을 가져올 수 있을지 생각하면서 공황 상태에 빠진다. 아빠는 나에게 많은 것을 주지 않았다. 기억할 수 있는 거라고는 아빠가 해변에서 사 주었던 곰 인형뿐이다. 여섯 살 때였는데, 나는 길을 잃었다. 공포가 조금씩 나를 갉아먹고 있었다. 다시는 아빠를 볼 수 없으리라고 생각했던 것이 기억난다. 나는 필사적으로 아빠를 찾으려고 여기저기 정신없이 돌아다니며 사람들의 얼굴을 살펴보았다. 아무 소득이 없자 나는 출발했던 곳으로 돌아와 모래 위에 웅크리고 누워 세상이 끝난 것처럼 흐느꼈다. 바닷물이 해변으로 조금씩 밀려왔다. 나는 큼직한 모래성을 만들고 그 안에 기어 들어가서 바닷물이 나를 실어 갈 때까지 기다려야겠다고 생각했다. 하지만 아빠가 나를 찾아내 곰 인형을 사 주고는 곰 인형의 앞발로 모래 섞인 눈물을 닦아 주었다. 아빠는 곰 인형을 '데스티니'**라고 부르자고 말했다. 왜냐하면 우리는 절대로 헤어지지 않을 운명이고, 내가 얼마나 멀리서 헤매든 언제나 나를 찾아내는 게 아빠의 운명이니까. 하지만 지금 멀리서 헤매는 것은 내가 아니다.

● 매사에 조심하라는 뜻. ●● 운명이라는 뜻.

"난 새 계산기를 가져올 거야." 케빈 커밍스가 속삭인다. "아빠가 그러는데, 세금 문제를 잘 해결하려면 계산기가 필요하대. 내가 빚을 얼마나 지고 있는지 늘 알아야 한다는 거야."

"난 루드르의 동굴*을 그대로 본떠서 만든 동굴에 있는 성모 마리아 조각상에 입을 맞춘 사람의 머리카락을 만진 사람이 만졌던 십자가를 가져올 거야. 엄마가 그 십자가를 사 주면서, 성모 마리아는 순종에 대해 많이 아는 분이니까 내가 교훈을 얻을 수 있을 거라고 했어." 조가 말한다. "크리스토퍼, 넌 뭐 가져올 거니?"

크리스토퍼가 얼굴이 빨개지면서 말한다. "난 부를 가져오려고 했어. 아빠가 사 준 거니까. 그런데 학교에서는 위생과 안전 때문에 햄스터를 가져오는 걸 허용하지 않을 거야." 크리스토퍼가 나를 쳐다보자 나는 그것이 내가 뭘 가져올 건지 말하라는 신호임을 안다.

나는 입에 침이 마른다. 한쪽 눈에 단추가 달려 있고 앞발에는 짠 눈물 얼룩이 있는 곰 인형을 가져올 것임을 인정하고 싶은 마음은 추호도 없다. 빅 데이브 아저씨가 사 준 행성 모빌을 들고 와 아빠가 사 준 척할 수도 있다. 그러면 최소한 부끄럽지는 않겠지만 그건 일종의 부정행위다.

"댄은 분명히 진짜 훌륭한 걸 가져올 거야." 조가 말하면서 머리카락을 꼬아 동그랗게 말고는 연필을 꽂는다.

크리스토퍼가 조를 쳐다보더니 고개를 끄덕이며 "그래"라고 말하는 나를 쳐다본다. 나는 조의 확신이 마음에 들지만 그건 완전히 엉뚱

• 프랑스에 있는 가톨릭 순례지.

한 확신이다. 조가 책상 위로 몸을 기울여 귓속말로 성모 마리아의 가브리엘 성인이 나를 치유하고 있느냐고 묻는다. 나는 고개를 저으면서 크리스토퍼의 눈을 본다. 그러자 그 애의 눈을 보지 않았더라면 좋을 뻔했다는 생각이 든다. 그 애가 눈동자의 힘만으로 나를 케이오시키려 하고 있기 때문이다. 크리스토퍼가 조 비스터를 좋아한다는 데는 의문의 여지가 없다. 하지만 왜 그런지 그 애는 나도 조를 좋아한다고 믿고 있다. 물론 나도 조를 좋아하지만 그 애가 생각하는 식으로는 아니다. 내 말은 조하고 나는 그냥 친구일 뿐, 그 이상은 아니라는 뜻이다. 나는 조에게서 떨어지면서 큰 소리로 말한다. "고마워, 조. 하지만 나중에 시간이 나면 알려줄게."

그때 파핏 선생님이 그 물건은 내일 가져오는 것이니 지금은 조용히 하고 잘 들으라고 한다. "대충 만들어낸 얘기는 안 돼요." 선생님이 말을 잇는다. "여러분이 영웅에게 느끼는 열정이 담긴 이야기를 듣고 싶어요. 영웅이란 여러분이 우러러보는 사람이라는 걸 기억하세요. 여러분은 할 말이 많을 거예요. 평소에 얼마나 말이 많은지 생각해보면 말이죠. 전에도 말했지만 여러분의 영웅이 가족 중 한 명이면 좋을 거예요. 하지만……." 선생님이 잠시 말을 멈춘다. "가족이 아니라도 여러분에게 특별한 사람, 여러분이 우러러보는 사람이어야 해요. 예를 들어 선생님 같은."

케빈 커밍스가 기가 막힌다는 듯 캑캑거리더니, 큰 소리로 재채기를 하면서 알레르기 때문이라고 말한다.

"공부 알레르기니?" 파핏 선생님이 대답하면서 케빈에게 '눈빛'을 보낸다. '눈빛'이란 이런 뜻이다. 너도 네가 거짓말한다는 거 알고 나도 네가 거짓말한다는 거 알지만, 그 문제 때문에 내 말을 낭비하지는 않을 거야. "어쨌든 빨리 진행합시다." 파핏 선생님이 말한다. "이건 숙제예요. 발표는 내일이에요." 아무도 선생님 말에 귀 기울이지 않는다. 왜냐하면 끝나는 종이 울렸기 때문이다. 우리는 모두 제일 먼저 교실 밖으로 나가기 위해 가방을 챙기고 의자를 뛰어넘는다.

나는 내가 빨리 움직인다고 생각했지만 조가 나보다 더 빨리 움직인다. 조가 내 앞을 가로막더니 가브리엘 성인에게 빌 열 가지 소원 리스트를 만들었느냐고 묻는다. 조는 다시 한 번 그렇게 하면 효과가 있을 거라고 주장한다. 내가 서 있는 자리에서도 크리스토퍼의 얼굴에 퍼져가는 불덩어리의 열기가 느껴진다. 그 애가 우리를 밀치고 지나가면서 자기를 따돌리지 않는 친구들과 중요한 약속이 있다고 말한다.

내가 간신히 조에게서 빠져나가 크리스토퍼를 쫓아가는데 조가 소리친다. "문제를 회피하지 마. 가브리엘 성인이 너를 지켜주잖아."

"야, 크리스토퍼, 기다려." 내가 애써 단호하게 말한다.

하지만 크리스토퍼가 계속 걸어가는 걸 보면 나에게는 단호함이 없는 모양이다.

"조는 내 여자친구가 아니야." 학교 운동장에 이를 때쯤 내가 말한다. 내 몸은 당혹감 때문에 움찔거리고 꾸물거리는 벌레가 되어 있다. "내 말은, 조하고 나는 그냥 친구일 뿐이라는 거야." 나는 크리스토퍼와 발을 맞춘다. "우리는 메달에 대해 얘기했어."

"무슨 메달?" 크리스토퍼는 나를 쳐다보지도 않고 더 빨리 걷는다.

"그건 중요하지 않아." 내가 소리치는데 크리스토퍼는 뛰어서 교문에 있던 누나와 스탠 형을 지나쳐 교문 밖으로 사라진다. "그래, 중요하지 않다고." 나는 그 애가 도망가버린 게 별로 신경 쓰이지 않는 것처럼 보이려고 노력하면서 소리친다.

"급한 일이 있는 모양이네." 누나가 잠시 놀라서 멈췄다가 말한다.

자, 이 말을 하고 싶다. 나는 보디랭귀지가 많은 것을 말한다고 생각한다. 예를 들어, 화가 났을 때는 주먹을 쥐고, 거짓말을 할 때는 계속 코를 만진다든가 하는 식이다. 나는 누나의 임신테스트기를 발견한 이후 처음으로 스탠 형을 보았는데, 보디랭귀지를 보면 스탠 형의 표정은 '슈퍼터보급의 그것이 장착된 예비 아빠'라는 메시지를 전달하고 있다.

"야, 땅딸보." 스탠 형이 벽에 느긋하게 기댄 채 말한다.

"내 이름은 땅딸보가 아니야."

그는 마치 내가 땅딸보가 맞지만 아직 나이가 어려서 깨닫지 못한다는 듯 한숨을 쉬더니 이렇게 말한다. "좋아, 다시는 땅딸보라고 부르지 않을게. 그러면 빅맨이라고 부르는 게 더 좋아?"

"어울리는 이름이네." 나는 어울리지 않는다는 말투로 말한다.

우리의 정감 어린 대화가 누나를 지루하게 한 게 분명하다. 왜냐하면 누나가 스탠 형이 어느 대학교에 지원할지에 관한 무거운 대화를 시작하기 때문이다. 형은 거미줄 같은 콧수염을 비비 꼬면서, 자기는 오리엔테이션을 최고로 하는 대학교를 알고 있다고 말한다. 누나가 까르르 웃는데, 그 웃음소리가 너무나 말이 안 돼서 나는 입을 벌린 채 누나를 쳐다본다. 아기를 가진 누나가 어떻게 대학교에 갈 계획을 세울 수 있단 말인가?

"술집에서 비싼 돈 내고 사 먹지 않아도 된대. 병째로 들고 가도 된다는 거야." 스탠 형이 누나 어깨에 팔을 두르면서 말한다.

"우유병이겠지." 나는 혼잣말을 한다.

보통은 집까지 10분이면 가는데 오늘은 한없이 늘어진다. 누나와 스탠 형은 손을 잡고 입을 맞추느라 바쁘고, 나는 구름 사이에 외계에서 온 비행 물체가 있는지, 땅에 동전이 떨어져 있는지, 풀밭에는 꼭 밟고 싶은 나뭇잎 아래 교묘하게 개똥이 숨겨져 있는지 찾아보느라 바쁘다. 누나와 스탠 형이 어루만지면서 키스하는 걸 지켜보지 않아도 되는 일이라면 뭐든지 하고 있다.

갈림길에서 형과 헤어질 때 누나가 엄지와 검지로 하트를 만들어 보인다. 그러고는 내 쪽으로 돌아서서 말한다. "자, 이제 스탠이 갔으니 잠깐 얘기 좀 해. 그 '라이튼백 작전' 기억하지?"

"라이헨바흐 작전이라니까." 내가 고쳐준다.

"어쨌든 그거 말이야. 아저씨가 무슨 장난을 치고 있는지 밝힐 때가 왔어."

내 얼굴이 굳는다. 나는 누나가 그 얘기를 처음 꺼냈을 때도 마음에 들지 않았고 지금도 여전히 마음에 들지 않는다. "그거 위험하지 않을까?" 나는 "지금 누나 몸 상태로는"이라고 덧붙이고 싶지만 그 말은 하지 않는다. 하지만 기회가 되면 인터넷에서 임신에 관해 찾아보려고 한다. 왜냐하면 내가 볼 때 넌자 그레이스는 임신 때문에 완전히 정신이 나간 게 분명하기 때문이다.

"내가 하려는 방법으로 하면 위험하지 않아." 누나가 나를 확신시키려 한다. "네가 내 지시대로만 하면, 우리가 '캐롤라인 1973'에 대해 훨씬 더 많은 걸 알게 될 거라고 장담할게. 아저씨가 우리에게 알려주려 하는 것보다 훨씬 더 많이. 그레이스 호프는 준비됐어. '라이튼백 작전'은 시작됐어."

애초에 내가 이 작전을 시작하지 않았다면 좋을 뻔했다.

10

크리스토퍼가 양쪽에 두 명의 심복을 거느린 채 교문에서 나를 기다리고 있다. 한 명은 우리 반의 코미디언 케빈 커밍스로, 콧속에 손가락을 얼마나 깊게 찔러 넣었는지 뇌라도 팔 수 있을 것 같다. 다른 한 명은 한 학년 아래인 더크다. 일반적으로 도크*라고 알려져 있는 더크는 여드름을 뜯고 있는데 고름이 터져 나오자 상당히 감명받은 것 같다.

"좋아. 어제 일에 대해 너한테 얘기하고 싶었어." 나는 다른 두 명을 무시한 채 크리스토퍼에게 말한다. "조에 대한 얘기야. 내 생각에는 네가 혼동하고 있는 것 같아." 그러는 사이 도크는 흰색 셔츠 소매로 흘러나온 고름을 닦고 케빈은 코에서 손가락을 빼더니 손가락 끝을 유심히 쳐다보고 있다. 마치 훌륭한 에메랄드라도 파낸 것처럼. 둘

* 얼간이라는 뜻.

이 주의를 기울이지 않는 사이 크리스토퍼가 내 가방을 움켜잡아 관목 울타리 너머로 던져버린다.

"절대 아니야. 네가 혼동하고 있어." 크리스토퍼가 속삭인다. "나는 조를 좋아한다는 말을 한 적이 없어."

바로 그거다! 나는 크리스토퍼가 조를 좋아한다는 말을 하지 않았다. 나는 그 애가 상황을 혼동하고 있는 것 같다고 말했을 뿐이다. 나는 살짝 미소를 짓는데 그것이 나의 최대 실수가 된다. 왜냐하면 크리스토퍼가 발끈하더니 내 손을 움켜잡고 마치 내가 세탁기라도 되는 것처럼 빙빙 돌리기 때문이다. 경고도 하지 않은 채 크리스토퍼가 손을 놓아버린다.

종이 울리자 크리스토퍼는 관목 울타리 너머에 뻗어 있는 나를 힐긋 보더니 내 가방을 들고 아무 걱정 없는 사람처럼 휘파람을 불면서 가버린다. 반면에 나는 있는 힘껏 손가락을 불면서 눈을 깜빡이고 있다. 눈에 뭐가 들어갔다.

교실로 와서도 나는 뭐가 뭔지 모르겠다. 크리스토퍼는 나를 못 본 척하고 있으며 내 가방은 내 책상 위에 놓여 있다. 나는 가끔씩 크리스토퍼 쪽을 바라보지만, 그 애는 마치 내가 투명 인간의 유령이라도 되는 듯 나를 뚫고 내 뒤쪽을 바라본다. 아마도 크리스토퍼가 조를 얼마나 좋아하는지 내가 과소평가한 모양이다. 나는 그 애에게 화해의 손을 내밀 것이며, 다시는 케빈 커밍스 앞에서 크리스토퍼가 조를 좋아한다는 말을 하지 않을 것이다. 케빈 앞에서 얘기한 것 때문에 오늘 아침에 일이 잘못된 것 같다.

"자, 여러분." 파핏 선생님이 말한다. "곧장 과제로 들어갑시다. 각자 영웅에 관련된 물건을 하나씩 가져와 발표하기로 했죠. 첫 번째 순서로……." 파핏 선생님이 블라우스를 대형 범선의 돛처럼 펄럭이면서 책상 사이로 걸어온다. "크리스토퍼, 일어나세요."

크리스토퍼는 의자를 뒤로 밀고 일어나 주머니에서 시계를 꺼내 모든 아이들이 볼 수 있도록 높이 쳐든다. 무대는 그의 것이다. 크리스토퍼는 자기 아빠가 시계를 사 줬다고 말한다. 그러고는 그 시계가 세월이 흘러갈수록 어떻게 그들의 삶을 상징하는지에 대해 근사한 연설을 시작한다. "이 시계를 자세히 들여다보면 작은 문자반에 낮에는 해가 떠 있고 밤에는 별들이 나타나죠." 그 애가 말한다.

모두들 우우, 아아 하면서 감탄하는데 케빈 커밍스만 끙끙대며 꼼지락거린다. 파핏 선생님이 시계를 받아 자세히 살펴본 다음에 학생들에게 돌려가며 보게 한다. 시계가 나에게 도달하자 나는 그것을 손 안에서 굴려보고 문자반에 있는 작은 해를 들여다보면서, 우리 아빠도 이렇게 멋진 물건을 사 줬다면 좋을 텐데 하고 생각한다. 가방이 발에 닿자 나는 데스티니를 가져온 것을 생각하면서 초조하게 침을 삼킨다.

어젯밤 어떤 물건으로 발표할지 생각하다가 완전히 안절부절 상태가 되었다. 결국 행성 모빌을 가져오기로 결정했다. 나는 지친 채로 잠이 들었다. 하지만 오늘 아침에 일어나 보니 마지막 남은 행성들이 모빌에서 떨어졌고 찰스 스캘리본즈가 그걸 먹어버린 것이었다. 나에게 남은 것이라고는 개가 토해놓은 것과 모빌 줄뿐이었다. 그래서 나는 곰 인형을 가방에 쑤셔 넣으면서 내가 발표할 순간이 오지 않기를 기도했다.

크리스토퍼가 웅대한 피날레를 향해 순항하는 동안 나는 숨죽이고 있다. "아빠는 이 세상 무엇과도 나를 바꿀 수 없다고 하세요." 챙 챙 챙! 크리스토퍼가 보이지 않는 심벌즈를 울리면서 모두의 관심을 독차지하고 있다. 우레 같은 박수가 터져 나오자 그 애의 얼굴에 평온한 미소가 번진다. 크리스토퍼가 나를 똑바로 보면서 입 모양으로 말한다. "이제 네 차례야."

"정말 아주 특별한 발표였어." 파핏 선생님이 말한다. "크리스토퍼, 수고했다. 다음은……." 나는 살금살금 의자 깊숙이 파묻혀 볼펜을 열심히 관찰하는 척한다. 볼펜은 정말 매혹적이다. 어디선가 읽었는데, 평균적으로 1년에 100명의 사람들이 볼펜이 목에 걸리고, 볼펜 한 자루면 8킬로미터까지 글씨를 쓸 수 있다고 한다.

"대니얼, 일어나렴." 파핏 선생님은 나의 '볼펜 사랑에 몰입하여 한눈파는 기법'에 속지 않았다. 나는 선생님이 다른 사람을 지명하기를 바라면서 '똑바로 선생님을 응시하는 기법'을 시도했어야 한다. 하지만 그 기법도 실패할 수 있다는 걸 알아야 한다. 왜냐하면 파핏 선생님을 똑바로 쳐다본다 해도 가끔씩은 어쨌든 지목하니까.(이 이야기가 주는 교훈은 선생님이 어쩔지는 예측할 수 없다는 것이다.)

책상 위에 가방을 올려놓고 데스티니를 찾으려 가방 안을 뒤지는 동안 내 뺨이 화끈거린다. 20초 후에도 나는 여전히 뒤적거리고 있고, 파핏 선생님은 신발 끝으로 교탁 다리를 톡톡 친다.

선생님은 짜증이 나서 길게 한숨을 쉰다.

나는 강아지 같은 눈으로 선생님을 쳐다보면서 말한다. "없어졌어요."

"그래?" 선생님이 교탁을 치는 속도가 빨라지더니 드디어 나에게 '눈빛'을 보낸다. "가져오긴 한 거니? 잘 찾아보고 있어?"

물론 나는 제대로 찾아보고 있다. 도움이 된다면 돋보기라도 쓰겠지만 그런다 해도 곰 인형은 거기에 없을 것이다. 나는 키득키득 숨죽여 웃는 소리에 놀라 누가 웃고 있는지 주위를 둘러본다. 크리스토퍼가 손으로 입을 막고 허리가 펴지지 않는 척하면서 난리를 떤다. 크리스토퍼가 그랬군—물론 그 애가 한 짓이다. 아침에 내 가방을 가져가면서 나의 곰 인형을 훔친 것이다. 나는 가장 강렬한 눈빛으로 그 아이를 노려보지만, 그 애는 교실 앞쪽에 있는 책꽂이를 응시하느라 너무 바빠서 내가 노려보는 것도 알아차리지 못한다. 다른 아이들도 모두 그쪽을 바라보고 있고, 살렘은 손가락질을 하면서 웃음을 터뜨린다. 때로는 파국이 다가오는 것을 몸으로 느낄 수 있는데, 내가 슬로모션으로 고개를 돌려 책꽂이를 볼 때 바로 그런 일이 일어난다. 책 사이에 데스티니가 포근히 자리 잡고서, 눈물 자국 있는 앞발에 피타빵 한 조각을 들고 있다.

"봐! 곰 인형이 소풍을 나왔어." 크리스토퍼가 소리 지른다.

나는 크리스토퍼의 입을 닥치게 하고 싶다. 나는 그 애에게 상처를 주고 싶다. "저 곰 인형은 우리 엄마가 사 준 거야." 나는 거짓말을 한다. 나는 입술이 스트링 치즈라도 되는 양 질근질근 깨문다. "하지만 네가 왜 신경을 쓰니? 넌 엄마가 없잖아." 내 입에서 그 말이 나가는 순간, 나는 새로 산 교복 바지의 주름처럼 날카로운 죄책감을 느낀다. 크리스토퍼의 표정이 일그러지더니 그 애가 자리에서 뛰어나와 내 윗도리를 움켜잡는다. 파핏 선생님이 우리에게 그만하라고 소리친다.

크리스토퍼가 나를 잡은 손을 놓기 전에 낮은 목소리로 말한다. "댄 호프, 너 혼날 줄 알아. 뒤를 조심해. 언제 어디서인지도 모를 거야. 너 내가 태권도 하는 거 봤지? 오늘 저녁에도 수업이 있어. 나는 치명적이야. 이걸로도 널 죽일 수 있어." 그 애가 새끼손가락을 구부려 보이며 분노를 뿜어내고는 자리로 돌아가 앉는다.

파핏 선생님이 책꽂이에서 내 곰 인형을 꺼낸다. "다친 데는 없군." 선생님이 인형 먼지를 털어 내게 돌려주며 말한다. "이건 어리석은 장난이었고, 이런 일이 다시는 일어나선 안 된다고 해두자." 파핏 선생님이 비난하는 눈길로 크리스토퍼를 바라보자 그 애가 고개를 끄덕인다. "크리스토퍼가 미안해하는 것 같으니 발표 수업을 계속합시다. 샌드위치 먹는 걸 좋아하는 사랑스러운 곰 인형에 대해 전부 듣고 싶구나."

당연히 나는 이야기를 잘 끝내고, 반 아이들은 예의 바르게 박수를 치고, 파핏 선생님은 칠판에 쓰인 내 이름 옆에 금색 별 스티커를 붙인다. 내 머릿속에는 오로지 이 생각뿐이다. '곰 인형 이야기는 상을 받을 만하지 않다.' 까놓고 말해서 이건 불쌍해서 주는 상이다.

그날 오후 주머니에서 편지 봉투를 발견하자 나는 크리스토퍼가 보낸 사과 편지일 거라고 생각한다. 나는 학교 전체에서 유일하게 개인적인 편지를 읽을 수 있는 곳, 즉 화장실로 편지를 가져간다. 내가 문을 잠그고 편지 봉투를 뜯는데, 누군가 소변기 쪽으로 들어온다. 그 누군가는 천천히 자리를 잡고, 바지 지퍼를 내리고, 중얼중얼한다. 그러자 물을 방출하는 소리가 들린다.

"절대 안 돼." 나는 편지를 읽자마자 소리 지른다.

누군가가 꽥 소리 지른다. "신발을 적셨잖아." 지퍼 닫는 소리와 신발을 질벅거리면서 화장실에서 나가는 소리가 들린다.

"절대 안 돼." 나는 되풀이한다. "이 일은 하고 싶지 않아." 나는 편지를 접어 다시 주머니에 찔러 넣는다.

3시 45분에 누나가 교문에 도착한다. 북슬북슬한 후드가 달린 코트를 입고 있기 때문에 보이는 것은 코와 입뿐이다. "내 편지를 제대로 받았군." 누나가 손가락을 호호 불면서 말한다.

나는 10억 분의 1초 동안 생각하다가 말한다. "우리는 들킬 거야. 그것도 빅 데이브 아저씨가 어디에 사는지 알아낼 수 있다면 말이야."

"아, 그래." 누나가 대꾸한다. "내가 벌써 약간 조사해서 그 남자가 어디 사는지 알아냈다는 얘기를 깜빡했네."

"뭐?"

"아저씨가 우리 집에서 나갈 때 우연히 아저씨 뒤를 따라가다 보니 아일랜드 주택단지에 있는 집으로 들어가더라."

"우와! 아저씨를 미행해서 집을 알아냈다고? 그건 정말 잘못된 일이야." 바로 며칠 전에 아빠 집 정원에 숨어 있던 일이 기억나자 나는 말을 멈춘다.

"잘난 척하지 마. 거기 가면 추울 거야." 누나가 눈에서 불꽃을 튀기며 말한다. "내가 그런 건 엄마를 위해서라는 걸 기억해." 그게 모든 일에 대한 누나의 대답이다. 누나가 엄마를 위해 그런다고 말하면, 나는 전혀 언쟁을 벌일 수 없기 때문이다. 누나가 스키 마스크와 장난감 워키토키를 건네준다. "우리는 변장을 하고 계속 연락해야 해."

"워키토키는 어디서 찾아낸 거야?'

"네 침대 밑에서." 누나가 대답한다. "이걸 꺼내느라 고무장갑을 껴야 했다는 거 알아둬. 네 침대 밑에 있는 속옷 폐기장을 만지고 싶지 않았거든."

나는 털실로 짠 스키 마스크를 머리에 뒤집어쓰고 털실 사이로 한숨을 쉰다. 오늘은 기록적인 재앙이 될 테니 차라리 양털로 짠 마스크 속에 숨어 부끄러움을 감추고 있는 편이 낫겠다는 생각이 든다.

빅 데이브 아저씨의 집에 도착하자 우리는 헤어진다. 누나가 나에게는 길 건너편 잡목 속에 숨으라고 하고 자기는 더 쉬운 길을 택해 아저씨의 자동차 뒤에 숨는다. 나는 워키토키를 켠다. "스키 마스크 때문에 땀이 난다, 오버." 내가 중얼댄다.

누나도 자기 워키토키를 켠다. "그만 징징대지 않으면 이웃 사람들이 알아차린다, 오버."

"호랑가시나무 덤불 속에 낯선 사람이 잠복해 있는데 이웃들이 알아차리지 못할 거란 말이야? 오버."

"네가 그냥 쪼그려 앉아서 불평하지 않는다면, 오버."

"누나는 호랑가시나무 줄기가 엉덩이를 찌르지 않으니까 그런 말을 쉽게 하겠지. 그런데 워키토키는 왜 가져온 거야? 핸드폰으로 얘기할 수도 있잖아, 오버." 나는 스키 마스크 구멍으로 내다본다.

"머리 숙여, 오버." 누나가 쉿소리로 말하면서 숨는다. "이웃 사람이 크리스마스트리 꼬마전구를 만지는 척하면서 커튼을 열고 있어."

"오버, 오버." 나는 워키토키에 대고 중얼댄다.

"오버라니?"

"누나가 오버라고 말하는 걸 잊어버렸다고, 오버." 나는 숨어 있던 곳에서 뛰어나가면서 말한다. 길을 건너 닌자 그레이스와 합류하자 누나가 워키토키로 내 귀를 겨냥한다. "하지만 오버라고 말하는 건 어쨌든 뭐랄까…… 과대평가되어 있어." 내가 말한다.

"근사한 코멘트 따위는 그만두고 계획에 충실하자고." 누나가 대꾸하면서 워키토키를 가방에 집어넣는다. "우리는 이 집에 잠복해서 그 남자가 여기 사는 게 맞는지 알아보고 '캐롤라인 1973'에 관한 증거가 있는지 찾아봐야 돼. 그런 다음에 다음으로 무얼 할지 결정할 수 있어."

내가 아저씨 집의 초인종을 누르자 벨이 울리고, 누나는 옆집 마당에 숨어 있다. 현관문이 열리자 빅 데이브 아저씨가 어리둥절한 표정으로 내 앞에 선다. "누구세요?"

"안녕하세요." 나는 두꺼운 털실 사이로 중얼거리면서, 이 집에 잠복하겠다는 누나의 계획에 내가 초인종을 누르는 것이 포함되지 않았다면 얼마나 좋았을까 생각한다.

"할로윈은 12월이 아니라 10월인데." 아저씨가 고개를 젓고 문을 닫으려 하지만 내가 발 한쪽을 들이민다.

"짜잔, 나예요." 나는 아저씨가 얼굴을 볼 수 있도록 스키 마스크를 끌어올린다.

"아, 세상에." 그가 말한다. "마스크 다시 쓰렴. 쓴 게 낫네."

나는 왜 스키 마스크를 쓴 채 아저씨의 현관에 있는지 설명하기 위해 잽싸게 머리를 굴려야 한다. 불행히도 내 두뇌가 너무 빨리 회전하는 바람에 내 입이 따라잡지 못한다. "음, 그러니까……. 찰스 스캘리본즈를 데리고 산책하고 있었는데 아저씨 차가 보였어요. 그런데 타이어에 바람이 빠져 있는 거예요." 나는 팔짱을 끼고 걱정하는 것처럼 보이려고 노력한다. 턱까지 만진다. 그게 내가 이 문제에 대해 곤혹스러워하고 있다는 확실한 표현이기 때문이다. "아저씨가 알아야 할 것 같아서 초인종을 눌렀어요."

"어디 있어?" 아저씨가 묻는다.

"자동차 타이어가 어디 있느냐고요?" 나는 그렇게 바보 같은 걸 묻느냐는 표정으로 아저씨를 보며 집 바깥에 세워져 있는 은색 몬데오를 가리킨다.

"아니, 개는 어디 있느냐고."

나는 아무거나 머릿속에 처음으로 떠오르는 대로 말한다. 그 첫 번째 생각은 완전히 말도 안 되는 얘기다. "토끼들을 쫓고 있어요. 이 주택단지는 토끼들로 가득하네요." 아저씨는 나를 쳐다보며 얼굴을 찌푸리지만 어쨌든 나를 따라 자동차가 있는 곳으로 간다.

다음 5분 동안 나는 아저씨에게 왜 타이어가 바람 빠진 것처럼 보이는지 설명하려고 노력한다. 불행히도 나는 자동차 정비사인 아저씨의 맞수가 안 된다. 아저씨는 어제 점검했을 때 타이어 압력이 완벽한 32psi였으며 지금 봐도 조금도 달라진 게 없다는 설명을 숨을 돌리지도 않고 해나간다.

"차에 타봐도 돼요?" 나는 시간 지연 작전을 펴면서 말한다. "운전하는 법을 배우고 싶어요."

"넌 열한 살이야."

"맞아요. 그런데 아저씨는 마흔 살쯤 됐으니 상관없잖아요. 난 운전

원리에 관한 책을 처음부터 끝까지 다 읽었다고요." 내가 말한다. "게다가 이렇게 근사한 차에 앉아 기분을 느껴보기에 어린 나이도 아니잖아요. 내가 아저씨 자동차 좋아하는 거 아시죠?" 곁눈질로 보니 누나가 뭔가 핑크색 물건을 팔에 늘어뜨린 채 아저씨의 집에서 빠져나오는 것이 보인다. 내가 얘기하는 사이에 숨어 들어갔던 게 틀림없다. 누나가 이웃집 마당을 향해 뛰어올라 울타리 뒤로 내려가 다시 한 번 눈앞에서 사라지는 동안 내 배 속이 튕겨나가는 느낌이 든다.

"그렇게 좋아한다면 자동차 키를 가져올게." 빅 데이브 아저씨가 나를 보며 말한다.

"아뇨, 괜찮아요." 내가 멀리 걸어가면서 말한다. "지금은 5분 전 만큼 좋지는 않아요."

골목 안에 있는 '프라잉 스쿼드' 옆에서 누나가 나를 따라잡는다. 의기양양한 모습으로 손에 핑크색 실크 가운을 들고 있다. "내 말이 믿기지 않을 거야." 누나가 말한다.

누나의 표정을 보자 나는 누나 말이 옳을 거라는 생각이 든다.

11

인터넷에서 얻은 새로운 정보: 태어나지 않은 아기들은 외계인처럼 보인다.

임신을 지칭하는 또 다른 명칭: 더 클럽.

더 클럽에 관한 사항: 남자들은 가입할 수 없다. 나는 뭐 상관없다. '더 클럽'은 재미있을 것 같지 않으니까. 당신이 회원이라면 분명 누구에게나 짜증 내고 있을 것이다. 그리고 때때로 이상한 행동을 하게 될 것이다. 이것은 호르몬의 작용 때문이다.(누나가 빅 데이브 아저씨의 집에서 비정상적인 짓을 한 것도 호르몬의 작용으로 설명할 수 있다.)

새로 가입한 회원들이 분명히 겪을 증세: 개처럼 냄새를 맡는다. 정말 개처럼 한다는 말은 아니다. 하지만 후각이 경찰견의 코처럼 예민해져서 구토를 유발하는 낯선 냄새들을 찾아낸다.

아프다: 병들어서 아픈 게 아니라 구토할 때처럼 메스꺼워진다.

회원권의 유효 기간: 평생. 뿐만 아니라 앞으로는 절대 트램펄린 위

에서 뛰면 안 된다. 그랬다간 오줌을 찔끔할지도 모른다.

배꼽을 쥐고 웃을 것이다: 배꼽을 쥐고 웃는 동안은 웃고 싶지 않을 것이다.* 무슨 말인지 모르겠다고? 나도 그렇다.

걱정되는 점: 클럽 자체. 누나는 이런 거 절대 못한다. 브라우니**에서도 한 달을 버티지 못했다.

중요한 점: 엽산을 섭취할 것.

지금 읽고 있는 정보에 의하면, 누나의 임신은 불운한 일이다—정말 불운하다. 나는 다른 페이지를 클릭해서 화면을 내리다가 올챙이 한 마리가 친구들과 함께 보름달을 향해 헤엄쳐 가는 동영상을 발견한다. 이건 올챙이들의 성대한 파티 같다. 하지만 사람들의 파티와 달리, 올챙이들은 모두 일등으로 도착하려고 한다. 실생활에서는 일등으로 도착하는 건 낙오자들뿐이다. 올챙이 하나가 죽어 정말로 동료들 앞에서 멈춰버리지만 그들은 전혀 개의치 않고 헤엄친다. 보아하니 죽은 올챙이의 장례식 같은 건 하지 않는 모양이다. 이 올챙이들은 냉혹하다. 마침내 작은 올챙이 하나가 보름달에 도착하더니 주먹으로 펀치를 날리는 것 같다. 올챙이한테 주먹이 있다면 말이다. 나는 누나에게 엽산이라는 걸 사 먹여야겠다고 생각한다. 엽산을 먹지 않으면 개구리를 낳을 수도 있으니 말이다.

올챙이 파티 밑에는 남자와 여자를 그린 막대그림***이 있다. 남자는 턱수염이 무성한 것이 스탠 형과는 전혀 다르다. 여자는 공주 드레스 속에 축구공을 몰래 숨기고 있다. 이 여자도 누나와는 전혀 다르

● 꿰맨다는 표현을 배꼽을 잡고 웃는다는 뜻의 관용구로 이해한 것이다. ●● 7~10세 소녀들로 구성된 단체. ●●● 머리는 원으로, 몸은 선으로 간략하게 표현한 그림.

다. 누나에게도 공주 드레스가 한 벌 있는데 첫 번째 성찬식에 갈 때 그걸 입고 베일도 썼다. 막대그림 숙녀는 베일을 쓰지 않았다. 보아하니 베일은 '더 클럽'과는 아무 상관이 없는 모양이다.

나는 의자에 기대앉아 머리를 긁적인다. 그러니까 내가 찾아낸 많은 정보에 의하면 임신한 사람들은 이상하게 행동한다. 그렇다면 그날 밤 누나가 바보 같은 행동을 한 이유가 설명이 된다. 모두 누나가 '더 클럽'에 가입했기 때문이며, 누나의 배 속에서 올챙이들이 파티를 열고 있기 때문이다.

우리가 빅 데이브 아저씨의 집에 다녀온 후에, 누나는 자기가 원했던 대로 '캐롤라인 1973'에 대한 모든 증거를 잡았다고 했다. "침실은 이미 사랑의 보금자리로 꾸며지고 향초들이 켜져 있었어." 누나가 말했다. "백단향 향이었던 것 같아."

"확실해?"

"백단향에 관해서는 자신 없어." 누나가 말했다. "어쩌면 앰버 향이었는지도 몰라. 하지만 그곳이 사랑의 보금자리였다는 건 확실해. 그런데 거의 들킬 뻔했어. 내가 침실 안에 있는데 누군가 화장실로 가길래 일단 눈에 보이는 걸 집어 들고 도망 나왔어. 그러면서 화장대 위에 있던 물건들을 쓰러뜨렸는데, 그중에는 포이즌°도 한 병 있었어."

"독약이라고?"

무섭게도 누나는 웃음을 터뜨렸다. 그러고는 이렇게 말했다. "포이즌은 향수야, 이 멍청아. 아직은 이 얘기를 엄마한테 하지 않겠지만,

---

● 독약이라는 뜻.

적당한 때가 오면 결단코 엄마한테 얘기할 거야."

"적당한 때는 누가 결정하는 거야?"

"내가." 누나가 팬터마임에 등장하는 악당처럼 양손을 비비며 말했다.

"너 왜 여자 가슴을 그리고 있는 거야?" 케빈 커밍스가 묻는다.

"여자 가슴 아니야. 가운데 점이 있는 축구공이야." 내가 대답한다. 케빈이 내 말을 믿지 못하겠다고 말한다. "좋아, 여자 가슴 맞아." 나는 이것으로 얘기가 끝나길 바라면서 인정한다. 그런 행운은 없다. 왜냐하면 내가 이 문제에 대해 더 이상 얘기하고 싶지 않다고 말하자 케빈 커밍스가 손을 들기 때문이다.

"파핏 선생님, 무슨 일이 일어나고 있는지 아세요?" 케빈이 징징거린다.

선생님이 다가오자 나는 가슴 그림에 웃는 얼굴을 그려 넣으면서 케빈에게 나중에 다 얘기해주겠다고 속삭일 수밖에 없다. 케빈은 씩 웃으면서 파핏 선생님에게 화장실에 가야 한다고 말한다. 케빈은 교실을 빠져나가면서 교복 스웨터 앞면을 손으로 잡아 가슴이 불룩한 것처럼 보이게 한다.(그 애는 안 그래도 살이 쪄서 가슴이 불룩하다.)

지금이 내가 벗어날 수 있는 기회다. 나는 수업이 끝난 후 도망칠 계획을 세우지만 케빈 커밍스는 내가 상대하기에는 너무 영악하다. 수업이 끝나는 종이 울리기 직전에 그 애는 파핏 선생님에게 왕실의 대참사 때문에, 다시 말해 할라피뇨* 소스를 추가한 '더 킹 케밥' 덕택에 자기 창자가 멜트다운** 중이라고 말한다. 창자에서 불이 나고 있

108

어서 또 화장실에 가야 할 것 같으니 가방을 챙겨서 화장실에 갔다가 그냥 하교해도 되겠느냐고 묻는다. 선생님이 등을 돌리자 케빈은 겨드랑이로 방귀 소리를 내고, 그러자 선생님은 갑자기 케빈을 내보내고 싶어서 견딜 수 없어진다. 다만 케빈 커밍스는 화장실에서 무릎을 구부리고 앉아 있을 생각이 전혀 없을 뿐이다—대신에 그 애는 교문에서 나를 기다리고 있다.

"가슴은 웬일이야?" 함께 학교를 빠져나가면서 케빈이 묻는다.

"네 위장은 웬일이야?" 케빈은 질문을 받으면 다른 질문으로 답하는 짜증스러운 버릇이 있어서 이번에는 내가 그 방법을 쓴다.

"너 여자친구 생겼니?" 케빈이 묻는다.

여기에서 그렇다고 대답하는 것이 그 애를 떼어버리는 가장 쉽고 빠른 방법이다. 내가 이 방법을 쓰자 그 애가 대답한다. "아니야, 너 여자친구 없잖아."

"좋아, 다른 사람에게 얘기하지 않겠다고 약속해."

"하늘에 걸고 맹세할게."

"우리 누나가 '더 클럽'에 들었어." 내가 말한다.

"무슨 클럽?" 케빈이 멍한 표정으로 나를 쳐다본다. 내가 윙크하면서 '더 클럽'이라고 말하자 그 애가 입을 양파튀김 모양으로 만든다. "아, 이제 알겠다. 애 아빠는 누구야?"

그러자 나는 엄청난 실수를 저지른다—애당초 그 애에게 얘기를 시작한 큰 실수보다 더 큰 실수를. "스탠 형이야." 내가 길을 건너면서

● 멕시코 고추. ●● 원자로의 융용.

말한다. "하지만 누구에게도 얘기하면 안 돼."

"와. 그 남자라니. 인상적인데." 그러고 나서 케빈이 다른 말을 하는데, 그 말은 나를 그다지 기쁘게 하지 않는다. "그런데 말이야, 너한테 말하지 않겠다고 약속할 때 난 손가락을 꼬고 말했어." 검지와 중지를 꼬고 말하면 하늘에 걸고 한 맹세가 무효라는 건 누구나 안다.

나는 혹시 배에 펀치를 날리면 손가락 꼰 걸 무효로 할 수 있는지 궁금해진다.

"좋아, 내가 비밀을 알려줬으니, 너도 뭔가 해줘야 돼." 나는 눈을 가늘게 뜨고 말한다. 우리 엄마 자동차 배터리에 쓸 산(酸)이 필요하니 약국에 가서 사다 달라고 하자 케빈은 어리둥절한 표정이다. "그 산의 이름은 염산이야." 내가 말한다.

"왜 네가 직접 사면 안 되는 거야?"

나는 가방에서 핸드폰을 꺼내 전원을 켠다. 학교에 핸드폰을 가져가는 것은 허용되지만 켤 수는 없기 때문에 지금에야 처음으로 핸드폰을 사용하는 것이다. "아기 문제야. 나는 지금 당장 누나한테 전화해야 돼. 자, 돈은 여기 있어."

"그렇구나." 케빈이 말하고 돈을 받는다. "갔다 오는 데 1분이면 될 거야." 그 애가 도로 끝에 있는 작은 약국으로 부랴부랴 들어가는 동안 나는 밖에서 핸드폰에 대고 말하는 척한다.

케빈이 돌아와 나에게 작은 봉투를 건넨다. 더운 날 밖에 내놓은 치즈처럼 땀을 흘리는 모습이 어디가 아픈 것 같다. "너희 누나가 뭐라는데?"

"아무 말도 없었어." 내가 대답한다. "전화하는 걸 까먹었거든."

케빈은 벽에 기대서 재킷 소매로 이마를 닦는다. "약사한테 엔진의 회전 속도를 올리는 데 사용할 염산을 달라고 했어. 그러자 약사가 말하길, 내가 찾는 게 염산이라면 내 엔진은 제대로 작동하고 있다는 거야." 케빈이 노려보면서 이를 악문다. "그다음에 약사가 나한테 몇 살이냐고 묻는 거야. 나는 이렇게 말했어. '잠깐만요. 내 나이하고 염산이 무슨 상관이에요?' 약사가 웃음을 터뜨렸고, 줄 서 있던 할머니들도 웃음을 터뜨렸어. 얼마나 재미있는지 할머니들이 다리를 다 꼴 지경이었고, 약사가 할머니들에게 패드가 있는 쪽을 가리켜줘야만 했다고."

"브레이크 패드였겠구나." 내가 웃음을 참으면서 말한다.

"나도 그게 어떤 패드인지 알아." 케빈이 말한다. "우리 할머니도 늘 그걸 산다고." 케빈이 획 돌아서 가버린다. (그러다가 가방끈이라도 똑 끊어질 정도로 획.)

염산 알약은 그리 무시무시해 보이지 않는다. 펀치로 구멍을 뚫을 때 나오는 동그란 종잇조각처럼 작고 흰색이다. 나는 집으로 가면서 약병을 들여다보다가 약병을 손에 든 채 집 안에 들어선다—그런데 그건 실수다. 현관 복도에 엄마가 있기 때문이다. "뭘 가지고 있는 거니?" 엄마가 묻는다. 그러자 나는—아브라카다브라!—이 환상적인 마술로 염산을 바지 뒤쪽으로 사라지게 한다.

"아무것도 아니에요." 나는 약병이 다리를 타고 흘러내리지 않도록 엉덩이에 힘을 주면서 대답한다.

"아, 그래." 엄마가 소화 기능이 고장 났다는 얘기를 시작한다. "정말이지, 변기에 앉아야 할지 엎드려야 할지 모르겠다니까. 하지만 끝이

있겠지." 엄마가 코를 문지른다. "그게 깍둑썰기 한 홍당무 때문은 아
닌 것 같아."

"엄마는 지난주에도 아팠잖아요." 내가 엉덩이를 조이면서 대답한
다. "엄마가 알라딘에서 가져오는 것 때문일 거예요."

엄마가 웃는다. "집에 가져오는 음식이 잘못되지 않았다는 건 장담
할 수 있어. 너도 그걸 먹잖아, 안 그러니?"

그러자 내가 말한다. "엄마 지금 죽어가고 있는데 그걸 나한테 숨기
는 거 아니죠? 그렇죠?" 그리고 이를 앙다문다.

그러자 엄마가 죽어가고 있는 것은 맞지만 모든 사람이 태어나는
순간부터 죽어가는 거라고 말한다. 그게 엄마가 해줄 수 있는 최고의
설명이다. 어쨌든 엄마는 아직까지는 죽을 계획이 없기 때문에 내가
걱정할 필요는 없다고 한다.

"그렇다면 좋아요." 내가 말한다. "나는 엄마를 잃을 수 없어요." 약
병이 흘러내리는 느낌이 들어 나는 다시 한 번 엉덩이를 조인다.

엄마가 미소 지으며 내 팔을 쿡 찌른다. "일어나지도 않을 일에 대
해 초조해하면서 복도에 서 있지 마. 내가 이러는 건 죽는 거랑은 전
혀 아무 상관도 없다고 장담할 수 있어. 댄 호프, 우리는 헤어질 수 없
단다."

나는 움직일 수가 없는데, 그건 바지 속에 숨긴 염산과는 전혀 상관
없는 일이다. 그건 나의 일부가 아빠도 바로 그런 말을 한 적이 있다
는 걸 기억하지 않을 수 없기 때문이다.

12

    화요일이 되자 나는 조에게 메달을 돌려주려 한다. 가브리엘 성인은 나를 도와주기는커녕 오히려 모든 일을 엉망으로 만들고 있다. 내 리스트에는 남아 있는 항목이 거의 없으며, 나는 가브리엘 성인이 내 꿈을 실현시켜주리라고 믿지도 않는다. 나는 조에게 내가 처음부터 행복하지 않았으니 가브리엘 성인에게 매달릴 필요가 없다고 말한다. 그리고 정말로 슬퍼서 치유가 필요한 불쌍한 사람에게 이 메달을 주라고 충고한다.

    "그게 바로 정확히 너한테 메달이 필요한 이유야. 넌 여전히 슬프고 여전히 치유가 필요해." 조가 성모 마리아의 가브리엘 성인을 다시 내 손바닥에 대고 누르면서 말한다. 그 애는 내 손을 잡은 채 잠시 그대로 있다. "가지고 있어. 난 돌려받지 않을래. 너한테 무슨 일이 벌어지고 있는지 나에게 털어놓지 않으리라는 건 알아. 하지만 가브리엘 성인이 널 위해 여기 있다는 건 알아주면 좋겠어." 조가 다 안다는 듯이 고개를 끄덕인다. "그분이 나에게 깃털을 보내줬다는 걸 기억해봐. 그건 죽음 저편으로부터 온 신호였어. 그게 내가 가장 원했던 거고, 내가 믿었기 때문에 그 일이 일어난 거야."

곁눈으로 보니 크리스토퍼가 우리를 쳐다보고 있기에 나는 조의 손에서 내 손을 뺀다. 하지만 너무 늦었다—크리스토퍼는 이미 눈길을 돌렸다. "할렐루야, 조." 내가 단호하게 말한다. "하지만 내가 어떻게 느껴야 할지를 네가 말해줄 필요는 없어. 게다가 그 깃털이 어디서 왔다고 생각하는지는 전에도 말했잖아." 받은 메달을 어쩔 수 없이 다시 주머니에 넣는데 새 엉덩이의 형상이 머릿속에서 지워지지 않는다. 조는 속이 상한 듯 돌아서 가버리는데, 그 전에 내 마음이 아프다는 걸 아니까 나를 용서할 거라고 말한다.

"정확하게 알아둬. 할머니가 나에게 깃털을 보냈을 때 주변에는 새가 한 마리도 없었어." 조가 다시 말한다. "그런데 넌 성수로 양치질을 해야 할 것 같아. 왜냐하면 네 입에서 나오는 말은 잔인하니까."

내가 이 금속 쪼가리를 믿지 않는 게 잔인하단 말인가? 이 금속 쪼가리 때문에 내 친구 크리스토퍼가 나를 버린 데 대해 화를 내는 것이 잔인하단 말인가? 나의 바보 같은 리스트에서 실현된 게 하나도 없는 것이 잔인하단 말인가? 그리고 이런 일들이 잔인한지에 대한 바보 같은 질문들을 혼자 묻고 있는 나는 미쳐가는 건가? 엄마가 크리스마스 선물로 뭔가 작은 것을 사 주겠다고 말했을 때 나는 새 자전거(5번)를 지워야 했다. 그리고 찰스 스캘리본즈가 다른 해적 한 명, 노 젓는 배 한 척, 해골 하나와 지구의 남반구(일명 내 행성 모빌의 아래 반쪽이라고도 알려져 있음)를 게워냈을 때 3번 꿈을 포기했다.

내가 분주한 운동장 한복판에서 망가진 로봇처럼 서 있는데 조가 뒤로 돌더니 다시 한 번 나를 쳐다본다. 내가 그 애를 향해 인상을 찌푸리자 조는 허공에 턱을 쳐들고 당당하게 걸어 여자 화장실로 사라진다. 그때 케빈이 잰걸음으로 다가오더니 내 팔뚝에 연민의 펀치를 날린다. 나도 그 애의 배에 연민의 펀치를 날리면서 말한다. "나 바쁜 거 안 보여?"

"혼자 있느라 바쁘구나." 케빈이 대답한다. "조는 너하고 있는 게 그리 행복하지 않은 모양인데."

"그건 걔가 알아서 하겠지."

케빈이 어깨를 으쓱한다. "이건 네가 알아서 할 수 있으면 좋겠다. 어제 너하고 헤어진 후 우연히 스탠 형하고 마주쳤어. 아마 내가 그 형에게 아빠가 되는 걸 축하한다고 말했던 것 같아." 케빈이 몸을 피하는데 그건 나쁘지 않은 생각이다. 왜냐하면 내 주먹이 날아가 그 애의 스웨터를 움켜잡기 때문이다. "나는 손가락을 꼬았고, 그건 비밀을 지킬 필요가 없다는 뜻이야―말했잖아." 그 애의 목소리가 너무나 높아지는 바람에 내 귀에서 피가 날 정도다.

"너 농담하는 거지?" 나는 주먹을 쥐면서 말한다. "염산 사건 때문에 복수하는 거지?"

"농담 아니야." 케빈이 교복 스웨터 속으로 몸을 움츠리며 대답한다. "진짜 손가락을 꼬았다니까."

화장실 벽에 몇 차례 머리를 쾅쾅 부딪쳐보니 화장실 벽돌이 매우 단단하다는 걸 알겠다. "이런 일이 일어나다니, 현실이 아니야."

케빈이 나지막이 말한다. "현실이야."

떠버리 커밍스 덕택에 파멸이 가까워졌다. 따라서 남은 오후 시간에, 파핏 선생님이 '프로젝트 에코 에브리웨어'에 대해 얘기하는 동안, 나는 책상 아래에서 유서를 쓴다.

나 대니얼 호프는 나의 개 찰스 스캘리본즈 1세를 팻 이모에게 증여한다. 엄마 말로는 팻 이모의 유일한 친구는 술병이라고 한다. 이제 이모는 새 친구를 가질 수 있다. 뿐만 아니라 팻 이모는 장신구를 한가득 가지고 있으니 찰스 스캘리본즈가 삼켰다가 토해낼 수도 있다. 그것도 이모의 도자기에 토해낸다면 완벽한 결말이 될 것이다.

의학 백과사전은 엄마에게 증여한다. 만일 무슨 이유에서든 엄마가 나보다 먼저 사망한다면 그 책을 누나에게 주고자 하는데, 한쪽 가슴이 다른 쪽보다 확연히 큰 경우에 관한 정보를 얻으려면 122쪽을 보면 된다.

우리 동네 실내놀이동산 회원권은 누나에게 증여한다. 물론 누나가 볼풀에서 데굴데굴 구르며 노는 데 전혀 관심이 없으리라는 건 알지만 최소한 누나가 회원 탈퇴는 할 수 있는데, 그것이 평생 벗어날 수 없는 '더 클럽'의 회원권과 다른 점이다.

나는 성모 마리아의 가브리엘 성인 메달을 케빈 커밍스에게 증여한다. 그 애가 메달을 다 사용하고 나면 다시 조 비스터에게 돌려줄 수 있다. 아마 메달이 케빈의 문제를 치유하기도 전에 그 애의 얼을 빼놓을 것이다.

서명: 대니얼 호프

내가 근사하게 서명을 끝낼 때, 파핏 선생님이 말한다. "여러분 모두 자기 영웅에게 공연에 와달라고 하면 좋겠어요." 조를 향해서는 이렇게 말한다. "아마 성모 마리아가 올 수는 없을 것 같지만, 마음은 분명히 그곳에 계실 거야."

이미 바다 밑바닥까지 가라앉아버린 내 마음은 지구의 중심을 향해 더 내려간다. 아빠가 오고 싶어 할 가능성은 얼마나 될까? 접힌 종잇조각이 내 쪽으로 날아오기에 펴서 소리 내지 않고 읽는다. '방과 후에 너를 놀라게 해줄 깜짝 선물이 있어. 기다리지 않으면 겁쟁이.' 크리스토퍼가 나와 눈을 맞추더니 고개를 끄덕이고 나서 손가락을 꼬물꼬물 움직인다.

추측해보니 이것은 태권도 고수가 새끼손가락 하나로 나를 죽이는 종류의 깜짝 선물이다. 나는 재빨리 눈길을 돌리지만 크리스토퍼가 종이비행기를 날린다. 이번에는 그 쪽지가 내 앞을 날아서 그대로 교실 바닥에 떨어지도록 놔둔다. 크리스토퍼가 하나 더 날리려고 하자 파핏 선생님이 그만두지 않으면 복도에 세워두겠다고 으름장을 놓는다.

크리스토퍼가 전에 나한테 뭐라고 했더라? "뒤를 조심해" 같은 말이었던 것 같다. 그러니까 나는 오늘 계획을 세우지 않으면 학교를 떠날 수 없거나 엄마가 알라딘에서 가져오는 복숭아처럼 멍이 들 것이다. 바로 이럴 때 기발한 아이디어가 쓸모 있는 것이다. 나는 교구장 안에 숨어서 다들 학교를 떠날 때까지 기다릴 수도 있고, 아니면 파핏 선생님에게 자동차 있는 데까지 모셔다 드리겠다고 한 다음에 차를 따라 도로로 들어서서 크리스토퍼로부터 안전해질 때까지 차 옆에서 뛰어갈 수도 있다. 아니면 그냥 나는 완전히 쓰레기라고 말하면서 사과할 수도 있다.

그래, 완전히 쓰레기! 야호! 이제 막 기발한 아이디어가 떠올랐다.
교실 뒤쪽에 있는 '프로젝트 에코 에브리웨어' 책상에는 모든 아이들이 의상을 완성하기 위해 가져온 온갖 쓰레기가 쌓여 있다. 내가 갖다 놓은 물건들은 다음과 같다.

올이 나간 타이츠 두 벌
커널 샌더즈에서 산 빈 팝콘 통
전자레인지용 감자튀김 포장 상자—해바라기씨유로 튀긴 크링클 컷
화장지심 8개와 지사제 상자 하나

케빈 커밍스가 갖다 놓았으리라고 생각되는 물건은 다음과 같다.

'세금 자가 계산법-왜냐하면 세금은 부담스럽지 않으니까'에 대한
팸플릿

조 비스터가 갖다 놓았으리라고 생각되는 물건은 다음과 같다.

패트릭 성인의 플라스틱 조각상—지팡이가 부러짐
구멍이 많은 성스러운 행주
예수의 얼굴이 그려진 탄 식빵

이런 물건들이 상당히 흥미롭기는 하지만 나에게는 소용이 없다. 운 좋게도 책상 위에 다른 것들도 많은데 그것들은 도움이 될 것이다. 조가 포일로 된 파이 상자를 집어 냄새를 맡는 동안 나는 그 애 옆에서 슬슬 움직이면서 내가 사용할 물건을 몇 가지 고른다. 조가 어깨 너머로 나를 보면서 자기의 성모 마리아 의상은 기적이 될 거라고 말하자 나는 그 말에 동의한다. 그 애가 손에 집은 쓰레기들로 미루어 볼 때 그렇다는 말이다. 그 애가 짜증 난 표정을 짓기에 나는 재빨리 고른 물건들을 내 책상으로 가져와 아무도 보지 않을 때 그중 몇 가지를 가방 안에 집어넣는다. 이렇게 해서 1단계는 완료되었다. 2단계는 수업이 끝난 후 내가 고른 '프로젝트 에코 에브리웨어' 물건들을 가지고 남자 화장실로 가는 것이다. 우선 스웨터와 교복 셔츠를 벗은 다음 뽁뽁이 비닐 한 뭉치를 전부 배에 칭칭 감은 후 다시 셔츠와 스웨터를 입는다. 거울을 보니 파이를 모두 먹어버린 사람을 위한 걸어 다니는 광고 같다.

그런 다음에 나는 발목까지 바지를 내린다. 어린 남학생이 화장실에 들어오다가 나를 보고 이상하다는 표정을 짓더니 다시 뛰어나간다. 나는 땀을 흘리고 중얼대면서 코코넛 껍질 반쪽을 팬티 속에 넣고 다시 바지를 끌어 올린다. 그다음에 내 이마에 "나는 겁쟁이가 아니야"라고 쓴다.(거울을 보면서 "나는 겁쟁이가 아니야"라고 쓰는 건 쉬운 일이 아니다.)

절룩거리면서 학교 정문을 향해 가다 보니 크리스토퍼가 다른 쪽을 보면서 담장 위에 앉아 있는 것이 보인다. 크리스토퍼가 여자 애 때문에—그것도 내가 끌리지도 않는 여자 애 때문에—우리의 우정을 망친 걸 생각하자 가슴속에서 분노가 부글거린다. 그다음에 일어난 모든 일은 말도 안 되는 짓들로 가득한 슬로 모션 장면이다. 내가 다가가는 소리가 들리는지 크리스토퍼가 뒤를 돌아보고는 입을 쩍 벌린다. 그 애가 한마디 하기도 전에 나는 몸을 날려 와당탕 소리를 내며 그 애 위에 내려앉는다. 마치 돼지고기 파이의 비계 부분에 착지하는 것 같다. 크리스토퍼가 내 배를 움켜잡지만 내 배가 파바박 하고 터지기 시작하자 충격을 먹는다. 불행히도 그 충격은 공격을 포기하게 할 정도는 아니다. 다행히도 크리스토퍼의 주된 공격은 무릎으로 올려 찍는 것이다. 무릎으로 사타구니를 공격하는 이런 종류의 동작은 태권도에서 인정되는 동작은 절대 아닐 것이다. 나의 그곳이 바위처럼 단단하다는 것을 깨닫자 크리스토퍼의 눈은 고통 때문에 움찔한다.

다음 순간 크리스토퍼가 럭비에서 태클을 걸듯 나를 넘어뜨리는데, 우리가 땅으로 쓰러질 때 뭔가 복슬복슬한 것이 종종걸음으로 내어깨를 가로질러 덤불 속으로 들어간다. "부." 크리스토퍼가 소리쳐부른다. "이 설치류야, 이리 돌아와."

"너희 여기서 뭐 하고 있는 거야?" 누나가 손을 뻗어 나를 일으켜세우는 동안 크리스토퍼는 더듬거리며 찾고 있다. "싸웠다는 걸 엄마가 알면 혼내실 거야. 뭐 때문에 싸운 거야?"

크리스토퍼가 말한다. "누나의 과격분자 남동생에게 깜짝 선물이 있으니 학교 끝나고 만나자고 했을 뿐이야."

"그 깜짝 선물은 나를 두들겨 패겠다는 거였지." 내가 딱 잘라 말한다.

"아니야." 크리스토퍼가 단호히 말한다. "태권도에서는 학교에서 싸울 때 태권도 기술을 쓰지 못하게 하거든. 자, 네가 교실 바닥에서 집지 않은 두 번째 쪽지." 그 애가 나에게 쪽지를 건네자 나는 받아서 읽는데, 씩씩거리면서 읽기 시작했지만 곧 쑥스러워진다.

댄, 수업 끝나고 만나자. 내가 말했지? 너한테 보여줄 깜짝 선물이 있다고. 뭐게? 바로 부야! 오늘 하루 종일 내 주머니에 들어 있는데 아무도 눈치조차 채지 못했어. 파핏 선생님이 뉴질랜드 수도가 어디냐고 물어볼 때 부가 찍찍대는 소리 듣지 못했니?

"그렇구나." 내가 말한다. 그냥 '그렇구나'뿐이다. 나는 누나의 코트 소매를 잡아당기면서 이제 집에 갈 시간이라고 말한다.

"저녁으로 뭘 먹을 거야?" 우리가 그곳을 떠날 때 크리스토퍼가 소리쳐 묻는다. "험블파이?"●

크리스토퍼가 무릎 꿇고 기면서 부를 소리쳐 부르고 있겠지만 나는 돌아보지 않는다. 내가 할 수 있는 일이라고는 절뚝거리면서 아픈 발을 다른 발 앞으로 내딛는 것뿐이다. 더 이상 참을 수 없게 되자 나는 멈춰 서서 손으로 바지 속을 뒤적인다. 누나는 얼굴빛이 젖은 시멘트 색으로 변하더니 손으로 눈을 가린다. "걱정 마. 코코넛을 걷어차였을 뿐이야." 내가 말한다.

"그걸 여러 가지 명칭으로 부르는 건 들어봤어." 누나가 손가락 틈

● 동물 내장을 넣은 파이. '험블파이를 먹는다'는 표현은 굴욕적 패배를 인정한다는 뜻.

새로 엿보면서 대답한다. "하지만 코코넛은 처음이야. 스탠이 들었다면 비웃었을 거야."

나는 바지 안에서 진짜 코코넛 껍질을 꺼내고는 "설명하려면 길어"라고 말하고 누군가의 앞마당으로 껍질을 발사한다.

누나의 눈썹이 앞머리까지 올라간다. "스탠이라면 너의 긴 설명을 듣고 싶어 했을 거야. 게다가 장담하는데 스탠이 코코넛을 좋아한다는 건 몰랐을걸. 니나 아줌마의 신문가판대에서 바운티*를 즐겨 사먹곤 했어, 그것도 쳐준다면 말이야. 어쨌든 이제 무슨 상관이람? 오늘 스탠이 나를 차버렸거든."

이제는 내 얼굴이 시멘트 색이 될 차례라고 생각한다. 나는 주머니에 손을 넣어 유서를 꺼내 내 얼굴 앞에서 흔들며 말한다. "스탠 형이 혹시 우리 반 케빈 커밍스 얘기도 했어?"

"스탠이 왜 케빈 커밍스 이름을 들먹이겠어?"

나는 재빨리 유서를 코에 대고 코를 푸는 척한 다음 다시 주머니에 넣는다. 누나가 혼란스러워하는 걸로 봐서, 케빈 커밍스가 누나의 임신 사실을 스탠 형에게 알린 것에 대해서는 전혀 모르는 게 확실하다. 어쩌면 스탠 형은 누나가 성가시기 때문에 끝냈는지도 모른다. 솔직히 말해서, 나도 종종 그렇게 생각하긴 한다.

집으로 오는 내내 누나가 스탠 형이 얼마나 끔찍한지 얘기하는데, 그러다가 내가 맞장구치자 "누가 너한테 물어봤어? 나는 스탠에 대해 말할 자격 있지만, 너는 아니야"라고 말한다.

---

* 코코넛이 들어 있는 초코바.

122

집으로 돌아오자 누나는 곧장 자기 방으로 가더니 저녁 식사 때도 내려오지 않는다. 메뉴가 감자와플이라는 걸 알면서도, 그리고 감자와플에는 구멍이 뚫려 있어 감자튀김보다 칼로리가 적다는 이유로 감자와플을 좋아하면서도. 실상 누나는 저녁 내내 자기 방에 처박혀 있다. 내가 위층에서 기타를 칠 때조차 벽 너머에서 누나가 구슬피 울부짖는 소리가 들린다. 한 시간째 밴시*의 절규를 듣다 보니 더 이상 참을 수 없다.

임신했다는 거 알고 있음. 댄 :'(

이렇게 열한 글자를 쓰는 데 엄청난 노력이 들었다. 아빠 책에서 셜록 홈즈가 온갖 미스터리를 해결하는 데 쏟은 정도의 노력이. 나는 이 문자 메시지를 곧장 누나에게 보내지 말고 좀 더 생각해보기로 하고는, 핸드폰을 침대에 놓은 채 기타를 집어 기타 줄 위로 손가락을 미끄러뜨린다. 이 순간 찰스 스캘리본즈가 침대 위로 뛰어올라 울부짖기 시작하더니 개 스타일의 힙합 댄스를 시작한다. 지금, 작은 삐 소리만 들리지 않는다면 아주 재미있을 것이다. 문자 메시지를 전송할 때만 나는 삐 소리 말이다. 나는 핸드폰을 향해 돌진하지만 이미 너무 늦었다. 찰스 스캘리본즈가 내 문자를 전송해버렸다.

핸드폰에는 큼지막한 네온사인이 걸려 있는 것 같다. 문자 메시지는 보내버렸어. 나 크고 영리한 거 맞지? 맞다, 내 핸드폰이 크긴 하

* 아일랜드 전설에 나오는, 구슬픈 울음소리를 내는 여자 정령.

다. 하지만 영리하지는 않다.(사실 이건 소녀 취향의 반짝이 스티커가 붙어 있는, 누나가 쓰던 구형 전화기다.) 나는 닌자 그레이스가 핸드폰을 꽉 문 채 내 머리를 때릴 준비가 된 주먹을 휘두르며 벽을 뚫고 쳐들어오리라고 반쯤 예상하고 있다. 하지만 아무 일도 일어나지 않는다. 누나는 여전히 비참한 음악을 듣고 있고, 가끔씩 숨죽인 흐느낌 소리가 들리지만 그뿐이다. 지금쯤이면 분명히 문자를 읽었을 텐데.

나는 문자가 전송됐는지 다시 확인하려고 메시지 화면을 내려다본다. 그렇다, 문자는 전송됐다. 하지만 닌자 그레이스에게 간 것은 아니다.

13

나는 단거리 육상 선수는 아니지만 지금 막 100미터 세계 기록을 깼다. 올림픽 육상 선수라 해도 엄마의 핸드폰을 찾기 위해 달려가는 댄 호프에 비하면 아무것도 아니다. 밝혀진 바에 의하면 내 문자는 엄마에게 전송되었고, 따라서 나는 엄마가 문자를 확인하기 전에 핸드백을 찾아야 한다. 가방은 현관에 있고 나는 맹장을 찾는 외과 인턴처럼 핸드백을 샅샅이 뒤진다. 핸드폰은 거기에 없다.

좋아, 가방에 없다면 탁자 위에 있겠지.

좋아, 탁자 위에 없다면 엄마의 손에 있겠지.

좋아, 핸드폰은 엄마 손에 있다. 엄마가 화면을 보고, 눈살을 찌푸리더니, 이렇게 말한다. "마실 것 필요하니?"

"그래요." 내가 대답한다. 대체 어떤 멍청이가 "그래요"라고 말한단 말인가? 자기 엄마에게 "임신한 거 알고 있음"이라는 문자를 전송한 바보가 바로 그 주인공이다.

엄마가 거실을 떠나자마자 나는 핸드폰을 움켜잡고 문자를 확인한다. "오렌지주스? 아니면 밀크셰이크?" 엄마가 거실로 고개를 내민다.

나는 전화기를 엉덩이 밑에 숨기고 말한다. "스쿼시 주세요." 문자가 도착하면서 짧은 진동이 느껴진다. 엄마가 고개를 끄덕이고 다시 거실을 떠나자 나는 엉덩이 밑에서 전화기를 꺼낸다. 문자는 빅 데이브 아저씨에게 온 것이다.

엊그제 뭔가 일이 하나 터졌어. 나중에 전화로 전부 설명할게. 사랑해. 그런데 아이들한테는 언제 그 소식을 알려줄 거야? 아이들이 이해하면 좋겠어.

나에게 이 문자는 아저씨와 '캐롤라인 1973' 사이에 문제가 있다는 말로 들린다. 아저씨가 바람피운다는 게 들통 나서 집에서 쫓겨난 건지도 모른다. 크리스마스 시즌에 아저씨가 노숙인이 되고, 우리가 길거리에 버려진 잡종 개처럼 그를 데려와야 한다면? 그에게 부인이 있다는 걸 엄마가 알게 된다면 분명 집에 들여놓지 않을 텐데? 아저씨의 문자 다음에 내가 보낸 문자가 있는데, 이미 읽은 것으로 표시되어 있다. 나는 재빨리 전화기를 원래 있던 탁자 위에 놓고 위층으로 뛰어 올라가 초대질량 블랙홀 안에 숨는다. 옆방에서는 누나가 여전히 비참한 음악을 들으면서 다시는 스탠 형 같은 남자는 만나지 못할 거라고 흐느낀다. 말도 안 돼. 거리에 나가면 딱 스탠 형 같은 남자들이 넘쳐나잖아.

나한테 제대로 된 아빠가 있었다면 이런 일은 일어나지 않았을 것이다. 조는 슬픔을 치유하라며 이런 메달을 주지 않았을 것이다. 그리고 나에게 메달이 없었다면 내가 조하고 비밀스러운 대화를 나누는 것 때문에 크리스토퍼가 멀어지지 않았을 것이다. 누나는 임신하지 않았을 것이다. 엄마는 빅 데이브 아저씨를 사귀지 않을 테고, 내 문자 메시지도 받지 않았을 것이다. 개는 그렇게 토하지 않을 것이다.(좋아, 개는 여전히 토한다고 치자. 그래도 그걸 치울 사람이 한 명 더 있었을 것이다.) 이 모든 난장판은 단지 아빠가 여기 없기 때문에 일어났다. 아빠가 돌아온다면 우리는 다시 정상이 될 것이다. 실제로 우리 가족은 완벽해질 것이다. 바로 그렇기 때문에 나는 아빠와 이야기를 해야 한다. 내가 아빠를 이해시킬 수 있다면 모든 게 다시 정상이 되겠지.

아래층 현관 복도에서 전화벨 소리가 울리자 엄마가 전화를 받으러 걸어가는 소리가 들린다. 엄마가 딸깍 수화기를 드는 소리가 들린다.

"그런 일이 어떻게 일어난 거야?"

침묵이 흐른다.

"끔찍한 일이야."

침묵이 흐른다.

"당신이 아무 탈 없이 탈출해서 다행이야. 응……. 응……. 응……. 응……."

나는 숨을 참은 채 엄마가 다른 말을 하는지 듣기 위해 기다린다.

"응."

안 된다. 나는 숨을 쉬어야 한다.

"응. 아니, 나라면 며칠 동안 그렇게 걱정하지 않았을 거야. 벽지하고 커튼이 그슬린 게 다라니 정말 다행이야."

침묵이 흐른다.

"하지만 왜 자동차 타이어를 점검하러 밖에 나갔던 거야? 게다가 왜 집 안에 촛불을 켜두고 나갔어? 잘한 일인 것 같지는 않아. 당신 집주인도 그리 좋아하지는 않을 것 같은데."

침묵이 흐른다.

"집주인이 뭐라고? 침실에 불탄 자국이 생겼다는 이유로 나가랬다고? 그거 좀 심한데. 물론 그건 사고였잖아. 걱정하지 마. 여기로 오면 되니까. 키트가 아직 준비되지 않았기 때문에 서두르고 싶어 하지 않은 건 알아. 하지만 어쩌면 이번에 불난 게 이사하라는 신호인지도 몰라."

침묵이 흐른다.

"그래, 당신이 그 애를 보호한다는 거 알아."

그다음부터 나는 엿듣는 걸 그만둔다. 내 귀는 엄마가 좋아하는 라디오 채널을 틀 때처럼 소리를 듣지 않는다. 다만 내 머릿속에서는 빅데이브 아저씨의 집이 숯덩이가 된 건 우리의 잘못이라고 말하는 작은 목소리가 들릴 뿐이다. 우리는 운이 좋았다. 엄마가 아저씨가 불에 탔다는 전화를 받지 않은 걸 보면. 만일 그런 일이 일어났다면 우리는 지금 어떻게 되었을까? 닌자 그레이스에게는 이름이 하나 더 붙었을 것이다—방화범 닌자 그레이스. 그게 화재를 낸 사람들에게 붙이는 이름이다.(케빈이 햇빛과 돋보기와 학교의 나무 벤치로 발화 실험을 하면서 나에게 그런 말을 해주었다.) 누나는 자기가 물건들을 쓰러뜨렸다고 말했고, 거기에 촛불이 있었다고도 했다. 그러니까 촛불이 커튼에 옮겨붙고, 그다음에는 확 번졌겠지. 에구, 가연성 물질들! 아저씨는 우리 집에 와서 살아야 한다. 그러면 그의 아들 키트와 '캐롤라인 1973'은 어떻게 되는 걸까? 게다가 아저씨가 우리 집으로 들어오면 진짜 아빠가 있을 방이 없어진다.

나는 아빠하고 얘기해야 한다, 그것도 빨리.

나의 기회는 바로 다음 날 찾아오는데, 그 일은 이상한 방법으로 일어난다. 어떤 사람들은 이것을 운명이라고 부르겠지만, 나는 그렇게 부르지 않는다. 나는 그것이 필연이었다고 생각한다. 모든 것은 파핏 선생님이 동화 한 편을 들려주겠다고 말하면서 시작된다.

"여러분, 이 동화는 두 명의 남자들로 시작돼요. 그들을 그레이엄과 마이클이라고 합시다."

다들 신음 소리를 낸다. 그레이엄이라는 이름의 주인공이 나온다면 좋은 이야기일 리 없다.

"쉿." 파핏 선생님이 우리를 지켜보며 책상 사이로 걸어온다. "여러분은 이 이야기를 좋아할 거예요. 옛날 옛적에 그레이엄과 마이클은 친구였어요. 그들은 함께 놀고, 함께 먹고, 함께 이야기를 나누고, 사실, 그들은 모든 일을 함께했어요. 그러던 어느 날 그들은 멀어졌지요. 왜 그렇게 됐는지는 몰라요. 아마도 어떤 아름다운 아가씨 때문이었을 거예요. 정말 아름답고 머리가 아주 긴 아가씨였는데, 이 둘은 그 아가씨의 환심을 사지 않고는 견딜 수 없었던 거예요. 어쩌면 누가 용을 죽이느냐 때문이었는지도 모르죠. 어쨌든 정확한 이유는 모르지만, 그것은 사실 이 동화를 들려주는 목적과는 상관이 없어요."

모든 아이들이 이 이야기가 길어져 수학 시험을 치지 않아도 되기를 바라면서 귀를 기울이고 있다.

"성의 탑 바로 뒤에서 큰 싸움이 벌어졌어요. 그레이엄과 마이클이 서로 치고받다가 그중 한 명이 애지중지하던 동물을 잃어버리게 되었죠. 그 동물을 '부'라고 합시다. 애완동물에게 잘 어울리는 이름이죠."

이것이 나와 크리스토퍼에 대한 이야기임을 깨닫자 나는 눈알이 튀어나올 것 같다. 나는 천천히 의자 깊숙이 가라앉으려 한다. 하지만 파핏 선생님의 이야기는 끝나지 않는다. 마치 우리를 세상에서 제일 높은 자이로드롭에 묶어놓고 토하고 싶어질 때까지 몇 번이고 오르내리게 하는 것 같다.

"누군가 아름답고 현명한 사람이 이 상황을 바로잡기 위해 나서야 했어요. 이 여성은 멀리서 모든 것을 보았죠. 그녀는 우연히 바깥을 보다가 이 불미스러운 광경을 목격하고는 슬퍼서 울었어요. 어쨌든 이 아름답고 현명한 여인은 이렇게 말했어요. '대니얼과 크리스토퍼, 학교에서 싸우는 게 허용된다고 생각한다면 그대들은 몽상의 세계에 살고 있는 거예요. 그런 짓을 했으니 그대들은 고대하는 일을 할 권리를 박탈당할 거예요.' 이게 바로 아름답고 현명한 여인이 한 말이에요."

모든 아이들이 고개를 돌려 나와 크리스토퍼를 쳐다본다. 아이들은 서로 쿡쿡 찌르면서 우리가 어떤 식으로 오래오래 불행하게 살게 될지 수군거린다. 몇몇은 웃음이 터져 나오지 못하게 손으로 입을 막고 있다. 케빈은 기쁨의 코웃음을 참기 위해 두툼한 손을 꼬집고 있다.

"이제 동화를 끝내야겠어요. 왜냐하면 싸움은 그리 아름다운 이야기가 아니니까요. 싸움은 추한 짓이고 용납할 수 없어요. 너희 둘은

'프로젝트 에코 에브리웨어' 공연 때 무대에 서지 못할 거야. 대신 무대 뒤에서 다른 아이들을 돕는 일을 하게 될 거야. 이렇게 가벼운 벌로 끝났다고 생각하면 안 돼, 내 말은 아직 끝나지 않았으니까. '나는 무대 뒤에서 친구와 함께 일하게 되어 만족스럽다'라는 문장을 50번 쓰도록 해. 그리고……"

고통은 정녕 끝나지 않을 것인가?

"너희 둘은 오늘 오후 체육 수업에 들어올 수 없어. 대신에 도서관에 가서 이 문장을 쓰고, 잠시 쉴 때는 너희들이 저지른 나쁜 짓에 대해 생각하도록 해. 끝나면 도서관에서 바로 집으로 가고 내일 학교에 올 때는 모범생이 되어 오렴. 너희는 그렇게 될 수 있어."

나중에 파핏 선생님이 소인수분해에 대해 설명하고 있을 때, 나는 책상 아래에서 선생님이 쓰라고 한 문장을 쓰기 시작한다. 반쯤 끝냈을 때 나는 문장을 잘못 쓰기 시작한다. "나는 내 뒷모습이 만족스럽다." 이것이 파핏 선생님이 나와 크리스토퍼에게 수치스러운 행진을 할 시간이라고 선언하기 전에 마지막으로 끼적인 문장이다. 우리는 코트를 챙겨 들고 도서관으로 향한다.

무슨 이유인지 나는 방향을 잘못 잡는다. 아주 쉽다. 도서관은 왼쪽에 있는데 나는 오른쪽으로 돌아 곧장 현관문으로 나와서는 교문을 통과한다. 오후 내내 시간이 있고 머리에는 아빠 생각이 있기에, 나는 도시 외곽의 건물들이 많은 지역으로 향한다. 다행히 나에게는 버스비를 낼 돈이 있고 아빠를 만날 아이디어가 있다. 이것은 '바스커빌 작전' 3단계다.

오래된 빅토리아 시대의 건물들 사이에 자리 잡은 TV 방송국은 커다란 유리 파편처럼 보인다. 유리창에는 겨울 태양이 희미한 무늬를 그리고 있고, 유리창 바로 안쪽으로 바닥에서 천장까지 솟구친 크리스마스트리에 수백 개의 은종이 장식된 것이 보인다. 현관문으로 들어간다면 내가 왜 여기에 왔는지 설명해야 할 것이다. 그런데 만일 프런트로부터 "당신 아들이 찾아왔어요"라는 전화를 받는다면 아빠가 별로 감동받을 것 같지 않다.

셜록 홈즈라면 이런 식으로 하지 않겠지. 그러면 관찰을 할 것이다. 다음에는 어떻게 할지 생각하면서 유리 파편 주위를 어슬렁거리다가 나는 비상문 하나가 열려 있으며, 거기에 건물 내부로 연결된 돌계단이 있는 것을 찾아낸다. 그 문은 '들어오시오'라고 말하는 것 같다. 이것은 좋은 핑계 거리다. 나는 나를 보는 사람이 없는지 확인하면서 문 안으로 살그머니 들어간다. 계단으로 올라가다 보니 2층이라고 쓰인 문이 나온다. 나는 그 문으로 들어가지 않는다. 그러면 프런트와 너무 가까울까 봐 걱정되기 때문이다. 대신에 나는 두 층 더 뛰어 올라간다. 문을 열기 전에 나는 벽에 머리를 기대고 쉰다. 머리 위에 있는 형광등 불빛 때문에 내 피부가 베이지색 후무스*처럼 보이고, 나는 숨을 거칠게 몰아쉰다.

문 안쪽에서 무엇을 발견하게 될지 겁이 난다.

---

* 으깬 콩에 올리브유를 섞은 음식.

14

복도에는 유명인들의 사진이 가득한데, 그중에는 아빠와 버스티 뱁스의 사진도 있다. 아빠가 팔로 그 여자의 허리를 감싸 안았고, 그 여자는 눈이 튀어나온 거대한 오징어처럼 아빠의 눈을 응시하고 있다. 아빠는 나이 들고 피곤해 보이지만 감상적인 미소를 띠고 하트 모양이 점점이 박힌 넥타이를 매고 있다. 나는 사진을 뚫어져라 쳐다보다가 내가 지금 있어서는 안 될 TV 방송국 건물 안 복도에 서 있다는 걸 거의 잊어버린다. 그러니까 거의 잊고 있다가 저 멀리에서 문소리가 들리자 도망쳐 모퉁이를 돌아 다른 복도로 들어선다..

다음 복도는 사진만 없을 뿐 이전 복도와 완전히 똑같다. 복도를 따라가자 또 다른 복도가 나오고 그다음엔 또 다른 복도가 나온다. 마침내 나는 미로에 갇힌 것처럼 어디로 가야 처음 있던 곳으로 돌아갈 수 있는지 전혀 알 수 없어진다. 보이지 않는 복도에서 이쪽으로 오는 발소리가 들리자 나는 공황 상태에 빠진다. 나는 오른쪽에 있는 첫 번째

문을 열고 그 안에 숨는다. 눈이 어둠에 익숙해지자 나는 비어 있는 스튜디오에 들어왔다는 걸 알게 된다. 줄지은 객석이 바닥 층부터 경사면을 따라 위쪽으로 배열되어 있고, 무대에는 밝은 녹색 배경 앞에 의자 두 개가 놓여 있다.

그중 하나에 앉아보고 싶은 유혹이 너무 크다. 나는 자리에 앉아 아빠를 인터뷰하는 것처럼 행동한다.

"안녕하세요, 말콤 메이너드 씨." 내가 말한다. "아니면 아빠라고 불러도 될까요?"

"아빠가 좋겠군." 나는 낮은 목소리로 말한다.

"좋아요, 아빠, 다시 보게 되어 기뻐요. 상당히 오랜만이죠."

"그렇게 오랜만인가?" 나는 눈썹을 올린다.

"5년 5개월 15일하고 14시간 12분 26초쯤 되었어요." 나는 한순간도 빠뜨리지 않았는지 확인하기 위해 손목시계를 본다.

나는 헛기침을 하고 걸걸한 목소리를 낸다. "그건 몰랐어. 더 일찍 연락하지 못한 걸 용서해주겠니?"

나는 잠시 생각하고 대답한다. "용서해요. 왜냐하면 내 아빠니까요."

"다시는 그러지 않을게. 지금 이 순간부터 우리는 같이 있을 거야. 우리는 축구도 함께하고 사 온 음식도 함께 먹을 거야. 네 학교에서 발표회나 운동 시합이 있으면 참석할게. 숙제하는 것도 도와주고 운전도 가르쳐줄게. 이 정도면 충분하겠니?"

나는 미소 짓는다. "아빠, 그건 시작일 뿐이에요. 그런데 아빠가 알아야 할 일이 하나 더 있어요. 아빠는 곧 손주를 보게 될 거예요."

보이지 않는 관객들이 상상 속의 환호를 터뜨리자 나는 손을 내밀어 아빠에게 악수를 청한다. 손을 위아래로 흔들자 손가락 사이로 바람이 스친다.

문이 열리고 사람 머리가 나타난다. "이봐, 지금 여기서 뭐 하고 있는 거야? 견습생은 스튜디오 안에 들어오지 못하게 돼 있어. 길을 잃었어?"

"네." 나는 악수하던 손을 내리면서 말한다. "말콤 메이너드를 찾고 있어요."

남자가 손짓으로 나를 부른다. "내 말 잘 들어. 관객도 없는 빈 스튜디오에서는 말콤을 찾을 수 없어. 어쨌든 견습생은 다른 층에 있어야 해. 나를 따라와." 그가 걸어 나가고 나는 그의 뒤를 따라 엘리베이터 앞에 이른다. 엘리베이터 문이 열리자 남자가 나를 안으로 안내하면서 말한다. "견습생치고는 너무 어려 보이는군. 그리고 그 교복은 또 뭐야?"

"학교에서 곧장 이리로 와야 했거든요." 남자가 고개를 끄덕인다. 마치 나의 대답이 완벽하게 논리적이라는 듯이. "그리고 음……. 나는 정말로 열여섯 살이에요. 그저 오늘 아침에 면도를 해서 아기 얼굴처럼 보이는 거예요." 나는 가장 어른스러운 표정을 짓는데, 그것은 그저 당혹스러운 표정일 뿐이다.

5층은 3층과 꼭 같아 보인다. 미로를 통과해 어떤 문에 이르자 남자가 문을 열고 안으로 들어가라고 한다. 나는 안을 바라보고는 뒤돌아서 그를 본다. 아빠는 여기에 없다. 수백 개의 편지와 소포 뭉치 뒤에 숨어 있는 게 아니라면 말이다. 남자는 여기가 우편물 담당실이고, 견습생들은 여기 있어야 한다고 말한다. 나는 아빠의 우편함을 열어 우편물을 종류별로 정리해야 하는 모양이다. 남자는 미소를 짓고는 그 일을 내게 맡기고 떠난다.

나는 아빠 앞으로 부쳐진 편지 한 통을 집어 뜯어 본다. 어떤 팬으로부터 온 건데, 그 여자는 자기가 얼마나 아빠의 진행 스타일을 좋아하는지 썼다. "당신은 나의 오랜 친구예요. 당신은 매일 나의 거실에서 살아요. 나에게 키스를 보내줄래요?" 편지지에는 번들거리는 커피색의 거대한 립스틱 자국이 찍혀 있다.

두 번째, 세 번째, 네 번째 편지도 거의 똑같은데, 립스틱 색깔만 다를 뿐이다. 스물한 번째, 스물두 번째, 스물세 번째 편지는 사인을 보내달라고 한다. 쉰다섯 번째, 쉰여섯 번째, 쉰일곱 번째 편지는 사진을 보내달라는 것이다. 쉰여섯 번째와 쉰일곱 번째 편지는 아빠가 잠이 부족해 보인다고 불평하는 내용이다.

쉰여덟 번째 편지를 읽자 나는 골프공을 삼킨 것 같은 기분이 든다. 그것은 케이티라는 어린 소녀로부터 온 편지인데, 그가 자기 아빠보다 훨씬 다정하니까 부디 자기 아빠가 되어주기를 바란다는 내용이다. 자기 아빠는 늘 술집에 있으며 더 이상 동화책을 읽어주려 하지 않는다는 것이다. "당신이 아빠가 된다면 내 문제는 모두 해결될 거예요"라고 쓰여 있다.

내가 그 편지를 움켜쥐자 종이에서 얼어붙은 길 위에 소금을 뿌릴 때처럼 바스락거리는 소리가 난다. "넌 우리 아빠 같은 아빠를 원하는 게 아니야." 나는 큰 소리로 말한다. 하지만 어쨌든 아빠가 이 애에게 가장 먼저 답장해주기를 바라면서 소녀의 편지를 우편물 더미 맨 위에 놓는다.

한 시간 후에 문이 열리더니 왼쪽 귀에 구멍을 네 개나 뚫어 귀걸이를 꽂고, 코걸이도 하나 꽂은 젊은 여자가 나타난다. "네가 말콤의 견습생 맞지?"

나는 말하는 대신 고개를 끄덕인다. 그렇게 하면 내가 거짓말하고 있다는 걸 알아챌 수 없을 테니까.

"말콤의 우편물 정리가 끝났고 네가 그러고 싶다면 그걸 말콤 책상 위에 가져다 놔도 돼."

내가 머리가 거의 떨어질 만큼 고개를 끄덕이자 여자는 웃으며 뉴스 층으로 데려다 줄 테니 자기를 따라오라고 한다.

나는 아빠 사무실을 보고 싶어 죽겠다. 그리고 실제로 보니 사무실은 나를 실망시키지 않는다. 사무실은 칸막이가 없는 커다란 공간으로, 많은 사람들이 부산하게 움직이고 있으며 한쪽 구석에 있는 TV에서는 뉴스가 나오고 있다. 여자가 말콤의 책상을 손으로 가리키면서 그 위에 우편물을 단정히 올려놓아도 된다고 말한다.

바로 이거다! 나는 아빠의 세계에 들어와 있다. 얼마나 가까운지 희미한 사과 냄새를 맡을 수 있을 정도다—내가 기억하는 아빠의 애프터셰이브 향기 그대로. 여기에 몇 시간 동안 서 있을 수 있다면 나는 그 향기를 컵에 따라서 마실 것이다. 하지만 여자가 나를 지켜보고 있으므로 아빠 책상을 향해 천천히 걸어가면서 향기를 모두 들이마시려 노력한다. 아빠 책상 위에는 서류 뭉치들과 만년필 한 자루, 누군가 물에 색깔 있는 잉크를 흘린 것처럼 보이는 투명한 구 모양의 문진 하나와, 내가 마당에서 마주쳤던 남자아이를 안고 있는 버스티 뱁스의 사진이 놓여 있다. 왼쪽에서는 아빠의 컴퓨터가 깜빡이고 있고 오른쪽에는 아빠가 먹다 남긴 점심식사가 있다. 아빠는 초밥을 먹었다. 날 생선 위에 달걀노른자를 찍어놓은 초밥을. 우리하고 함께 살 때 아빠가 우리를 동물원에 데려갔는데, 아빠는 날 생선은 펭귄들이나 먹는 거라고 말했다.

아빠 책상 위에 우편물을 놓는데 뒤쪽 어딘가에서 문 열리는 소리가 난다. 고개를 돌리자 저 멀리에서 아빠가 지나가는 모습이 흘깃 보인다. 잠깐 우리의 눈이 마주치는 동안 내 눈에서는 고통이 물처럼 흘러나와 나와 아빠 사이에서 강물을 이룬다. 강물은 점점 거세지지만 다른 사람들은 자신들이 그 강물 가운데 있다는 걸 알아차리지 못하는 것 같다. 한순간 아빠에게 구명조끼가 필요하지 않을까 하는 생각이 반쯤 든다. 왜냐하면 아빠가 나의 고통의 강물에 빠져 죽어가고 있으니 말이다. 하지만 아빠는 후다닥 돌아 다시 문으로 나가더니 미로 속으로 사라진다. 나는 아빠를 쫓아 뛰어가고 싶지만 누군가 나에게 말도 안 하고 접착제로 발을 바닥에 붙여놓은 것 같다. 같이 있던 여자가 방 밖으로 사라지면서 나에게 여기서 기다리라고 한다. 나는 밥알이 묻어 있는 젓가락을 응시하다가 만년필 뚜껑을 닫는다. 아빠의 서류 위로 잉크가 새면 안 되니까.

여자가 돌아오더니 아까보다는 덜 친절하게 대한다. "그만 끝내고 가는 게 좋겠어. 오늘 일은 끝났어. 사실대로 말하면 아주 끝난 거야. 말콤은 견습생을 고용한 적이 없다던데."

"그는 나, 나, 나의 아빠예요." 나는 말을 더듬는다.

"상상력이 풍부한 아이구나." 그 여자가 팔짱을 낀다. 나는 그 여자의 코걸이가 잠자리 모양이라는 것을 알아차린다. "말콤은 네가 누군지 모른다고 했어. 그런데 그가 네 아빠라는 거니? 무슨 속셈인지는 모르겠지만 어쨌든 경력을 제대로 인정받고 싶다면 서면으로 신청해야 돼. 거리를 헤매다가 그냥 막 들어올 수는 없어. 프런트 직원한테 얘기는 한 거야?" 여자가 하도 짜증을 내는 바람에 나는 저 잠자리가 곧 펑 터져 다리가 산산이 흩어지는 건 아닐까 생각한다.

"난 말콤의 가족이에요." 내가 작은 소리로 말한다. "다시 한 번 물어보세요. 어쩌면 첫눈에 날 알아보지 못했는지도 몰라요. 세월이 좀 흘렀거든요."

"이봐, 난 말콤의 아들을 만나봤어. 넌 그 아이하고 전혀 닮지 않았어."

나는 졌다. 내가 무슨 말을 하든 그 여자에게는 대답할 말이 있으며, 그 여자가 양가죽 부츠를 신은 발로 타일 바닥을 딱딱 치는 동안 우리 가족의 모든 역사를 설명할 수는 없는 일이다. 나는 두 손을 들고 말한다. "좋아요. 나도 지금 가봐야 할 것 같아요. 엄마가 저녁으로 달팽이요리를 할 건데 늦을 수는 없으니까요."

달팽이라고? 아니, 그 여자가 날 사무실에서 끌고 나가는데 내가 왜 그런 말을 했을까? 그 말은 이국적으로 들리기는커녕 그저 불쾌하게 들렸을 뿐이다. 젊은 여자가 나를 데리고 엘리베이터를 타고 내려가 프런트를 통과해 현관으로 나간다. 나는 크리스마스트리에 달린 은종들이 한꺼번에 울리면서 내가 스토커라고 선언하기를 반쯤 기대하고 있다. 프런트 직원이 내가 팔을 잡힌 채 자주색 난 화분 옆으로 질질 끌려가는 걸 바라본다. 내가 화분 옆을 지나갈 때 난 한 송이가 고개를 숙인 것 같다.

"다시는 오지도 마." 젊은 여자가 나를 거리로 몰아내고 문을 닫으면서 말한다. 유리 파편은 그렇게 닫혀버렸다.

나는 또다시 아빠 나무 꿈을 꾼다. 나무는 여전히 서 있다. 하지만 나뭇가지가 너무 많이 꺾이고 부러져 나무가 쪼개질까 두려울 정도다. 칠흑처럼 반짝이는 나뭇잎들이 하늘 높이 떠올라 검은 구름이 되어 가브리엘 성인을 가린다. 그러더니 다시 내려와 내 발을 덮는데, 마치 하늘이 땅으로 떨어지는 것 같다. 나뭇잎들이 천천히 쌓여 내 허리까지 차오른다. 점점 더 높이 쌓여 내 어깨까지 이르자 내가 할 수 있는 일이라고는 손을 높이 쳐드는 것밖에 없다. 손을 위로 뻗자 어떤 손 하나가 내 쪽으로 다가오는 게 보인다. 그 손은 나를 움켜잡고 놓지 않는다. 그 손이 나를 이 속에서 꺼내려고 잡아당기고, 나는 아빠의 얼굴을 보려고 안간힘을 쓰지만 아무리 애써도 또렷이 보이지 않는다. 하지만 나는 그곳에 아빠가 있다는 걸 안다. 아빠의 손길은 따뜻하고 친숙하고 안전한 느낌이 든다.

나는 이 꿈이 절대로 끝나지 않기를 바란다.

15

빅 데이브 아저씨의 물건이 담긴 판지 상자가 복도에 있다. 들여다보니 상자 안에는 자동차 매뉴얼 몇 개와 축구공, 좀비 소설 몇 권과 어린 소년의 사진이 들어 있는 은색 액자가 있다. "얘가 키트야." 등 뒤에서 나타난 아저씨가 말한다. 그가 액자를 손으로 집는다. "내 아들이야."

"어, 그렇군요." 나는 아저씨가 생각만큼 아들의 존재를 비밀로 하지는 않는 것에 놀라면서 대답한다. "아들 얘기는 한 적이 없잖아요."

"정말?" 아저씨가 잠시 생각한다. "이미 얘기한 줄 알았어."

나는 사진 속의 어린 남자아이를 들여다본다. 한눈에 보기에 다섯 살쯤 된 것 같은데, 무릎에 일회용 반창고가 십자로 붙어 있다. 마치 그곳에 무릎이 있다고 표시하는 X표처럼. 아이의 왼쪽에 잘린 꽃무늬 스커트와 맨 다리, 그리고 플립플롭을 신은 발이 아주 조금씩 보인다. "이게 키트 엄마의 일부인가요?" 나는 다시 들여다본다. 그녀의 발톱은 빨간색으로 칠해져 있다.

아저씨가 액자를 다시 상자 안에 넣는다. "기억나지 않는걸." 그가 대답한다.

어떻게 기억나지 않을 수가 있지? 나는 '눈빛'을 보내보지만 파핏 선생님에게 훨씬 못 미친다. 눈빛이 실패하자 이번에는 "거짓말쟁이, 거짓말쟁이, 바지에 불붙는다"라고 말하고 싶지만 다소 무신경한 일이 될 것 같아(누나와 나 때문에 아저씨의 바지에 진짜로 불이 붙을 뻔했으니까) 그것도 못 하겠다. 처음에 엄마는 화재 사건 때문에 충격을 받아 계속 이렇게 물어보기만 했다. "불붙인 촛불을 왜 그냥 두고 나간 거야?" 그러면 아저씨는 그저 어깨를 으쓱할 뿐이었다. 하지만 충격이 분노로 바뀐 다음부터 엄마는 아저씨가 왜 그 시간에 밖에서 타이어를 점검했는지 알고 싶어 했다. "그건 정비소에 있을 때 해야 하는 일 아니야?" 엄마는 오래도록 그 문제를 물고 늘어졌다. 마치 티라노사우루스의 뼈를 물고 있는 개처럼. 아저씨가 나를 흘깃 쳐다봤고, 나는 나에게 꿍꿍이가 있었다는 걸 아저씨가 알고 있다는 걸 알아차렸고, 그러자 기분이 약간 묘해졌다. 하지만 엄마가 인생 최대의 잔소리를 해댈 때도 아저씨는 불이 나던 날 저녁에 내가 거기에 있었다는 이야기는 한마디도 발설하지 않았다.

"축구할까?"

"네?"

"너하고 나하고 불 켜진 데서 축구하자고." 아저씨가 상자에서 축구공을 집어 든다. "엄마 말로는 저녁 먹을 때까지 30분 남았대. 가자, 1파운드 내기다."

거리에는 별무리 같은 서리가 흩어져 있고 우리가 내뿜는 따뜻한 김이 하얀 풍선이 되어 차가운 허공으로 올라간다. 우리는 목도리를 끌러서 골대를 표시한다. 가로등이 우리의 경기장에 황금색 고리 무늬를 뿌려주고, 내가 거리를 달려 골을 넣을 때마다 넌쿠 부인 집 앞 마당에서 어슬렁거리고 있던 샘슨이 짖어댄다. 그 30분 동안 나는 아빠, 크리스토퍼, 조, 누나와 엄마에 대해 잊어버린다. 오직 나와 아저씨, 그리고 축구만 있다.

"고오오오올!" 아저씨가 코트 자락을 들어 머리에 뒤집어쓰고 함성을 지르며 달려온다. 그러다가 얼음 위에서 미끄러지자 나는 너무 웃는 바람에 위장이 바지 밖으로 흘러나오지 않도록 허리를 굽혀야 한다. "야, 댄, 넌 지금 달인을 보고 있는 거야." 아저씨가 일어나서 허리를 주무르고는 절뚝거리며 나에게 걸어온다. "월드컵 대표팀에 들어가려면 어디서 신청해야 되지?" 이 말에 나는 더 심하게 웃는다—오줌을 찔끔했는지도 모르겠다. 잘 모르겠다.

"키트하고도 축구 하세요?" 내가 활짝 웃으면서 묻는다.

"가끔." 아저씨가 코트를 매만지면서 웅얼거린다. "하지만 키트에게는 지금 너무 많은 일이 벌어지고 있어서 그 애가 원하지 않는 일을 하라고 재촉하고 싶지는 않아."

"축구 하라고 재촉한다고요?" 내 미소가 사라진다.

"때로는 누군가에게 준비되지 않은 일을 시킬 수 없어. 복잡한 일이지……. 하지만 부모라면 가족을 위해 옳은 결정을 해야 하지. 무슨 말인지 알겠니?" 아저씨가 숨을 몰아쉬며 말한다.

나는 무슨 말인지 모르겠지만 어쨌든 고개를 끄덕인다. 나에게 많은 일이 벌어진다 해도 나는 축구를 할 준비는 늘 되어 있으니까.

"곧 키트를 만나게 될 거야." 아저씨가 말한다. "너희 엄마가 이미 얘기했는지 모르겠지만 난 너희 집으로 이사 하려 하고 그때가 되면 키트를 알게 될 거야."

나는 잠시 동안 가로등 빛 안에 서서 아저씨가 방금 전에 한 말을 이해하려 노력한다. "내가 너희 집으로 키트를 데려와도 괜찮겠지? 내 말은, 그게 싫다면 우리는 다른 방법을 생각해볼 거야. 지금 우리는 셋집에 살고 있기 때문에, 너도 알겠지만 이사하려면 준비가 필요하거든." 내가 고개를 끄덕이고 그가 말을 잇는다. "키트는 좋은 아이고, 너희 둘은 좋은 친구가 될 거야."

"아저씨." 내가 속삭인다. "모든 게 변하고 있어요."

"그래, 그러는 것 같구나. 하지만 변화가 꼭 나쁜 것만은 아니야." 아저씨가 팔을 내 어깨에 두르고 나를 끌어당긴다.

"난 변화가 싫어요."

"이해해. 하지만 삶은 멈춰 있을 수 없어. 우리가 아무리 그러길 원한다 해도 말이야." 아저씨가 대답한다. "그리고 무시무시해 보이는 변화로 인해 네 앞날에 흥미진진한 일들이 일어날 수도 있어."

"아저씨하고 키트가 우리 집으로 들어오는 것처럼요?"

아저씨가 웃으면서 말한다. "그래, 우리가 이사하는 것처럼." 그가 나를 꽉 안자 엔진오일과 젖은 옷과 소나무 숲 냄새가 난다. "이런 변화가 두려워지면 꼭 내게 와서 얘기하겠다고 약속하렴. 내가 다 들어줄게."

내가 그러겠다고 약속하자 갑자기 머릿속에 아빠 모습이 떠오르고 나는 죄책감을 느끼면서 몸을 뺀다. 아저씨는 웃으면서 내 머리카락을 헝클어놓는다.

"안아주기에는 너무 컸다는 말이지?"

하지만 그렇지 않다. 내가 이 세상에서 가장 원하는 게 아빠가 나를 안아주는 것이다. 만일 아빠가 지금 저 길 끝에 나타난다면 나는 팔을 활짝 벌린 채 아빠한테 달려갈 것이다. 아빠의 품에 뛰어들어 아빠를 잡고 다시는 놓아주지 않을 것이다.

"자, 이제 추워진다." 아저씨가 목도리를 돌려주면서 말한다. "집에 가자."

"고마워요." 내가 말한다.

"목도리 줘서?"

"아뇨." 내가 대답한다. "아저씨 자동차 타이어를 점검하라고 한 게 나란 걸 엄마한테 말하지 않은 거요."

"아." 아저씨가 한숨을 쉰다. "네가 무슨 얘길 하는지 전혀 모르겠어. 내 기억력은 형편없거든." 그는 윙크를 하더니 파라다이스가 10번지의 대문을 열어젖힌다.

하지만 누나는 그렇게 관대하지 않다. 저녁식사 후 위층에서 나를 보더니 왜 빅 데이브 아저씨에게 알랑거리느냐고 묻는다. "그 남자한테 부인도 있고 아이도 있는 거 너도 알잖아." 누나가 내뱉는다. 누나는 자신의 말을 강조하기 위해 나를 자기 방으로 끌고 가더니 핑크색실크 가운을 입는다. "이거 잊어버렸어?"

"아니." 내가 중얼거린다. "하지만 축구는 해도 되잖아."

"물론 그렇지." 누나가 입술을 깨문다. "충분히 즐겨두라고. 그 남자에게 무슨 꿍꿍이가 있는지 엄마가 아는 날이면 그를 영원히 버릴 테니까. 그러니까 축구 해, 머지않아 그 남자는 내쫓길 거고 그러면 축구도 그의 뒤를 따를 테니까."

"그거 알아?" 내가 말한다. 가슴속에서 분노가 타오른다. "누나는 아주 고약해질 때가 있어, 누나 상태를 감안한다 해도 말이야."

"내 상태라니?" 누나가 가운을 입은 채 빙 돈다.

"아무것도 아니야, 신경 쓰지 마." 내가 대답하는 동안 가운에 달린 끈이 내 배를 때린다. "내가 아무 말도 하지 않은 걸로 하자고."

"난 이미 그렇게 생각해." 누나가 실크 가운을 쓰다듬으면서 중얼댄다.

"아저씨가 자기 아들 키트에 대해 나한테 얘기했어. 아저씨에게 아이가 있다는 건 더 이상 비밀이 아닌 것 같아. 그들이 우리 집으로 이사 온다는 얘기가 있어. 아저씨 집이 불타버렸으니까." 나는 팔짱을 낀다.

누나가 야유를 보낸다. "바로 내가 생각한 대로야. 그 남자가 '캐롤라인 1973'에 대해서는 얘기하지 않았을걸. 그렇지?" 내가 어깨를 으쓱하자 누나가 계속한다. "그러니까 네 말은 그 남자가 부인에 대해서는 말하지 않았는데, 그런 채로 우리 집으로 이사를 온다는 거야? 정말 못 말리는 양다리구나, 그 남자?" 누나가 입술을 잘근잘근 씹는다. "내 말은, 네가 뭔가를 혼동했을 리는 없다는 거야, 그렇지?"

"내가?" 내 목소리가 하도 높아서 이웃의 모든 개들이 귀를 쫑긋 세웠을 것 같다. "누나 생각은 어때?"

"글쎄." 누나가 교만하게 말한다. "여자의 직감으로 볼 때 그 남자는 교활한 바람둥이야. 여자의 감은 틀리는 법이 없어. 너도 크면 알게 될 거야." 누나는 마치 주옥같은 지혜를 나에게 알려주었다는 듯 웃고 나서 말한다. "고맙다는 말은 됐어."

"엄마가 보기 전에 그 가운을 벗는 게 좋을 거야." 내가 말을 받는다. "아저씨의 집에 불이 나기 직전에 누나가 그 집 안에 있었다는 걸 설명하는 게 과연 쉬울지 잘 모르겠어. 내 말은 애초에 누나가 촛불을 쓰러뜨리지 않았다면 아저씨가 우리 집으로 이사 와야 할 일도 없었으리라는 거야." 나는 누나를 노려보면서 덧붙인다. "고맙다는 말은 됐어."

처음으로 누나는 한 대 맞은 것처럼 보인다. 내가 닌자를 이긴 모양이다. 누나는 천천히 실크 가운을 벗고는 개어서 다시 옷장 안에 집어넣는다. "좋아. 네 말이 맞아. 하지만 촛불이 쓰러진 건 내 잘못이 아니야. 캐롤라인이 아저씨하고 함께 살지 않았다면 이런 일은 일어나지 않았을 거라고. 어쨌든 불난 건 잊어버려. 아무도 죽지 않았고, 우리는 여전히 엄마에게 진실을 알려야 하니까."

"아직은 하지 마." 내가 애원한다. "잠깐 아래층에 내려가서 다음엔 어떻게 할지 생각해보자고. 내가 주스 한 잔 따라 줄게." 누나의 눈이 가늘어진다. 하지만 내가 활짝 미소를 짓자 누나는 고개를 끄덕인다. 댄 호프의 지성 앞에서 적들은 바스러지는 법이다. 음, 거의 바스러진다고 해야겠다. 왜냐하면 누나가 혹시라도 주스에 침이라도 뱉으면 내가 잠든 사이에 들어와 눈썹을 모두 밀어버리겠다고 말하기 때문이다.

"주스에 침 뱉지 않을게, 진짜야." 내가 대답한다.

나는 침 뱉는 걸 잊어버렸다는 데 놀라고, 엽산 알약을 부숴 주스 잔에 넣는 게 너무 쉽다는 데 또 놀란다. 누나는 전혀 모르겠지만 이 순간부터 행복하고 건강해질 것이다. "여기 있어." 나는 누나가 부엌에 들어오자 말한다. "방금 짠 사랑스러운 오렌지주스야." 내가 잔을 건네자 누나가 받아서 한 모금 마신다.

"너희 여기서 뭐 하니?" 엄마가 부엌으로 들어오면서 묻는다.

"별일 아니에요." 나는 조의 방 벽에 있던 알로이시오 곤자가 성인의 포스터에서 본 대로 가장 성인처럼 보이는 자세로 대답한다. 곁눈질로 누나를 살피면서 하늘을 쳐다보기란 쉽지 않다는 건 인정해야겠다.

누나가 유리잔을 들고 마시더니 인상을 찌푸린다. 한 모금 더 마시더니 기침을 하고 알갱이를 씹는데 나는 못 본 척한다. 더 이상 모르는 척하기가 불가능해지자 엄마가 말한다. "뭐 잘못됐니?"

"이 오렌지주스 때문에 그래요, 엄마. 정말 모래를 씹는 것 같아요."

엄마가 냉장고를 열어 주스 통을 꺼내 유효 기간을 본다. "유효 기간은 지나지 않았어. 어쨌든 이건 알갱이가 든 오렌지주스야. 여기 그렇게 쓰여 있잖니, 알갱이라고." 엄마가 손가락 끝으로 통을 톡톡 친 다음 다시 냉장고에 넣는다.

"앵무새 새장 바닥 같은 맛이 나는 알갱이를 넣은 건 아니겠죠." 누나가 유리잔을 식탁 위에 탁 내려놓는다.

내가 미처 막기도 전에 엄마가 어리석은 일을 한다. 식탁으로 가더니 주스 잔을 들고 단숨에 마셔버린다. "맛이 그리 나쁘진 않은데." 엄마가 못 믿겠다는 표정으로 말한다. 그러더니 기침을 몇 번 한다. "약간 모래 씹는 것 같기도 하네."

내가 엄마에게 독을 먹인 것이다.

16

포이즌(poison)

명사 1. 질병이나 죽음을 일으키는 물질. 2. 파괴적인 영향을 가진 것.
동사 1. 사람이나 동물에게 독을 주다. 2. 독으로 오염시키다. 3. 다른
사람에게 해로운 효과를 가지다. 예) 사람의 마음에 해를 끼치다.

어젯밤 나는 엄마가 죽지 않았는지 확인하기 위해 몇 시간 동안이
나 엄마가 코 고는 소리에 귀를 기울였다. 새벽 1시에는 자리에서 일
어나 발끝으로 살금살금 아래층에 내려가 사전을 찾아 내 방으로 가
져와 포이즌의 정의를 찾아보기도 했다. 그런 다음 바로 잠들어버린
모양이다. 왜냐하면 아침에 침이 말라붙은 사전 위에서 눈을 떴는데
뺨에 '포이즌'이라는 글자가 찍혀 있었기 때문이다. 글자를 닦아내긴
했지만 어떤 부분은 콘크리트처럼 단단히 굳어 있었다.
  "엄마, 살아 있군요." 엄마가 부엌으로 걸어 들어와 차를 따르는 걸

보고 내가 말한다.

"그럼." 엄마가 대답한다. "넌 아직 날 제거하지 못했어."

내 목에 시리얼이 걸리자 누나가 내 등을 쾅쾅 두드리면서 말한다. "지금 네가 쌀튀김 때문에 죽지 않도록 내가 구해준 거야. 고마워할 필요 없어. 하지만 고마움을 표시하고 싶다면 신제품 핑크색 족집게를 봐뒀으니 그걸 사주면 돼."

"숱 많은 눈썹이 다시 유행이야." 내가 씩씩거리며 대답한다. "잡지에서 못 봤어?"

"내 남동생에게 그런 잡지를 얻을 수 있다면 읽어볼게."

내가 막 대꾸하려는 순간 엄마가 말한다. "눈썹에 관한 대화가 흥미진진해서 나도 참여하고 싶지만 한 시간 후에 병원 예약을 해뒀단다." 엄마는 마지막 한 모금을 마시고 찻잔을 내려놓는다.

뭐라고? 엄마가 오늘 오전에 병원에 가야 한다고 말한 거야? 그렇다면 최근 계속 몸이 안 좋았던 것뿐만 아니라 어제 내가 엽산 두 알로 엄마를 끝장내버렸단 말이야? 이러면 안 되는데.

"병원에서 돌아오면 크리스마스 장식을 모두 꺼낼 거야. 너희들이 학교에서 돌아오면 즐거운 대화를 좀 하고 싶구나." 엄마의 눈이 눈물로 반짝인다. 아마도 독약으로 인한 증세일 것이다. "무슨 얘기를 할 건지 지금은 물어보지 마. 절대 얘기 안 할 거니까." 그런 다음 엄마가 코웃음을 치는데, 내가 보기에 그건 알약이 히스테리 증상을 유발했기 때문인 것 같다. "자, 나는 지금 나가봐야 돼. 안 그러면 병원에 늦을 테니까. 착하게 있어. 그럴 수 없다면 훌륭하게 있도록 해. 참, 그런데 댄, 네 뺨에 있는 푸(poo)*라는 글자를 그냥 두면 완벽하게 훌륭해질 것 같지는 않구나."

엄마가 집을 떠나자 나는 소매로 뺨을 문질러 지우면서 닌자 그레이스에게 뭐가 잘못된 것 같으냐고 묻는다. "엄마가 독약에 중독된 것 같지는 않지?"

누나의 턱에 시리얼이 조금 붙어 있다. 그래서 마녀처럼 보이지만 나는 말해주지 않는다.(이것이 오늘 나에게 일어날 가장 재미있는 일일 테니까.) 누나의 눈이 가늘어진다. "더 이상은 못 참겠어. 네가 맨날 읽는 그 추리소설에서 벗어나 현실 세계로 돌아와. 아마도 엄마는 여자들의 문제 때문일 거야."

나는 그게 무슨 문제인지 묻지 않는다. 왜냐하면 내가 가진 남자들의 문제만으로도 충분하기 때문이다. 그중에서 가장 위급한 사안은 '문제가 있는 여성을 중독시킨 것'이다.

엄마가 괜찮은지 확실히 알아야겠다. 나는 누나에게 벌써 8시 35분이니 학교에 간다고 말하고는 가방을 움켜잡고 식탁을 벗어난다. 등 뒤에서 문이 쾅 닫힐 때까지도 누나는 내가 제 시간에 학교에 간 적이 한 번도 없다고 소리치고 있다.

저 앞을 보니 엄마는 겨우 파라다이스가 끝까지밖에 못 갔다. 엄마가 모퉁이를 돌 때, 나는 쥐똥나무 울타리에 몸을 숨긴다. 고맙게도 엄마가 나를 발견하지 못한다. 뿐만 아니라 엄마는 아일랜드 주택단지로 향하는 골목길로 접어들 때도 내가 쓰레기통과 담장 뒤로 몸을 숨기는 걸 보지 못한다. 나도 골목길에 들어선다. 나는 실제보다 훨씬

● 웅가라는 뜻.

날씬한 엄마의 그림자처럼 골목길의 그늘 속으로 미끄러지듯 나간다. 가끔씩 엄마가 뒤돌아보지만 나는 아주 날쌔기 때문에 들키지 않는다.

프린세스로즈병원은 동쪽으로 5킬로미터쯤 떨어진 곳에 있는 큰 대학병원이다. 병원은 아일랜드 단지의 주택과 결코 가깝지 않다. 사실 이곳에서는 237번 병원 버스를 탈 수도 없다. 엄마는 가방을 어깨 위로 더 높이 끌어올리고 나서 카네이션로로 향하는데 그건 대충 빅 데이브 아저씨의 집이 있는 방향이다. 지금까지 엄마는 나를 알아보지 못했다. 엄마가 아저씨 집이 있는 거리로 꺾어든다. 내가 어느 집 정원에 쭈그리고 잠복하는 동안 좀 더 아래쪽에서 초인종이 울리는 소리가 난다. 나는 재빨리 고개를 들었다가 다시 숙인다.

이제 엄청난 결전이 벌어질 것이다. 내가 의심했던 대로, 엄마는 예고도 없이 아저씨의 집으로 찾아간 것이다. 이제 곧 '캐롤라인 1973'이 초인종 소리를 듣고 나와서 엄마가 화려한 스팽글이 달린 핸드백을 들고 서 있는 걸 발견하고 무슨 일이냐고 물어볼 것이다. 그런 다음에 엄마의 흔적이라고는 앞마당에 떨어진 스팽글만 남을 것이다. 현관문이 열리는 순간 나는 안절부절못한다. 한쪽 눈은 감기고 다른 쪽 눈은 움츠러든다. 빅 데이브 아저씨가 햇빛을 받으며 현관으로 걸어 나오더니 엄마와 포옹하고 진한 키스를 나눈다. 길을 따라 있는 모든 커튼들이 파도타기 응원이라도 하듯 출렁댄다. 두 사람은 차에 올라타고 재빨리 멀리 사라진다. 마치…… 그러니까…… 몬데오를 탄 한 쌍의 원앙처럼.

누나가 여러 번 말했듯이 아저씨는 뭔가를 꾸미고 있는데 나는 그게 뭔지 알아내지 못하겠다. 캐롤라인은 어디 있었던 걸까? 그 여자는 자기 남편하고 우리 엄마가 현관에서 키스해도 괜찮단 말인가? 모든 일이 내 머리를 빙빙 돌게 만든다. 그러면 안 되는데, 오늘 첫 수업은 수학인데.

내가 다 끝내지 못한 숙제를 제출하자 파핏 선생님이 탐탁지 않아 하며 왜 도서관에 남아 그걸 끝내지 않았느냐고 묻는다. 파핏 선생님은 도처에 스파이를 거느리고 있는 모양이다. 그래서 나는 거짓말을 해야 한다. 나는 케빈의 내장에 있던 열기가 들불처럼 번져 나의 내장으로 옮겨졌기 때문에 오후 내내 화장실에 있었다고 말한다. 파핏 선생님은 다음에 그런 일이 일어나면 제발 내가 어디에 있는지 아무 선생님에게라도 알려달라고 말한다. 하지만 나는 응가가 급할 때는 누구에게도 알릴 시간이 없는 법이라고 대답한다.

케빈이 마치 '대체 지금 무슨 헛소리를 하는 거야?'라는 표정으로 나를 바라본다. 하지만 그 애가 말꼬리를 잡을 수 없다는 건 우리 둘다 알고 있다. 왜냐하면 그 애도 파핏 선생님에게 똑같은 말을 했기 때문에, 지금 내가 거짓말을 하는 거라면 그 애도 거짓말을 한 셈이되기 때문이다.

파핏 선생님은 오전 내내 나 때문에 속을 썩고 있다. 선생님은 수학시간에 선생님이 말을 시작하는 순간 내가 신경을 꺼버린다고 말한다. 내가 당장 수업에 귀 기울이지 않는다면 더 많은 과제를 하게 될거라고 말한다. 물론 선생님은 '당장'이라고 말하지는 않지만 바로 그뜻이다. 하지만 내가 내 문제도 풀지 못하는데 어떻게 수학 문제를 풀

수 있단 말인가?

"대니얼, 두 번 말하지 않을 거야."

나는 마치 바닥에 떨어진 탄산음료 병처럼 내부에서 압력이 차오른다.

"제발 주목."

나는 머릿속에 든 이 모든 걱정 때문에 폭발할지도 모른다. 그런데 만일 내가 탄산음료라면 나는 콜라일까, 레모네이드일까?

"대니얼 호프. 내 말 듣고 있는 거니?"

"네, 콜라예요." 내가 말한다. "아니, 제 말은 듣고 있다는 뜻이에요." 나는 뺨에서 열이 나는 걸 느끼며 조를 쳐다본다. 조는 미소도 짓지 않은 채 고개를 돌린다. 나한테 그 애가 필요 없다고 말한 순간부터 조는 나를 피하고 있다.

"재미있는 일인데." 크리스토퍼가 속삭인다. 장담하건대 그 애는 조가 나를 무시하기 때문에 기뻐하고 있다.

"자, 여러분—대니얼, 너도 포함해서—잘 들어요. 엄청난 소식이 있는데, 적당한 때 알려주려고 지금까지 기다렸어요." 파핏 선생님이 긴 치맛자락을 바닥까지 늘어뜨리면서 교탁에 걸터앉는다. "내가 여러분에게 '프로젝트 에코 에브리웨어'를 열심히 하라고 말했지요. 그런 이유가 있는데, 이제 밝히겠어요. 여러분이 하는 '프로젝트 에코 에브리웨어'는 텔레비전에 나올 거예요."

모든 아이들이 환호성을 지르는 바람에 학교 지붕이 거의 날아갈 것 같다.

"지역 TV 방송국에서 '프로젝트 에코 에브리웨어'에 대해 듣고는 훌륭한 아이디어라고 생각했대요. 특히 쓰레기가 많이 나오는 크리스마스 때라서 말이에요. 방송국에서 아만딘호텔로 와서 촬영할 거예요. 뉴스 끝 부분에 잠깐 나오는 정도겠지만 그래도 아주 근사하잖아요? 게다가 뉴스의 새 진행자도 볼 수 있을 거예요. 잠깐, 그 진행자 이름이 뭐였더라?" 파핏 선생님이 교탁에 놓인 서류를 뒤적인다.

그리고 이렇게 말한다. "말콤 메이너드예요." 내 머릿속에서 폭죽이 터진다.

'내 공연에 아빠가 온다!'

그건 최고의 순간이 될 것이다. 내가 계획했다고 해도 이보다 잘할 수는 없을 것이다. 아빠가 방송국 사무실에서 나를 봤을 때는 충격 때문에 도망갔지만, 내가 무대 위에 있다면 아빠가 나를 제대로 볼 기회가 생길 테니까.

다음 순간 나는 맥이 풀린다. 나는 무대에 오르지 못한다는 게 생각났기 때문이다.

"선생님, 선생님, 선생님!" 나는 손을 최대한 높이 든다.

"그래, 무슨 일이지?"

"부탁이에요, 선생님, 저도 무대 뒤에 있는 대신 무대에 올라갈 수 있을까요? 제가 착한 학생이 된다고 약속한다면 말이에요. 선생님, 부탁이에요, 선생님."

파핏 선생님이 말한다. "안 돼, 댄. 무대에 올라갈 수 없어. 너하고 크리스토퍼에게 준 벌은 아직 그대로야. TV 카메라가 있을 거라고 해서 바뀐 건 아무것도 없어."

모든 게 바뀌었어, 라고 나는 혼잣말을 한다. 나는 하느님은 스스로 돕는 사람을 돕는다는 조의 말을 기억하면서, 파핏 선생님에게 최면을 걸려 한다. 나는 오랫동안 파핏 선생님의 눈을 빤히 쳐다보면서 내가 얼마나 절박한지 전달하려고 노력한다. 선생님의 눈은 사슴벌레 등딱지 같은 색인데, 선생님은 나의 막강한 뇌파를 막아내려는 듯 눈을 빠르게 깜빡인다. 내가 더한층 뚫어져라 바라보면서 얼굴 표정이 일그러지기 시작하자 선생님은 혹시 내장 속의 열기가 아직도 성을 내서 화장실에 가야 하느냐고 묻는다. 나는 고개를 젓고, 하느님은 나에게 아무 도움이 안 됐다는 당혹감과 분노에 휩싸인 채 고개를 돌린다.

누군가 내 뒤에서 목소리를 가다듬는다. "저, 죄송한데요, 선생님. 우리가 싸운 게 아니라면 어떻게 하시겠어요? 만일 선생님이⋯⋯." 크리스토퍼가 다시 목소리를 가다듬는다. "⋯⋯잘못 보신 거라면요? 우리는 싸우는 척했을 뿐이고 그게 장난이었다면 말이에요."

파핏 선생님이 당혹스러운 표정을 짓더니 이렇게 말한다. "내가 교실 창문으로 너희들이 싸우는 걸 보지 않았다는 말을 하는 거니? 지금 진짜로 정직하게 말하는 거야?"

크리스토퍼는 순간적으로 귀밑까지 빨개진다. "싸우는 게 아니라 노는 거였어요."

"말도 안 되는 소리 하지 마. 내가 두 눈으로 똑똑히 봤는데 그건 노는 게 아니었다고." 파핏 선생님이 안경을 고쳐 쓴다. "이게 내 최종 결론이야."

내가 다시 말한다. "부탁이에요."

"안 돼." 파핏 선생님이 단호하게 말한다.

"그럼 안 된다는 게 선생님의 최종 결론이에요?"

"그래."

"그럼 '그래'가 선생님의 최종 결론이에요?"

당연히 "입을 다물지 않으면 교장실로 보낼 거야"라는 말이 선생님의 최종 결론이다.

선생님은 우리에게 '프로젝트 에코 에브리웨어'에 사용할 의상을 꺼내 작업을 계속하라고 한다. 비록 무대에 오르지는 못하지만 나는 생수 병 바닥을 오려 안경을 만들었다. 그 안경을 끼면 나 자신이 금 파리처럼 보이는 건 물론이고, 교실이 아홉 개로 보인다. 아빠는 감동받을 것이다. 아홉 명의 조가 내 쪽으로 다가오는데 한 손에는 반쯤 분 빨간색 풍선을 들고, 다른 손에는 얇은 종이 뭉친 것과 연예 잡지에서 찢은 불 사진을 들고 있다.

"그게 뭔데?" 조가 내 책상 옆을 지나갈 때 나는 플라스틱 안경을 벗고 말을 걸어보려 한다.

"성모 마리아의 성심(聖心)이야. 얇은 종이로 장미를 만들어서 풍선에 두를 거야. 물론 네가 신경 쓸 일은 아니지만."

"잡지에서 찢은 불 사진은 뭔데?" 내가 묻는다. "성모 마리아가 가십 기사에 흥미를 가질 것 같지는 않은데."

"물론 그렇지." 조가 말한다. "하지만 성모의 심장은 불타고 있는데, 내가 구할 수 있는 거라곤 이 잡지 사진이 최선이었어. 그런데 이제 말 좀 그만할래? 나 아주 바쁘니까." 조는 머리에 행주를 올리고 걸어가버린다.

그러는 동안 케빈은 구멍 난 속옷을 바지 위에 껴입은 채 보풀이 인

낡은 담요에 칼질을 하고 있는데, 그 애가 자기 무릎을 칼질용 탁자로 사용하는 걸 보고 놀란 파핏 선생님이 다가와 칼질을 멈추게 한다. 살렘은 화장지(사용하지 않은 것) 한 무더기를 가지고 쩔쩔매고 있다. 그리고 크리스토퍼는 자기 팔뚝에 그림을 그리고 있다. 나는 포장용 포일을 조금 잘라 별 모양을 만든 다음 손으로 꽉 쥐어서 망가뜨린다. 그러고 나자 기분이 조금 나아진다.

점심시간에 조는 나를 완전히 무시한다. 하지만 크리스토퍼가 축구장으로 오라고 손짓한다. "이리 와서 축구 시합 같이하자. 우리 한 사람 부족해. 골키퍼 해도 돼."

나는 목도리와 장갑을 벗어 작은 무더기로 쌓아놓고 크리스토퍼 쪽으로 달려간다. "고마워." 내가 말한다.

"살렘, 내 머리 쪽으로." 크리스토퍼가 뛰어오르면서 말한다. "내 머리 쪽으로." 살렘이 공을 차자 크리스토퍼가 헤딩으로 패스한다. "저쪽 골대에 차 넣어. 에이, 야, 너 눈이 삐었어?"

"고마워." 내가 소리친다. "파핏 선생님에게 우리가 그냥 놀고 있었던 거라고 얘기해줘서."

"심판! 그거 핸들링이야." 그러더니 나에게 말한다. "우리 놀고 있었잖아. 그렇지?" 크리스토퍼는 골대 주변을 왔다 갔다 하고, 나는 구름 같은 파리 떼라도 잡는 것처럼 팔을 흔든다. "그런데 '프로젝트 에코 에브리웨어' 공연을 왜 그렇게 간절히 하고 싶어 하는 거야?" 크리스토퍼가 멈춰 선다.

"그냥 TV에 나가고 싶어서 그래. 그게 다야." 나는 분개하며 대답한다. 갑자기 공이 내 쪽으로 날아오자 나는 놀란다. 나는 파리 잡는 동작도 잊어버리고 공을 손으로 잡는 것도 실패하지만 배로 막아낸다.

"잘했어." 크리스토퍼가 나를 일으켜 세우며 말한다. "어쨌든 아까는 소용없는 일이었어. 우린 여전히 무대 뒤에 있어야 하고 아주 재미없겠지."

"어쩌면 그렇지 않을지도 몰라." 나는 배가 아픈데도 활짝 웃으면서 말한다. "나한테 세상에서 제일 기발한 아이디어가 있거든."

17

그날 오후에 집에 가니 천장에 붙인 반짝이 장식이 벽을 따라 펄럭이고 있고, 크리스마스 CD에서 흘러나오는 은은한 쿵쿵 소리가 거실을 채우고 있다. 그리고 거실 구석 현관 쪽 창문 가까이에 기울어진 소나무 한 그루가 있는데 그 아래 색색의 선물 상자가 가득 쌓여 있다. 나는 새 자전거를 받을 가능성은 완전히 포기해버렸는데, 내 이름이 쓰인 선물 상자는 겨우 내 손바닥만 하기 때문이다. 그렇게 작은 자전거를 탄다면 벼룩 서커스단에서 받아줄 것이다. 부엌에서 흘러나오는 따뜻하고 진한 생강쿠키 냄새가 위로가 된다—엄마가 불을 피워서 불꽃이 치직거리며 굴뚝으로 타오르고 있다.

"둘 다 집에 오다니 잘됐다." 엄마가 행주에 손을 닦으며 거실로 들어서면서 말한다. "뉴스가 있거든."

지금까지 여러분은 가정생활의 완벽한 한 장면을 보았을 것이다. 이제 여러분 마음속에 그린 그 장면을 버려야 한다. 왜냐하면 엄마가

지금 막 완성한 생강쿠키를 우리에게 주자 향이 얼마나 강한지 우리
는 거의 숨이 막힐 듯 캑캑거리고, 그러자 벽난로 위에 건 반짝이 장
식의 늘어진 부분이 불에 닿아 녹기 시작했기 때문이다. 엄마는 그것
을 끄집어내 행주로 탁탁 두드리기 시작한다. 까맣게 타버린 반짝이
장식과 행주 조각들이 공중에 떠돈다.

"난 이게 특별하길 바랐어." 엄마가 다시 소파에 털썩 앉으면서 말
한다.

"이 정도면 특별하죠." 나는 누나의 잡지를 말아 따로 떨어져서 타
고 있는 반짝이 장식을 두드리면서 말한다. "자, 모두 제자리로. 비상
상황 종료!"

"오늘 아침에 병원 예약을 해뒀다고 말했지." 엄마가 생강쿠키 한
조각을 야금야금 먹다가 입에 부채질을 하고 먹던 쿠키를 다시 내려
놓는다.

누나는 나를 바라보고 나는 누나를 바라본다.

"좋아, 너희를 오랫동안 기다리게 한 것 같구나. 이게 바로 내가 말
한 뉴스야." 엄마가 핸드백에서 사진 한 장을 꺼낸다. "보다시피." 엄마
가 사진을 건네주며 말한다. "내 안에서 이게 자라고 있어……."

"새우요?" 나는 웅크리고 있는 새우를 바라본다.

알고 보니 엄마는 새우가 아니라 아기를 가진 것이다. 아무리 눈을
찡그리고 보아도 새우와 똑같아 보이지만. 당연히 그 아기에게 맞는
이름은 '리틀 데이브'이다. 리틀 데이브의 존재는 완전히 놀라운 일이
었지만 그래도 사랑스러운 소식인 것 같다. 엄마는 임신했다는 사실
을 몰랐기 때문에 왜 그렇게 오랫동안 속이 울렁거리는지 몰랐던 것

이다. 엄마 말에 의하면, 이제 집에 변화가 생길 거란다—우리는 좀 더 허리띠를 졸라매야 할 거란다.(하지만 엄마의 배가 부풀어 오를 걸 생각하면 엄마에게 허리띠를 졸라맬 여지가 있을 것 같지는 않다.)

"그러니까 둘 다 아기를 가진 거네. 이거 곤란한데." 내가 생각하지도 않고 말한다. 엄마가 놀라서 입을 벌리자 튀어나온 생강쿠키 조각이 누나의 뺨으로 날아간다. 그러자 누나가 자리에서 벌떡 일어나 꺅 비명을 지르기 시작한다. 알고 보니 누나의 공포는 얼굴에 붙은 생강쿠키 때문이 아니라 내가 바보천지라는 생각 때문이다. 입술에서 침이 튀고 눈썹은 하나로 모아진다. 거실에서 뭔가 재미있는 일이 벌어진다는 걸 감지한 개가 거실로 들어오더니 반짝이 장식 조각을 먹고는 카펫 위에 토한다.

"그만해!" 나는 찰스 스캘리본즈가 자신이 토한 걸 냄새 맡더니 다시 핥아먹기 시작하는 걸 보고 소리친다. "그러면 반짝이병에 걸릴 거야." 이건 내가 만든 최고의 농담이지만 아무도 웃지 않는다.

"난 임신하지 않았어. 그 말 취소해." 누나가 내 얼굴 가까이 오자 나는 움츠러든다. "너 이게 뭐라고 생각하니? 무원죄 잉태*라도 된단 말이야?"

"누나가 사용한 임신 테스트기를 쓰레기통에서 발견했단 말이야." 나는 누나를 쏘아보고 누나는 나를 쏘아본다. 이것은 '호프 대 호프'의 대결이다.

이 말은 누나를 초음속 로켓에 실어 궤도를 돌게 하기에 충분하다.

* 성모 마리아의 잉태.

한순간 누나는 나를 노려보더니 다음 순간 극도로 흥분해서 자기 머리카락을 쥐어뜯으며 자기는 이런 대접을 받을 이유가 없다고 소리지르면서 날뛴다. 3초 만에 누나는 달에 도착해 궤도를 몇 바퀴 돌고 돌아와 소파에 착륙하더니 몇 차례나 쿠션에 머리를 들이받는다. 마지막으로 머리를 부딪칠 때 엄마가 목을 가다듬는다. 아마도 생강 쿠키를 삼키느라 그랬겠지만 그건 아무도 모른다.

"그레이스, 이제 다 끝났다면 말이야." 엄마가 말한다. "쿠션에서 좀 떨어지렴. 연약한 침구류를 살해하면 10년 동안 감옥에 갈 수도 있어." 엄마가 미소 지으며 나를 보는데, 엄마의 양 볼이 달아올라 있다. "그 임신 테스트기는 내 게 확실해."

이 순간 모든 수수께끼가 한꺼번에 풀린다. 그건 엄마가 사용한 거였다. 어쩌면 나는 그토록 멍청할 수 있었단 말인가? 그때 찰스 스캘리본즈가 심각하게 꺽꺽거리면서 입을 벌려 나의 주의를 분산시킴으로써 나를 궁지에서 구해준다. 엄마가 황급히 발로 개를 밀어 복도로 내쫓는다.

엄마가 돌아와서 말한다. "댄, 그게 내 건 줄 네가 안다고 생각했는데. 네가 나한테 문자 보냈잖니." 엄마가 어깨를 으쓱한다. "네가 보낸 문자를 보고 네가 진실을 알아냈다는 걸 나에게 알리는 거라고 생각했어. 너한테 물어보지 않은 건 너도 생각을 정리할 시간이 필요하다고 생각했기 때문이야. 생각이 정리되면 나한테 얘기할 거라고 믿었거든."

"문자를 보낸 건 내가 아니라……." 내가 대답한다. "찰스 스캘리본즈였어요."

개가 턱에는 반짝이 장식을 묻히고 매끄러운 주둥이에는 토사물을 길게 늘어뜨린 채 어슬렁거리며 거실로 돌아온다. 개가 우리를 쳐다보는 폼이 마치 "무슨 일이야?"라고 묻는 것 같다.

"아, 끝내주는군." 누나가 울부짖는다. "개 탓을 한단 말이지. 이 집 안은 모두 미쳤어. 나는 이 비정상의 대양에 홀로 떠 있는 정상의 섬이야." 누나의 얼굴이 원숭이 엉덩이처럼 빨개지자 나는 바로 그 순간 모든 것이 명료해진다고 생각한다. 누나가 말한다. "맙소사! 스탠이 나하고 헤어진 게 바로 네가 스탠에게 내가 임신했다고 말했기 때문이구나. 아홉 달 후에는 곤경에 빠질 거라나 뭐라나 그런 말도 안 되는 스탠의 말들이 이제 이해되는군. 난 스탠이 제정신이 아니라고 생각했어. 하지만 이제 보니 내 바보 동생이 그에게 내가 임신했다고 말했기 때문이었다고!"

"내가 말한 거 아니야." 나는 말을 더듬는다. "케빈 커밍스가 말했어."

누나가 다시 궤도에 진입한다. "하느님 맙소사! 그럼 케빈 커밍스에게 그 말을 했다는 거야!"

"그만, 그만." 엄마가 두 손을 든다. "이제 충분해. 누구나 실수는 하는 법이고 우리는 그 실수를 극복한 만큼 컸잖아. 대니얼, 누나한테 미안하다고 해."

내가 누나에게 미안하다고 하자 누나는 내 사과를 받아들이는 일은 지옥 불이 얼어붙은 다음에나 가능할 거라고 대답한다. 그런데 그 순간 쇼핑백에 있는 지옥의 얼음 언덕에서 악마가 미끄러지는 게 분명하다는 생각이 든다. 왜냐하면 엄마가 "용돈 없다"라고 하자 내 사과가 충분해지기 때문이다. 누나는 새로 나온 속눈썹 연장 마스카라를 살 돈이 없을지 모른다는 생각을 감당할 수 없는 게 분명하다. 하지만 그때부터 나는 누나를 계속 살펴야 한다. 왜냐하면 누나가 누군가를 곧 암살할 거라는 표정으로 나를 보는데, 그 누군가가 바로 나이기 때문이다.

찰스 스캘리본즈가 엄마의 얼굴을 핥아 립글로스에 반짝이 조각이 붙게 하자 그게 마지막 결정타가 된다. 엄마가 비명을 지른다. "나가!" 엄마는 개를 부엌으로 끌고 가면서 우리에게 엄마가 돌아오기 전에 서로를 죽이면 안 된다는 경고를 남긴다.

"내가 시간과 에너지를 너한테 허비하기라도 할 것처럼 말씀하시네." 누나가 쿠션의 술 장식을 잡아당기면서 쏘아붙인다.

"실수였다고." 내가 말한다.

"너 자체가 실수야. 엄마가 아저씨의 아기를 가진 것도 실수야. 전부 다 실수라고." 누나가 말한다. "이제 엄마한테 그 실크 가운을 보여줘야 할지 말아야 할지 모르게 됐어. 지금까지 적당한 순간을 기다려왔는데 엄마가 임신했다니 일이 더 복잡해졌잖아." 누나가 소파에서 일어나더니 자기 배를 토닥거리면서 말한다. "그런데 대체 어느 별에 있는 여자가 임신하고도 이렇게 날씬할 수 있겠어?"

고맙게도 내가 말을 받기도 전에 부엌에서 찰스 스캘리본즈가 뭔가를 토하는 소리와 "하느님 맙소사, 이 개의 위장은 기름종이만큼이나 약한가 봐"라고 소리치는 엄마의 목소리로 인해 우리 대화가 중단된다.

"네가 처리해야 할 것 같은데." 누나가 만족스러운 표정으로 팔짱을 낀다.

개는 흥미로운 것들을 토해낸다. 개가 개 먹이만 먹는다면 토하는 것도 마치 사람이 당근을 토한 것처럼 덩어리진 갈색 물질이라고 예상할 것이다. 하지만 찰스 스캘리본즈의 토사물은 숨겨진 보물로 가득하다. 한 번은 나의 슈퍼히어로 장난감과 누나의 속옷 조각, 그리고 개의 장난감 햄버거 안에 들어 있던 고무로 만든 오이피클을 찾아낸 적이 있다. 하지만 지금까지 최고의 발견은 개가 사탕 껍질을 먹었을 때인데, 나는 개가 토한 것이 진짜 황금 덩어리인 줄 알았다. 하지만 오늘은 노란색 거품과 은색 반짝이 장식 몇 줄, 엄마가 크리스마스 케이크 장식으로 쓰는 작은 플라스틱 순록뿐이다.

"개가 카펫을 더 망가뜨리기 전에 네가 데리고 산책 나가는 게 좋겠다." 엄마가 말한다. 나는 고개를 끄덕이고 찾아낸 플라스틱 순록을 엄마에게 돌려준다.

* * *

찰스 스캘리본즈를 데리고 야간 장거리 쉬 산책을 하면서 나는 지금까지 했던 것 중에서 최고의 생각들을 떠올린다. 첫 번째로, 나는 동생이 생길 것이고 그러므로 형이나 오빠 노릇을 잘할 것이다.(나는 기저귀는 갈지 않을 것이다. 다른 말로 하면 어떤 종류든 설사는 치우지 않을 건데, 종류라야 갈색의 묽은 것이 다겠지.)

두 번째 생각은 크리스토퍼에 관한 것이다. 물론 이 말을 하기에는 약간 이른 감이 있지만 우리는 다시 친구가 된 것 같다. 그런 와중에 부정적인 면은 조를 잃어버린 것이다. 내가 그 아이에게 한 말이 자랑스러운 건 아니지만 나는 혼란스러웠다. 다시 얘기를 시작할 방법이 필요하다. 내일 조하고 화해해야겠다. 왜냐하면 그 아이를 보고 싶고 그 애의 종교 수집품에 대한 이야기가 그립기 때문이다.(이 자체로도 기적이다. 왜냐하면 그 애가 유물에 대해 이야기하는 걸 더 이상 들어줄 수 없으리라고 생각했었기 때문이다.)

나의 세 번째 생각은 빅 데이브 아저씨에 관한 것인데, 이것이 가장 혼란스러운 일이다. 아저씨는 자기 자동차 정비소로 나를 초대하면서 엔진을 분해했다가 다시 조립하는 법을 보여주겠다고 했다. 이것은 내가 가장 해보고 싶은 일이지만 누나가 계속해서 나에게 무서운 표정을 짓고 있다. 그것이 실크 가운 사건 때문이라는 건 점쟁이에게 물어보지 않아도 알 수 있다. 누나는 아저씨가 우리에게 친절을 베푸는 걸 조금도 허용하지 않으려 한다. 그럴 때면 누나는 언어로 아저씨를 공격한다. 가끔씩 아저씨는 녹은 고무 오리처럼 보이곤 하는데, 그래도 그는 누나가 이 세상에서 가장 심술궂은 사람은 아니라는 듯 미소 짓는다. 하지만 우리는 모두 누나가 실은 그런 사람이라는 걸 알고 있다.

갑자기 찰스 스캘리본즈가 경로를 바꾼다. 곧장 스카우트 막사로 가서 거기서 첫 번째 쉬를 하려는 모양이다. 이 시간이면 보통 문이 닫혀 있지만 안에서는 기합 대회가 진행되는 소리가 아직도 들린다. 나는 버려져 있는 낡은 알라딘 쇼핑 카트 위에 찰스 스캘리본즈를 올리고 나도 따라 올라간다. 창문으로 자세히 보니 태권도 수업이 한창인데 모두들 발끝에 손이 닿도록 허리를 굽히고 있다. 나는 유리창에 입김을 불고 '᱐ᱲᱳᱩ'라고 쓰는데, 이걸 누르고 계산기를 거꾸로 놓고 보면 'HELLO'이다. 사범이 인내심과 참을성을 갖는 게 어떤 의미인지 큰 소리로 얘기한다. 크리스토퍼가 나를 발견하더니 손을 번쩍 들고 자리를 뜬다.

"야, 댄." 크리스토퍼가 창문을 열고 밖을 내다본다. "오래 있지는 못해. 사범님은 내가 화장실에 간 줄 알거든. 우린 등급시험을 준비 중이야."

"등급시험이라니까 학교에서 하는 것 같다. 네가 잠옷을 입고 있는 것만 빼면."

"잠옷이 아니라 도복이라니까!" 크리스토퍼가 말한다.

"행운을 빌어." 내가 웃지만 크리스토퍼는 웃지 않는다. 도장 안쪽에서 사범이 정직이란 솔직해지는 자질이며, 누군가 화장실에 간다는 건 창자가 운동할 필요가 있다는 뜻이라고 소리친다.

"저기, 난 가봐야 해." 크리스토퍼가 말한다. "사범님이 내가 거짓말한 걸 알고 있어. 사범님은 뒤통수에 눈이 있다니까."

"변기 속에도 눈이 있는 것 같은데." 내가 말한다.

"맞아, 틀린 말이 아니야. 어쨌든 이 말을 하고 싶었어. 요즘 난 전에 우리가 얘기한 대로 기타 연습을 하고 있어. 무대 뒤로 기타를 숨겨 가져가는 거 말이야, 네 말이 맞아. 기타를 가져가는 건 시간을 보내는 훌륭한 방법이야. 사실 그건 무대에 올라가 영웅 패션쇼를 하는 것보다 훨씬 좋은 것 같아. 어쨌든 누가 그걸 하고 싶겠어?"

"난 아니야." 내가 대답한다. 안쪽에서 태권도 사범이 크리스토퍼의 이름을 소리쳐 부른다. 그는 황급히 떠나고 나는 유리창에 입김을 불고 '!!3440'이라고 쓴 다음 카트에서 내려온다.

돌아오는 길에 차가운 안개가 내 가슴에 쌓인다. 내 생각은 다시 아빠로 돌아갔다. 처음 이메일들을 보낸 이후로 나는 많이 성장했다. 아빠의 다른 아들도 만났지만 아빠를 뺏어 갔다는 이유로 아가리를 날리지도 않았다. 나는 아빠 집에도 아빠 직장에도 가봤다. 천천히, 나는 아빠의 삶에 끼어들고 있다. 찰스 스캘리본즈가 멈추더니 넌쿠 부인 집 담벼락에 열 번째 쉬를 한다. 흰 대리석 같은 달이 구름 뒤에서 모습을 드러내자 나는 또 다른 생각에 잠긴다. 좀 더 자라긴 했어도 나는 여전히 똑같은 댄 호프다—하지만 아빠도 똑같은 아빠일까?

내가 손을 펴보라고 하자 조는 놀란 것 같다. "끔찍한 물건을 놓을 생각이라면 꿈도 꾸지 마." 그 애가 경고한다.

"걱정 마. 좋은 거야." 나는 조의 손바닥에 메달을 놓는다. "자, 성모 마리아의 가브리엘 성인을 돌려줄게. 왜냐하면 네가 슬퍼 보이니까."

조는 그리 감동받지 않은 것처럼 보인다. "이번이 두 번째야, 네가 이걸 돌려주려 하는 게."

"두 번이 좋은 거잖아." 내가 대답한다.

"삼세번이 좋은 거야. 그럼 이제 괜찮아진 거야?" 조는 거울이라도 쪼갤 만큼 뚫어져라 나를 쳐다본다.

그 시선을 받으며 나는 약간 당황한다. "난 아무 걱정도 없어, 네가 그걸 물어본 거라면 말이야. 봐, 치유됐어. 성모 마리아의 가브리엘 성인이 효과가 있었어. 빌려줘서 고마워."

"그렇다면 정말 기적인데. 가브리엘 성인께서 그 일을 하는 데는 그

170

보다 많은 시간이 걸리는 게 보통인데. 사실 사람들은 대부분 처절한 슬픔을 겪은 다음에야 광명을 찾게 되거든. 내 성인 책에는 그렇게 쓰여 있어. 하지만 네가 그 모든 일들을 겪었다면 멋진 일이지."

"음, 그래. 내 말이 바로 그 얘기인 것 같아."

"중요한 건 가브리엘 성인은 영웅이었다는 거야. 보통의 슈퍼히어로처럼 적과의 싸움에서 이긴 게 아니라 자신을 이겼다는 점에서 말이야. 그분은 자신을 정복했기 때문에 영웅이야. 그렇기 때문에 네가 진심으로 가브리엘 성인을 믿는다면, 그분은 네가 스스로 치유하는 법을 배우도록 도와줌으로써 널 치유해줄 거야." 조가 말하면서 메달을 움켜쥐고 돌아선다. "하지만 네가 이미 치유되었다면……." 그 애가 운동장을 가로질러 걸어가자 나머지 말이 들리지 않는다.

"조." 나는 헉헉거리며 그 애를 쫓아간다. "미안하지만 그 메달 다시 필요해. 너무 빨리 돌려줬어. 그리고 네 말을 진심으로 믿지 않은 것도 미안해."

조가 돌아서서 메달을 건네주더니 마치 옷장 뒤에 마법의 왕국이 있는지 확인해보는 것처럼 내 머리를 톡톡 두드린다. "난 댄 호프가 여전히 그 안에 있고 내가 손을 뻗으면 여전히 닿을 수 있다는 걸 알고 있었어. 가까운 시일 안에 우리 집에 한 번 올래? 색깔별로 정리한 묵주 구슬 수집품을 다 보여줄게." 조가 입술이 귀에 닿을 정도로 활짝 웃으며 나를 본다.

"크리스토퍼하고 같이 가도 돼?" 나는 크리스토퍼가 과학관 근처에 뾰루퉁하게 서 있는 걸 알아채고는 손짓으로 오라고 한다.

"댄이 너도 학교 끝나고 언제 우리 집에 같이 가면 좋겠다는데? 내가 모은 종교 수집품을 보여주려고 하는데 관심 있니?" 조가 말한다.

크리스토퍼는 고개를 끄덕이고 나서 마치 인체 자연 발화라도 일으킬 것처럼 얼굴이 빨개진다. 이때가 바로 내가 그들이 얘기할 수 있도록 자리를 피해야 하는 시점이다. 왜냐하면 내 이름은 '눈치 없는 댄 호프'가 아니기 때문이다. 운동장 끝에 있는 담을 향해 걸어가면서 나는 성모 마리아의 가브리엘 성인 메달을 응시한다. "난 질문이 뭔지도 모르는데 성인께선 어떻게 답을 찾는 걸 도와주실 거죠?"

햇빛이 가브리엘 성인 위에서 반짝이자 성인의 모습이 거의 기쁨으로 환하게 빛난다. 정말이다.

18

빅 데이브 아저씨가 라이스지, 접착제, 생일 초, 그리고 가느다란 대나무로 만든 틀을 내 앞에 놓는다. 혹시 아저씨 생일이냐고 묻자 대답하지 않는다. 그렇지 않다면 생일 초가 왜 필요하단 말인가? 그는 라이스지를 조심스럽게 오려 네 장의 종 모양을 만들고는 각 끝에 접착제를 발라 서로 이어 붙인다.

"풀이 마를 때까지 기다려야 돼." 아저씨가 나에게 윙크하더니 차를 만들겠다면서 부엌으로 간다.

나는 테이블 앞에 앉아 그걸 보기만 하면서 기다린다. 사실대로 말하면 나는 접착제가 마르는 과정을 실제로 지켜보고 있다. 접착제가 마르자마자 나는 아저씨에게 빨리 와서 하던 걸 끝내라고 소리친다. 작업하는 내내 아저씨는 뭘 만드는지, 왜 만드는지 한마디도 설명하지 않는다. 대신에 나는 그가 도와달라고 하면 도와주고 도와주지 않을 때는 그저 바라본다.

아저씨가 라이스지로 만든 껍데기 밑으로 대나무 틀을 붙이자 내가 소리친다. "풍선이다!"

"아니, 이건 풍선보다 좋은 거야." 아저씨가 대꾸한다. "이건 풍등(風燈)이야." 이제 풍등을 날리러 밖에 나간다는 걸 알게 되자 나는 환호를 지른다. "재미있을 테니 네 개도 데려가자." 아저씨가 풍등을 나에게 건네주면서 말한다.

하늘에는 별들이 보석처럼 박혀 있고 우리의 입김은 밤하늘로 날아오른다. 아저씨가 앞장서서 단지를 가로질러 통과하더니 덤불 우거진 땅을 건너 스케이트보드 언덕 쪽으로 걸어간다. 그 너머로 숲이 보이는데, 나는 나무들 뒤로 저 멀리 아빠의 집이 있다는 걸 알고 있다. 하지만 이 순간에는 아빠 집 정원으로 숨어들고 싶다는 생각이 들지 않는다. 대신 나는 폭신폭신한 핑크색 앞발을 가진 작은 새끼고양이를 옮기듯 조심스럽게 종이 등을 옮기고 있다. 이 순간 나에게는 아저씨와 함께 12월의 하늘로 풍등을 날리는 것보다 좋은 일이 세상에 없다.

"우리 아버지가 풍등 만드는 법을 가르쳐주셨어." 아저씨가 말하면서 찰스 스캘리본즈의 머리를 토닥인다. "그리고 이제 내가 너에게 가르쳐주는 거야. 아버지는 이런 걸 늘 나하고 함께하셨어. 우리는 함께 풍등을 만들고, 행성들에 대해 공부하고, 엔진을 분해하곤 했는데, 내가 아는 지식은 모두 그렇게 배운 거야. 그래서 그 지식을 키트와 나누려 했지만 그 애는 이런 데는 관심이 없어."

"키트가 좀 더 크면 관심을 가지게 되겠죠." 내가 말한다.

"안 그럴걸." 아저씨가 대답한다. "하지만 상관없어. 그 애가 다른 일을 하면서 행복하다면 나도 행복하니까. 나는 그 애를 너희 집으로 데려가려고 해. 그러면 서로 알게 될 테니까. 그런데 지금 그러기가 어려운 게, 키트는 자기 삶의 변화에 적응할 시간이 좀 더 필요한 것 같아."

"그러니까 키트도 변화가 두렵다고 생각하는 거군요?"

"그래, 그런 데다 최근 1년 동안 일이 그렇게 순조롭지 못했어." 아저씨는 미소 짓더니 이렇게 덧붙인다. "하지만 우리는 가족이니까 함께 극복할 거야."

내가 그 '가족'이 '부인'이 아닐까 생각하는 순간 어색한 침묵이 흐른다. 나는 그에게 진실을 물어보고 싶지만 뭐라고 해야 할지 모르겠다. 나는 광활한 하늘을 바라볼 뿐, 내 생각들은 유리구를 흔들 때 안에 갇힌 눈가루가 그러듯 빙빙 돌고 있다.

"봐." 아저씨가 하늘을 가리키며 말한다. "저기 북두칠성이 있어. 저 별자리가 '푸줏간 도끼'나 '큰 국자'라고도 불리는 거 알았니?"

나는 고개를 젓는다.

"우주는 아주 흥미로워. 그래서 내가 너한테 행성 모빌을 사 줬지." 아저씨가 두 팔을 벌린 채 빙빙 돌다가 어지러워서 땅으로 쓰러지는데 그 모습이 뒤집힌 딱정벌레 같다. 그가 웃으면서 말한다. "쓰러질 때까지 도는 거야. 해봐."

나는 빙빙 돌다가 더 이상 똑바로 서 있을 수 없게 되자 앞뒤로 비틀대다가 손으로 풍등을 안은 채 바닥에 주저앉는다. 하늘을 올려다보는데 하도 웃어서 숨이 찬다. 하늘은 무척이나 광대하고 무척이나 광활해서, 그 아래 있는 나는 아주 작은 것 같다.

아저씨가 팔다리를 움직이기 시작한다. "봐!" 그가 말한다. "난 별들 사이를 걷고 있어. 이렇게 걸을 수 있다는 건 몰랐을 거야. 어서, 댄, 움직여. 안 그러면 지구에서 떨어져 나가 은하계에 갇혀버리고 말 거야."

아저씨가 괴짜 천재라는 데는 의심의 여지가 없다. 나는 등을 바짝 대고 누운 채 걷는 시늉을 한다. 내가 다리를 움직일 때마다 아저씨는 더 빨리 움직인다. 우리는 하늘을 달리기 시작한다. 내 시선은 가장 빛나는 별에 고정되어 있고, 내 다리는 상상 속의 하늘 자전거를 타고 있다. 자전거를 얼마나 열심히 타는지 허벅지에 불이 나는 것 같다. 아저씨는 여전히 나보다 다리를 더 빨리 움직이면서, 이제는 팔까지 힘차게 내젓고 있다. 자기를 따라잡으려면 더 빨리 움직여야 할 거라고 말한다. 별들 사이에서 하는 경주에서 지고 싶은 사람은 아무도 없다. 결국 아저씨의 몸에 쥐가 난 것 같다.

"이크, 난 북극성 위에 멈췄어." 아저씨가 소리친다.

나는 잠시 생각한다. "아야! 푸줏간 도끼 위로 걸었더니 한쪽 다리를 못 쓰게 됐어요."

아저씨의 목 깊은 곳에서 웃음이 새어 나오는 소리가 들리더니 그의 다리가 털썩 떨어진다. "네가 이겼어." 그가 말한다. "저기 좀 봐." 갑자기 아저씨가 손으로 하늘을 가리킨다. "별똥별이야. 소원을 빌어."

저 멀리에서 별 하나가 은빛으로 반짝이는 꼬리를 달고 재빨리 하늘을 가로질러 달린다.

나는 온 마음을 다해 나와 함께 별들 사이로 달리기를 할 수 있는 아빠를 갖게 해달라고 빈다.

"자, 소원을 다 빌었다면 이제 이걸 날려야지." 아저씨가 일어나서 공터로 간다. 그의 말로는 완벽한 장소란다. "전깃줄이나 건물이나 나무, 그 외에 불붙을 수 있는 건 모두 피해야 해. 조심 또 조심해야 한다는 건 알지?" 그가 나에게 장갑 한 켤레를 주면서 손을 보호하기 위해 그걸 끼라고 한다.

아저씨는 조심스럽게 초를 넣고 불을 붙인 풍등을 건네주면서 풍등이 내 손에서 빠져나가려 할 때까지 놓으면 안 된다고 다짐시킨다. "사람들은 라이스지에 글을 적기도 해." 그가 말한다. "메시지를 띄워 보내는 거지. 가슴속에 맺힌 말이 있다면 그렇게 떠나보내는 게 좋은 방법인 것 같아." 이제 풍등이 내 손에서 빠져나가려 하고 나는 손가락을 풀어 그것을 놓아준다.

풍등이 위로 올라가더니 바람을 타고 가는 황금빛 민들레 솜털처럼 까닥거리며 떠간다. 아저씨와 나는 풍등이 이리저리 흔들리면서 더 높이, 더 멀리 가는 것을 지켜본다. 우리는 베들레헴의 별을 따라가는 두 명의 현자와 한 마리 병든 개처럼 풍등을 따라간다. 눈이 내리기 시작해 우리 머리 위에 촉촉한 비듬처럼 내려앉는다.

풍등은 우리 손이 닿지 않는 곳에서 눈의 무게까지 더해져 기력이 다하고 촛불이 꺼지면서 땅으로 내려온다. 찰스 스캘리본즈가 땅에 떨어진 풍등을 찾아냈지만, 우리가 도착해보니 개가 이미 라이스지를 조금 먹어버렸다. "걱정 마." 아저씨가 풍등을 집어 들고 눈을 털어 내면서 말한다. "다시 만들면 돼. 시간은 무지 많으니까."

세찬 바람을 맞으며 집으로 돌아오면서 나는 행복을 느낀다. 아저씨가 재미있는 이야기를 얼마나 많이 하는지 나는 하도 웃어서 턱이 아플 지경이다. 사실 우리는 파라다이스가 10번지에 도착할 때까지 웃고 있으며, 거실로 들어서면서도 웃는다. 하지만 누나가 한 대 맞은 것 같은 표정을 하고 있는 걸 보는 순간 나는 웃음을 멈춘다. 엄마가 우리에게 재미있었느냐고 묻는 사이에 누나는 거실에서 빠져나간다. 누나가 돌아오자 다들 눈을 뗄 수 없는 일이 일어난다. 누나가 거실 한복판에 서서 발레리나처럼 빙그르르 돌기 시작하자 입고 있는 핑크색 실크 가운이 펄럭이다가 가라앉는다.

"그거 새로 산 실크 가운이니?" 엄마가 신문 너머로 보면서 말한다.

내 심장은 쿵하고 떨어지지만 아저씨는 박수를 보내며 "브라보!"라고 소리친다.(그건 내 심장이 아니라 누나에게 보내는 환호 같다.) 엄마는 웃고는 있지만 어리둥절한 것 같다. 나는 공포에 질린 채 그만두라는 손짓을 계속 보낸다.

"이러지 마." 내가 한쪽 무릎을 굽히고 인사하는 누나에게 화난 목소리로 말하지만 소용이 없다. 하지만 그 순간 나는 무엇으로도 임무 수행 중인 닌자를 멈출 수 없다는 걸 알게 된다.

"아뇨, 엄마. 이 가운은 내가 산 게 아니에요. 빅 데이브 아저씨가 샀어요." 숙였던 허리를 세우면서 누나가 말한다. "유감스럽지만 이건 사실이에요. 엄마는 우리를 키우면서 늘 서로에게 정직하게 말해야 한다고 가르쳤잖아요."

"네가 무슨 말을 하는지 난 전혀 모르겠구나." 아저씨가 팔을 긁고 나서 벗겨진 머리를 쓰다듬는다. 그의 대머리에서는 삶아지는 달걀처럼 열이 나고 있다. "내 평생 그 가운을 본 적이 없어."

"그거 이상한데요." 누나가 입가 주름에 손가락을 대며 말한다. "왜냐하면 이 옷은 아저씨 집에서 나온 거거든요. 실은 아저씨 침실에서 나온 거죠."

드디어 사고 쳤군. 우리 거실에 한 무리의 비둘기가 있다고 친다면 누나가 거기에 굶주린 호랑이를 풀어놓은 셈이다.

"엄마, 우린 이 사실을 엄마한테 알리고 싶지 않았어요." 나는 누나가 '우리'라는 단어를 사용하는 게 정말 싫다. "아저씨는 엄마를 속여 왔어요. 엄마한테는 뭐라고 했는지 모르겠지만 아저씨는 부인이 있어요. 아직도 부인하고 같이 살고 있다고요. 이게 아저씨 부인의 실크 가운이고, 이게 바로 우리가 엄마를 위해 입수한 증거물이에요." 또한 번 '우리'라고 하는군. 아저씨 집에 몰래 들어가자는 건 누나의 생각이었고, 나는 그냥 따라갔을 뿐이다. 그러니까 '우리'가 아니라 '누나'인 것이다.

"그만." 엄마가 혀를 굴리며 말다. "너희들이 빅 데이브의 집에 초대받은 줄은 몰랐어." 엄마가 읽던 신문을 접어 탁자 위에 놓는다.

아저씨는 부글부글 끓어오르고 있다. 달걀이라면 반숙은 되었을 것이다. "그레이스, 그게 아니야. 네가 얼마나 바보짓을 하고 있는지 나중에 깨닫게 될 거야." 아저씨가 누나를 노려본다. 그래! 이제 아저씨는 완숙 달걀이 되었다.

엄마가 반복해서 묻는다. "언제 빅 데이브의 집에 갔던 거야?"

불이 나던 날 밤 무슨 일이 있었는지 엄마에게 사실대로 털어놓는다고 아무도 아저씨를 비난할 수 없을 텐데, 아저씨는 그러지 않는다. 사실대로 말한다면 이 상황에서 아주 쉽게 벗어날 것이다. 단언하건대 아저씨는 내가 아저씨의 주의를 딴 데로 돌리는 동안 누나가 집 안에 들어가 실크 가운을 훔치고 침실을 태워먹었다는 걸 알아차렸을 것이다. 하지만 아저씨는 말하지 않는다. 대신에 아저씨의 고개가 어깨까지 축 처진다. 그러는 내내 그는 이건 바보 같은 일이고, 자신은 변명할 필요가 없다는 말만 되풀이하고 있다. 들어보니 그는 오랫동안 부인을 본 적이 없단다. 최근에는 부인이 어디 있는지조차 정확히 모른다고 한다.

누나의 임무 수행은 거의 끝났다. 마지막 한 방을 날리기 전에 누나는 핑크색 실크 가운을 엄마 코 밑에 흔든다. "냄새 맡아보세요, 엄마." "포이즌이구나." 엄마가 알겠다는 듯 말한다.

"바로 그거예요." 누나의 눈이 가늘어진다. "포이-즌."

빅 데이브 아저씨가 자기 집에는 독약이 없다고 소리친다. 그가 팔을 휘저으며 자기는 부인과 같이 살지 않는다고 말하자 엄마의 눈가에 눈물이 고인다. 엄마는 아이들이 그런 말을 꾸미지는 않았을 거라고 말한다. 그가 아직 부인과 같이 살고 있다고 아이들이 말한다면 그건 아마도 사실일 거라고. 아이들은 거짓말을 하는 게 아니고, 엄마는 아이들의 말을 믿기 때문에 그가 무슨 말을 하더라도 달라질 게 없다는 말로 마지막 결정타를 날린다. 엄마는 아저씨 없는 시간과 공간이 필요하다고 한다. 땡! 싸움은 끝났고 아저씨는 퇴장이다.

나는 아빠가 복도로 걸어가 현관문을 열고 나가 쾅 하고 닫던 순간을 떠올린다. 나는 기억한다. 아빠가 돌아올 거라고 생각했던 걸, 그러다가 아빠는 절대 돌아오지 않는다는 걸 서서히 깨닫게 된 걸. 조금 전에 아저씨도 똑같은 일을 했다. 현관문에서는 플램* 소리가 나고 뒤이어 쨀랑이는 소리가 났는데, 문 닫는 힘 때문에 문고리가 위로 들

* 북을 양손으로 빠르게 치는 기법.

렸다 내려왔다 했기 때문이다. 내 얼굴은 하얗게 질리고 내 심장은 빙산 속으로 미끄러져 들어간다. 지금 나는 다시는 아저씨를 보지 못할지 모른다는 두려움 속으로 가라앉고 있다. 우리가 함께 풍등을 가지고 놀았던 시간들이 까마득히 멀게만 느껴진다.

"그래야만 했어." 내가 따지러 누나 방에 들어가자 누나가 말한다.

"누나가 엄마가 사랑하는 사람을 쫓아 보냈어." 내가 단호하게 말한다.

"그거 좀 웃기는데. 혹시 네가 그를 사랑하기 시작했기 때문이 아니라는 거 확실해? 요즘 그 남자를 비밀스럽게 만나고 있잖아."

"우리는 등을 하늘로 띄워 보낸 것뿐이야. 누나가 왔어도 괜찮았어. 아무 일도 아니니까." 나는 내가 그를 배반하고 있다는 걸 알고는 입술을 깨문다. 그건 특별한 일이었어, 라고 스스로에게 말한다. 나는 즐거웠다. 누나는 내가 삶에 그를 끌어들이고 있으며, 그럼으로써 또 한번 상처받을 것이기 때문에 유감이라고 말한다. "아니야." 내가 사납게 대꾸한다. "만일 아저씨가 영원히 떠나야 한다면 나는 아저씨 없이도 살 수 있어. 그가 나의 진짜 아빠 같다는 건 아니라고."

"그래, 어쨌든 우리는 아빠 없이도 살아왔잖아." 누나가 어깨를 으쓱한다.

나는 뭔가 영리한 말, 뭔가 중요한 말, 뭔가 내 감정을 표현할 수 있는 말을 하고 싶지만 그런 말은 없다. 바보 같은 점은, 내가 아빠 없이 살아가는 건 그래야만 하기 때문이라는 것이다. 그것은 내가 선택한 일이 아니고, 그렇다고 내가 여러 번 아빠와 연락하려고 노력하지 않은 것도 아니다. 아빠가 내 삶으로 돌아와준다면 다시 한 번 모든 일이 잘될 것이고 나는 핑크색 실크 가운 따위는 신경도 쓰지 않을 텐데. 이제 내가 할 수 있는 일이라고는 '프로젝트 에코 에브리웨어'가 마술 지팡이를 흔들어 아빠를 내 품에 인도해주기를 바라는 것뿐이다.

"댄, 문 닫고 나가. 난 스탠에게 문자 보내야 하니까." 누나가 핸드폰을 꺼내 화면을 들여다본다.

"다시 스탠 형하고 사귀는 거야?"

누나의 손가락이 키패드 위로 움직인다. "어, 그래, 우리 다시 데이트 하고 있어, 그게 네 덕은 아니지만. 스탠은 나한테 너처럼 웃기는 남동생이 있는 게 불리한 일이라는 걸 이해하고 있어. 어쨌든 케빈 커밍스의 말을 믿지도 않았대."

"하지만 형이 누나를 차버렸잖아."

"그렇지 않아, 멍청한 동생아. 차는 일은 없었어. 우리는 우호적 이별을 했을 뿐이고, 그는 다른 여자를 사귈까 생각해봤지만 그러지 않았대. 왜냐하면 내가 그의 하나뿐인 사랑이란 걸 인정하니까. 그동안……."

"우호적 이별 동안." 내가 되풀이한다.

"그래." 누나가 말한다. "그동안 나는 스트레스 때문에 2킬로나 빠졌어. 그래서 스키니 진을 입을 수 있게 됐거든. 스탠은 내가 전보다 섹시하다고 생각해. 나는 여전히 능력 있으니까." 그 말을 증명이라도 하듯, 누나는 엉덩이를 흔들고 손가락으로 만지더니 쉭쉭 소리를 내고는 손가락으로 문을 가리킨다.

나는 침대 위에 털썩 앉아 기타를 들고 슬픈 노래를 연주한다. 음악이 긴 띠처럼 내 손가락부터 팔을 타고 올라온다. 음악의 띠가 심장에 이르자 심장을 너무나 꽉 감싸는 바람에 고통이 느껴진다. 옆방에서, 엄마의 방에서 연약한 흐느낌과 함께 휴지 뽑는 소리가 들린다. 나는 엄마에게 가고 싶지만 무슨 말을 해야 할지 모른다. 만일 아저씨가 지금도 '캐롤라인 1973'과 사랑하는 사이라면 지금 상처받는 게 나중에 상처받는 것보다 나으리라는 생각이 든다. 엄마는 또다시 흐느끼고 나는 기타를 내려놓고 침대에서 일어나 방문 쪽으로 실금실금 걸어간다. 손잡이를 잡지만 그걸 돌리고 나가 엄마를 위로할 용기가 없다. 대신에 나는 창가로 가서 눈 내리는 하늘에 별똥별이 하나 더 떨어져 소원을 빌 수는 없을까 생각한다.

파라다이스가에 있는 작은 주택 몇 채는 눈으로 하얗게 덮여 있다. 다른 집들은 보석으로 장식된 작은 꼬마전구로 빛나고 있다. 넌쿠 부인의 개는 눈송이를 덮어쓴 채 보름달을 향해 짖어대고 있다. 그 개는 속으로 자기가 늑대인간이라고 생각하는 게 분명하다. 그런 웃기는 생각을 하면서 미소 짓던 나는 누군가 가로등 불빛을 받으며 웅크리고 있는 걸 보자 미소를 멈춘다. 큼직한 체구, 벗겨진 머리 위에 품질 나쁜 눈 가발을 쓴 것 같은 사람. 어깨를 축 늘어뜨린 채 두 손에 얼굴을 파묻은 사람.

그 사람은 빅 데이브 아저씨와 아주 많이 닮았다.

19

빅 데이브 아저씨는 다음 날에도, 그다음 날에도 돌아오지 않는다. 엄마가 한동안 떨어져 있자고 했단다. 아기를 포함한 가족의 미래에 대해 생각해야겠다고 했단다. 엄마는 슬프다. 그렇다. 엄마는 슬픔을 잘 감추고 있지만 나는 엄마가 아저씨를 그리워하고 있다는 걸 안다. 나는 엄마에게 아저씨에게 연락하라고 말하고 싶다. 왜냐하면 아기에게는 아빠가 있어야 하니까. 하지만 내 말은 목구멍 안에서만 맴돌 뿐이다. 가끔 엄마가 내 도시락 싸는 것도 잊어버려서 나는 크리스토퍼와 조의 샌드위치를 나눠 먹어야 한다.

"자, 나의 성스러운 과카몰리*를 좀 줄게. 너희 엄마는 이제 음식 안 만들어주는 거야?" 조가 이렇게 말하면서 녹색 진흙을 바른 빵을 나에게 건넨다.

* 으깬 아보카도에 양념을 섞은 소스.

"오늘은 엄마가 잊어버렸어." 내가 대답하면서 "엄마는 생각이 너무 많은 것 같아"라고 덧붙인다.

"우리 아빠도 가끔씩 생각에 잠겨. 게다가 우울해하기도 한다니까. 새 여자친구가 생겼으니 행복할 거라고 생각되는데도 말이야." 크리스토퍼가 말한다.

"그 여자친구는 좋은 사람이야?" 조가 묻는다.

"한 번도 만난 적은 없지만 전화로는 몇 번 얘기해봤어. 최근에는 못 했지만." 크리스토퍼가 샌드위치를 한 입 베어 물자 땅콩버터와 잼 자국이 턱에 남는다. "어쨌든 가족이라는 건 괴상한 거야."

"우리 누나를 빌려 가. 우리 누나는 그 누구보다 괴상하니까."

"고맙지만 사양하겠어." 크리스토퍼가 말한다. "나한테는 햄스터가 있으니까."

"내 점심식사의 수호 성인을 빌려 갈래?" 조가 분위기를 바꿔보려 애쓰면서 묻는다. "그건 터크 수도사●야." 조가 웃음을 터뜨리자 나는 혹시라도 성스러운 과카몰리가 자유를 찾아 탈출할까 봐 재빨리 피한다.

"앞으로는 상황이 나아질 거야." 나는 그 누구보다 나 자신에게 말한다. "곧 '프로젝트 에코 에브리웨어' 행사가 다가오는데, 그건 내 인생 최고의 순간이 될 테니까."

"진짜야?" 조가 놀라서 더듬거린다. "네가 이런 모델 행사를 좋아하는 줄은 몰랐어. 그런 말은 한 번도 안 했잖아. 게다가 넌 무대에 올라

● 로빈 후드 전설에 나오는 쾌활한 수도사.

가지도 못하잖아. 그렇지 않아?"

나는 생각을 입 밖으로 내고 있었다는 걸 알아차린다. 나는 모델이 되는 것에는 관심이 없다. 나는 아빠를 만나는 것에 관심이 있다. 크리스토퍼는 턱을 닦으면서 자기 아빠는 너무 늦게까지 일을 하고, 이본 고모는 언제까지 머무를 건지 모르겠다는 하소연을 하느라 바쁘고, 조는 자기가 '프로젝트 에코 에브리웨어'에서 발탁돼 파리로 초대되어 수억만 파운드를 받고 모델 계약을 하게 될 거라는 얘기를 하느라고 정신이 없지만, 나는 인생을 변화시킬 만큼 중대한 이벤트를 준비하고 있다. 이번 행사가 얼마나 중요한지 그들이 알 수만 있다면!

그날 오후 반 전체가 아만딘호텔로 출발한다. "우리가 행사할 곳을 살펴보러 가는 거예요." 파핏 선생님이 우리를 스쿨버스에 태우면서 말한다. "여러분이 호텔을 잘 알아뒀으면 해요. 여러분이 어디에 있을 건지, 그리고 어느 순서에 '프로젝트 에코 에브리웨어' 무대에 올라갈지 알려주겠어요. 마지막 순서에는 모두 무대에 올라가서 인사할 거예요. 물론 크리스토퍼하고 대니얼도 함께."

나는 거의 공중으로 뛰어올라 주먹을 휘두를 뻔했다. 결국 나는 아빠를 보게 된다. 행사 내내 무대 뒤에 있지는 않는다. 나에게도 스포트라이트를 받는 순간이 온다. 황금색 조명을 받은 나를 발견한 아빠가 힘껏 박수를 치는 순간이.

"어때?" 버스 안에서 자리를 찾고 있는데 조가 속삭인다. "성인들을 믿으면 좋은 일이 일어난다니까."

나는 이 일이 성인들과는 아무 상관 없다고 말하고 싶지만 그건 어린 사슴의 머리를 때리는 것 같은 일이라고 생각한다. 나는 너무 흥분

돼서 다리가 후들거릴 지경이다. 아만딘호텔로 가는 길 내내 나는 아빠와의 첫 대화를 머릿속에 그리고 있다. 물론 나는 듣기 좋은 얘기만 할 것이다. 내가 학교에서 얼마나 잘하고 있는지 들으면 아빠는 감명받을 것이다. 아빠가 미안하다고 하겠지. 아빠가 무슨 말을 하든 나는 용서할 거야. 왜냐하면 나의 아빠니까.

"뭐라고?" 조가 고개를 내 쪽으로 돌리자 나는 멍한 표정으로 그 애를 쳐다본다. "너 금방 아빠라고 했잖아."

"내가 그랬어?"

"그래, 그랬어." 조가 다시 창밖을 본다. "난데없이 아빠라고 했어. 우리는 얘기도 안 하고 있었는데 말이야."

이유는 모르겠지만 나는 조에게 아빠에 대해 얘기하기 시작한다. 현재 아빠가 유명하다는 얘기가 아니라, 파라다이스가 10번지에 살면서 제대로 된 아빠였던 시절에 어땠는지에 대한 이야기다. 우리가 어떻게 함께 행복하게 살았는지, 그리고 잠들 때 아빠가 나에게 어떤 이야기들을 들려주었는지. 내가 특히 좋아한 이야기는 무지개에 관한 것이었다. 아빠는 사람은 죽는 게 아니라 무지개 너머로 갈 뿐이라고 얘기해주곤 했다. 색색의 활 모양의 무지개 바로 뒤편에는 많은 아름다운 영혼들이 꿈의 세계에서 살고 있다고 했다.

"하지만 무지개까지 뛰어갈 수 있잖아." 조가 눈을 크게 뜨고 말한다.

"맞아, 하지만 무지개에 도달하면 무지개는 사라지고 다른 곳에서 나타나잖아. 그런 것처럼 거기에 사람들이 있지만 손으로 만지려 하면 사라져버리는 거야. 그건 이야기일 뿐이지만 어릴 때 나는 그 사람들이 빨간색, 주황색, 노란색, 초록색, 파란색, 남색, 보라색의 좀비일 거라 상상했는데, 그래서 훨씬 흥미진진했어."

조는 한동안 말이 없더니 이렇게 말한다. "넌 평소에는 절대 아빠에 대해 말하지 않는데."

"우리 아빠는 몇 년 전에 우리를 떠났어." 내가 말한다. "집을 나가서 다시는 돌아오지 않았어."

"하지만 넌 여전히 아빠하고 연락하는구나, 그렇지?" 조가 묻는다.

"아, 저기 봐." 내가 말하면서 손으로 가리킨다. "다 왔어."

아만딘호텔을 가리킨 건 핑계다. 그 덕에 이미 너무 불편해진 대화의 주제를 바꿀 수 있다. 아빠에 대한 나의 이러한 입장은 웃기는 것이다. 때때로 나는 시소 위에 있는 것 같다. 내가 가운데 있으면 내 양쪽에 있는 모든 것이 균형을 이룬다. 내가 아빠와 얘기하려 하면 균형이 깨져 시소가 기울어지고 나는 한쪽 끝으로 미끄러진다. 그러면 나는 다시 균형을 맞추려고 필사적으로 노력해야 한다. 하지만 나는 아빠에 대해 얘기하고 싶다. 왜냐하면 아빠에 대해 얘기하지 않으면 시소 놀이는 재미도 없고 끝도 없기 때문이다. 침묵을 지키며 사는 게 말하는 것보다 더 고통스러운 것처럼.

"자, 여러분, 줄을 서서 조심조심 버스에서 내리세요." 파핏 선생님이 우리를 엄마 오리를 따라가는 새끼 오리들처럼 이끌고 버스에서 내려 곧장 아만딘호텔 연회장으로 들어간다.

방에서 돈 냄새가 날 수 있다면 이 방에서 날 것이다. 벽에는 붉은색 벨벳 벽지가 발려 있는데 손으로 만지면 복숭아 솜털 같은 느낌이다. 발밑에는 반들반들 윤이 나는 나무 바닥이 있고 머리 위 높은 곳에는 커다란 샹들리에가 수천 개의 크리스털 빗방울을 떨어뜨리고 있는데, 빗방울들이 쉽게 흥분하는 스물여덟 명의 아이들이 재잘대는 소리에 맞춰 춤추고 있다. 정면에는 진홍색으로 겹겹이 늘어진 무거운 커튼이 라푼첼의 머리카락 같은 황금색의 긴 술로 묶여 있다. 파핏 선생님이 커튼을 가리키면서 저 커튼 뒤에서 나와 무대 위로 걸어오다가 멈춰 서서 관객을 바라보며 '눈소' 하라고 말한다.

"눈으로 미소 지으라는 뜻이야." 조가 나에게 알려준다. "슈퍼모델 타이라 뱅크스가 만든 말이야."

나는 눈상(눈으로 인상을 찌푸리는 것)으로 답한다.

살렘은 지루해하는 것 같고 케빈은 문워크 동작을 하는데 문제는 그 애의 운동화에서 끼익 소리가 심하게 나는 바람에 마치 쥐를 목 졸라 죽이는 소리 같다는 것이다. 그 애가 스탠 형에게 누나가 임신했다고 말한 사건 이후로 우리는 아직 말을 하지 않는다. 파핏 선생님이 케빈에게 시끄럽게 굴지 말라고 하자 나는 그 애 앞에서 웃음이 터지는 걸 참느라 이를 악물어야만 한다.

"이곳이 바로 모든 일이 일어나는 방이에요." 파핏 선생님이 우리를 무대 뒤로 데려가면서 말한다.

모든 일이 일어나는 방은 아무 일도 일어나지 않는 방처럼 보인다. 벽 앞에 있는 행거는 텅 비어 있다. 벽지는 물집처럼 부풀었고 방에서는 퀴퀴한 땀 냄새, 과일칵테일 냄새, 그리고 화장실 세제 냄새가 난다. 내 왼쪽으로는 얼룩진 양말 한 짝과 장미꽃 달린 머리띠가 버려져 있다. 장미꽃은 그마저 뭉개져 꽃잎 하나가 파핏 선생님의 표범 무늬 구두 가장자리에 달라붙어 있는데, 마치 표범이 핑크색 혀를 내밀고 있는 것처럼 보인다.

"그날 저녁에 여러분 모두 정장을 입고 오면 좋겠어요. 쿠킹 포일이나 파이 상자, 아니면 뭐든 옷에 붙여야 할 때는 무대 뒤에서 대니얼과 크리스토퍼가 도와줄 거예요. 저쪽에 거울이 달린 탁자를 준비해둘 거예요. 그런데 여러분의 영웅은 모두 참석하는 거죠? 그러니까 조의 영웅만 빼고 다들 오시는 거죠?"

모두들 한목소리로 "네"라고 대답한다. 내 대답 소리가 가장 크다. 왜냐하면 우리 아빠도 객석에 있을 테니까. 조가 신기하다는 표정으로 나를 바라보지만, 그 애가 뭐라고 말하기 전에 파핏 선생님이 질문 있느냐고 묻는다. 그래서 조는 입을 다문다. 하지만 조는 곁눈질로 나를 보면서 입 모양으로 "네 아빠는 집을 나갔다며"라고 말한다.

나는 조의 반응을 무시한다. 왜냐하면 나는 지금 보이지 않는 행복의 거품 안에서 조빙*을 하고 있으니까. 다음번에 내가 아만딘호텔에 와서 반짝이는 샹들리에 아래 서 있을 때는 아빠도 여기에 있을 것이다. 나 댄 호프가 유명한 스타의 아들임이 밝혀질 것이다. 나 댄 호프는 꿈을 이루게 될 것이다.

그레이스와 댄에게

잠깐 누워 있는 거야. 걱정하지 마. 그냥 아기를 만드느라 피곤한 것뿐이니까. 이 어린 아기를 키우는 건 진이 빠지는 일이란다. 너희들 먹을 저녁은 전자레인지에 넣어두었으니 4분에 맞춰놓고 버튼만 누르면 돼. 다 됐다고 땡 소리가 나면 음식을 꺼내서 먹으렴. 너무 급하게 먹지 않

---

* 대형 플라스틱 구 안에 들어가 굴러가는 레저 스포츠.

도록 조심해. 아니면 입천장이 벗겨질 거야―전자레인지는 음식을 용
암으로 바꿔놓기도 한단다. 저녁은 알라딘의 '컴포팅코티지파이'야.
내가 필요하면 방문을 두드리렴. 그러면 일어날게. 숙제하는 거 잊지
말고.
엄마가

코티지파이를 생각하자 배 속이 울렁거리는데, 그건 아빠가 떠나
던 날 엄마가 만든 게 바로 코티지파이였기 때문이다. 뿐만 아니다.
엄마가 쓴 쪽지의 행간을 읽는다면 이런 뜻일 것이다. '나는 빅 데이
브가 그리워. 그가 돌아오면 좋겠어.' 나는 엄마와 얘기하려고 계단
을 올라가다가 중간에 멈추고 주저앉는다. 나는 수선화가 그려진 벽
지에 머리를 기댄다. 엄마에게 이런 얘기를 해서는 안 될지도 모른다.
아저씨가 우리 집 밖에서 앉아 있는 걸 봤다는 얘기를 엄마에게 한다
면 문제가 더 악화되기만 할지도 모른다. 하지만 나는 아저씨를 봤고,
내 생각에 아저씨는 울고 있었던 것 같다.

그날 저녁 나는 찰스 스캘리본즈를 데리고 야간 화장실 투어를 나
간다. 우리는 섬뜩할 정도로 고요한 스카우트 막사를 지나고 질척거
리는 황무지를 지나 스케이트보드 언덕으로 올라갔다가 다시 내려가
아저씨와 내가 풍등을 날린 곳을 지나 걸어간다. 그리고 풍등 생각이
나자 나는 아저씨를 찾아가 엄마에게 아저씨가 얼마나 중요한 사람
인지 얘기해야겠다고 마음먹는다. 내가 애원하면 아저씨는 돌아와서
캐롤라인에 대한 진실을 설명하겠지. 그러면 엄마는 불붙는 오돌뼈
를 전자레인지에 남겨놓는 대신 침대에서 일어나겠지.

아저씨의 집 앞 잔디밭에는 '임대'라고 쓰인 푯말이 세워져 있고, 아저씨의 은색 몬데오는 전에 있던 자리에 주차되어 있다. 커튼이 열려 있어 창틀에 판지 상자들이 놓여 있는 게 보인다. 갑자기 아저씨가 내 시야에 나타나더니 창가로 다가와 잠시 거리를 내다본다. 나는 담장 뒤로 숨는데, 내가 아저씨와 얘기하기 위해 여기 왔다는 걸 생각하면 숨는 건 말도 안 되는 일이다. 아저씨가 커튼을 닫는다.

나는 초인종을 누를 용기를 내보려 노력하면서 10분 동안 서성인다. 이제 충분히 용기가 생겼다고 생각한 순간, 현관문이 열린다. 어떤 여자가 차가운 밤공기 속으로 걸어 나오다가 멈춰 서고 아저씨는 문틀에 기대서 있다. 그들은 얘기를 하고 있는데, '키트'라는 말 외에는 제대로 들리지 않는다. 여자의 갈색 머리는 단발인데 얼마나 일자로 잘랐는지 머리카락으로 어깨뼈를 반으로 자를 수도 있을 것 같다. 여자는 흰색과 검은색 줄무늬 코트를 입고 있는데, 그걸 보니 얼룩말이 떠오른다. 여자가 손을 올려 머리를 쓰다듬으면서 아저씨 쪽으로 몸을 기울인다. 그들은 키스하려는 것이다. 완전히 확실하다. 아저씨가 여자 쪽으로 다가가 그녀의 어깨를 움켜잡자 나는 눈을 질끈 감아버린다. 눈을 떴을 때 아저씨와 그의 부인은 떨어져 있고, 이제 그녀는 진입로로 걸어 나가고 있다. 손으로 키스를 날리면서.

아, 빅 데이브 아저씨, 기회를 날려버렸군요.

20

다음 날 오전 쉬는 시간에 크리스토퍼와 나는 '프로젝트 에코 에브리웨어' 공연장에 기타를 가져가는 계획을 구체적으로 세운다. 우리는 낡은 파이 상자들 사이에 앉아 시간을 낭비하지 않을 것이다. 절대 그렇게는 안 한다. 우리는 「오버 더 레인보」를 연주하기로 합의한다. 그건 내가 외우는 유일한 곡이니까. 크리스토퍼는 자기도 몇 번 그 곡을 연주해봤지만 혹시 기억이 안 날 경우에 대비해 악보를 가져오겠다고 한다.

조는 우리가 속삭이는 걸 보더니 우리 쪽으로 와서 무슨 일을 꾸미느냐고 묻는다. 크리스토퍼는 찔리는 표정이지만 어쨌든 아무 일도 아니라고 대답한다. "왜 너희끼리 비밀로 하는 거야?" 조가 껌 종이를 휴지통에 던지면서 묻는다.

"비밀 없어." 내가 말한다.

"지금 거짓말하는 거라면 벼락을 맞게 될 거야. 그때는 바바라 성녀도 도와주지 않을 거야." 내가 바바라 성녀가 누구냐고 물어보기도 전에 조가 설명해준다. "그런데 바바라 성녀는 벼락과 천둥으로부터 지켜주는 수호 성인이야."

물론 그렇겠지.

"우린 '프로젝트 에코 에브리웨어' 공연에 대해 얘기하고 있어." 마침내 크리스토퍼가 인정한다. "무대 뒤에 있는 동안 뭘 할 건지 결정하는 중이야."

조는 재킷에서 기도문이 적힌 플라스틱 카드 한 장, 루드르 동굴에서 나온 돌조각, 안토니 성인의 작은 조각상, 사용하지 않은 휴지 한 장, 핏빛처럼 붉은 묵주 알 하나와 열대과일향 립밤을 꺼내더니 립밤을 입술에 바른다. "나는 진짜 무대에 올라가는 게 더 걱정돼. 그래서 오늘 밤부터 클렌징, 토닝, 보습까지 완전한 3단계 미용법을 시작하려고 해. 뾰루지 하나라도 있으면 안 되니까."

"성수로 세수하면 안 돼? 그러면 확실히 뾰루지가 하나도 안날 텐데." 내가 말한다.

"그렇게 모든 일에 종교적인 물품을 사용할 수는 없어." 조가 쏘아붙인다. "그러다 보면 정말 필요할 때는 없을 테니까. 내가 전에도 말했을 텐데."

나는 내가 물어봤다는 것조차 미안하다.

조가 머리카락을 손가락으로 둘둘 말면서 말한다. "나는 '프로젝트 에코 에브리웨어' 무대에서 아름답게 보여야 돼."

"넌 그런 걱정 할 필요 없어, 조." 크리스토퍼가 대꾸한다. "왜냐하면 넌 이미……." 그러더니 중간에 멈춘다. "넌 이미 워킹이 뛰어나니까."

크리스토퍼는 부끄러움을 참을 수 없어 도망쳐버릴 것 같은 표정이다. "내 말은, '프로젝트 에코 에브리웨어' 무대에서 워킹을 잘할 거라는 얘기야." 그 애가 설명한다. "한쪽 발을 다른 발 앞에 놓을 수 있을 테니까."

제발 땅이여, 입을 벌려 크리스토퍼를 삼켜버리길.

"맞아, 그거 말 된다." 조는 크리스토퍼에게 짓궂은 표정을 보내고 걸어가버린다. "난 11년 동안 그 연습을 해왔으니까." 조가 뒤를 보며 외친다.

나는 웃음을 터뜨린다. "조가 특별히 워킹을 잘하는 것도 아니잖아. 왜 그런 말을 한 거야?"

"왜냐하면 난 입만 열면 계속 틀린 말을 하기 때문이야." 크리스토퍼가 대답한다. "그래서 짜증 나. 지금은 모든 게 짜증 나."

나는 눈을 크게 뜨고 그 애를 쳐다본다. 그 애를 괴롭히는 문제가 있는 건 명백하다. 나는 문제가 있다면 혹시 내가 도울 일은 없느냐고 물어본다. 처음에 그 애는 문제가 있는 건 아니라고 말하더니 운동장을 가로질러 걸어가 식수대 근처 서리가 앉은 돌계단에 앉는다. 나도 따라가서 앉는다. 한동안 우리는 아무 말도 하지 않는다. 크리스토퍼는 교복 넥타이를 만지작거리면서 동그랗게 말았다가 다시 풀고, 나는 얼어붙은 식수대에서 물이 나오게 하려고 노력하는 다양한 아이들을 관찰하고 있다. 식수대는 아이슬란드의 막대 아이스크림보다 더 꽝꽝 얼어 있는데 말이다.

"그래, 맞아, 나한테 문제가 있어." 크리스토퍼가 층계에 있는 번들거리는 나뭇잎들을 발로 차면서 마침내 인정한다. "너한텐 얘기하는 편이 나을 것 같아. 우리 아빠 때문이야. 얼마 전에 아빠는 우리가 또 이사해야 한다고 했어. 그런데 나는 이 모든 걸 원하지 않아. 너무 빠르게 일어나고 있다고." 그 애가 어깨를 으쓱한다.

나는 잠시 그 애의 팔에 내 손을 얹었다가 혹시 누가 볼까 해서 손을 뗀다. "안됐다." 내가 불쑥 말한다.

"걱정 마. 그건 참을 수 있어. 그런 일이 일어난다 해도 최소한 학교는 옮기지 않아도 될 테니까. 이본 고모는 그게 좋은 변화일 거라고 말했어. 하지만 고모가 뭘 알아? 고모는 낯선 사람의 집으로 이사 가서 그저 기뻐해야 하는 건 아니잖아. 아빠가 처음 그 얘기를 했을 때 내가 거부했더니 아빠는 시간을 주겠다고 했어." 크리스토퍼가 교복 넥타이로 롤 케이크를 만든다. "아빠는 요즘 아주 우울해하고 있어. 아마도 나 때문일 거야. 내가 입을 열어서 모든 일을 어렵게 만들고 있으니까. 아빠는 아빠 여자친구는 사랑스러운 사람이고 내가 이미 전화로 얘기를 해봤기 때문에 낯선 사람이 아니라고 하지만 문제는 그게 아니야. 나는 우리 엄마가 돌아왔으면 좋겠어."

"그렇구나."

"엄마는 나를 떠났어." 크리스토퍼가 말았던 넥타이를 푼다.

"너를 떠났다고?"

"짐을 싸서 스코틀랜드로 가버렸어. 엄마가 일하던 직장의 인사부 남자랑 같이. 엄마는 나를 데려가지 않았어. 있던 곳에 계속 있는 게 나를 위해서는 더 좋은 결정이었을 거야, 분명히." 크리스토퍼의 눈이 촉촉해지지만 그 애는 고개를 뒤로 젖혀 눈물이 다시 눈 속으로 사라지게 한다. "여섯 달 전에 난 돈을 좀 모아서 에든버러*행 기차표를 사려고 했는데, 기차역에 있는 남자가 나에게 표를 팔지 않았어. 내가 혼자 여행하기에는 너무 어리다는 거야. 나는 아이언브루** 한 병이랑 쇼트브레드*** 한 상자도 준비했었어. 알잖아, 스코틀랜드에서는 그걸 좋아하니까." 크리스토퍼는 잠깐 미소 짓더니 손가락으로 콧물을 닦는다. "결국 나는 집으로 돌아와 현관 계단에 앉아서 가져갔던 걸 먹고 나서, 이민 가겠다고 써서 아빠에게 남겨두었던 쪽지를 찢어버려야 했어."

"그랬구나." 내가 말한다.

"그게 내가 태권도를 시작한 이유야." 크리스토퍼가 머리카락을 쓸어 넘긴다. "나는 이렇게 생각했어. 만일 그 인사부 남자를 만나게 된다면 내가……."

"새끼손가락으로 그 남자를 죽이려고?"

"맞아, 비슷해."

크리스토퍼가 일어서서 엉덩이 쪽에 묻은 습기를 털어낸다. "하지만 태권도는 전혀 그런 게 아니야. 그러니 카트리오나는 스코틀랜드에서 남자친구와 함께 살 수 있고, 나는 그냥 내 인생을 계속 살 거야."

"카트리오나가 누구야?"

"우리 엄마. 나는 더 이상 엄마라고 부르고 싶지도 않아. 엄마라는 말을 들을 자격도 없으니까."

"네 말이 맞아"라고 말하면서 나도 벌떡 일어난다. 내 엉덩이가 약간 축축한 것 같다. "너희 엄마는 좋은 기회를 놓치는 거야. 넌 엄마 없

● 스코틀랜드의 중심 도시. ●● 스코틀랜드산 탄산 음료. ●●● 스코틀랜드에서 유래된 비스킷.

이 더 잘 살 거야."

하지만 나는 내가 한 말을 믿지 않는다. 왜냐하면 엄마가 없다면 끔찍할 테니까. 크리스토퍼는 그런 연유로 자기 아빠를 영웅으로 한 것이다. 이제 모든 일이 들어맞는다. 하지만 엄마가 아무리 지독해도 크리스토퍼는 분명히 엄마가 돌아오길 바랄 것이다. 사실 나는 그 애의 아픔을 아주 완벽히 이해하기 때문에, 갑자기 내 배 속에서는 예상치 못한, 주체할 수 없는 격렬한 고통이 느껴진다.

오늘은 공연을 하는 날이다. 모든 게 완벽할 것이다. 이 말은 날씨만 빼고 모든 것이라는 뜻이다. 왜냐하면 지금 밖에서는 폭풍우가 몰아치고 있기 때문이다. 마치 성난 괴물처럼 폭풍우는 나뭇잎을 후려치고, 나무를 강타해 가지를 부러뜨리고, 그다음에는 세찬 물줄기를 뿌려댄다. 멀리에서 우르릉대는 낮은 천둥소리가 들리자 엄마는 레이스 커튼을 열고 알루미늄 색의 하늘을 올려다본다. 엄마의 표정으로 봐서 별로 놀란 것 같지는 않다. 엄마는 10분 동안 위아래층을 오르내리면서 이런 폭풍 속에서 외출하는 걸 걱정하고 있다.

"괜찮을 거예요, 엄마." 내가 코트를 입으면서 말한다. "그냥 물인걸요. 비 때문에 행사를 놓칠 순 없어요. 내가 나타나지 않으면 파핏 선생님이 불같이 화를 낼걸요. 선생님은 내가 무대 뒤를 책임진다고 믿고 있단 말이에요. 내가 없으면 행사가 중단될 거예요."

"네가 중요하다는 건 알아." 엄마가 내 머리카락을 부풀려놓고 창가로 돌아선다. "하지만 밖에는 비가 억수처럼 쏟아지고 멀리서 천둥소리도 들리는걸. 분명 행사가 취소될 줄 알았는데."

"취소될 수 없어요." 나는 공포심에 눈을 깜빡인다. "절대로 취소되면 안 돼."

"왜 안 되는데?" 닌자 그레이스가 내 머리를 때리면서 묻는다.

"그냥 안 돼. 그것뿐이야."

"이 정도로 비가 온다면 노아의 방주에 올라타도 되겠다." 엄마는 한숨을 쉬고 코트와 가방을 집어 든다. "좋아, 그래도 행사가 열릴 거라고 네가 우긴다면 4분 후에 도로 끝에서 버스를 타야 해. 그 버스를 못 타면 호텔까지 노를 저어서 가야 할 거야."

나는 기타와 플라스틱 안경을 집어 들고 누나와 엄마에게 서두르라고 말한다. 그 버스를 놓치면 안 된다. 오늘 밤은 나의 밤이 될 테니까.

"기타는 왜 가져가는 거야?" 누나가 기타 줄을 뜯자 기타가 저항한다.

나는 코를 만지면서 미소 짓는다.

우리는 36번 버스를 탄다. 버스는 우리를 파라다이스가에서 곧장 아만딘호텔까지 데려다 준다. 엄마는 이 버스를 QTW 버스라고 부른다. 걷는 게 더 빠르다(Quicker to Walk)는 뜻이다. 그건 이 버스가 모든 가로등과 나무에서 서기 때문이다. 그 점을 증명이라도 하듯 전동 휠체어를 탄 연금 수급자가 빗속에서 난폭 운전을 하면서 우리를 추월해서, 길 끝에 도달할 때쯤에는 그가 우리보다 먼저 도착해 있다.

"스탠은 올 수 없대." 핸드폰을 보던 누나가 말한다. "좋아하는 퀴즈 쇼를 보고 있대. 누군가 10만 파운드를 따든가 1페니를 따든가 할 모양이야."

"스탠 형이 나 때문에 그걸 놓치게 하고 싶지는 않아." 나는 이렇게 말하며 창밖으로 비 때문에 회색의 만화경으로 변해버린 거리를 본다.

마침내 도착하니 아만딘호텔은 물 폭탄의 장막에 가려 흐릿하게 보인다. 나는 기타를 어깨에 메고 버스에서 뛰어내려 엄마와 누나에게 손을 흔들며 나는 무대 뒤로 가야 하니 엄마와 누나는 연회장에 들어가서 자리를 잡으라고 소리친다. 누나가 소리쳐서 대답하는데, 뭔가 다리를 부러뜨리는 것에 대한 내용이다. 화살처럼 내리 꽂는 빗속으로 서둘러 가면서 보니 다리를 부러뜨리는 게 아주 불가능한 일 같지는 않다. 나는 건물 옆쪽에 있는 검은색 작은 문으로 들어가 어두운 복도를 따라 우리가 만나기로 한 무대 뒤의 방으로 간다.

나는 누가 날 발견하기 전에 벨벳 커튼 뒤에 기타를 밀어 넣고 나서 파핏 선생님에게 출석을 신고한다. "너 다 젖었구나." 파핏 선생님이 빨간 펜으로 내 이름 옆에 출석 표시를 한다.

"비가 오거든요, 선생님."

"나도 그 정도는 알고 있어."

"하지만 비가 온다고 행사를 멈출 수는 없죠, 선생님."

"맞아." 파핏 선생님이 클립보드에서 눈을 뗀다. "대니얼, 넌 정말 빈틈없구나. 아주 좋은 태도야. 무대 위에 올라가지 못한다는 걸 알면서도 주어진 일을 받아들이는 모습이 보기 좋아. 너도 주목받는 순서가 있을 거야. 내가 장담할게."

"감사합니다, 선생님." 내 이마에서 빗물이 한 방울 흘러내려 코끝에 매달린다. 마치 링에 매달린 체조 선수 같다.

내가 파핏 선생님과 얘기하는 동안, 내 기타를 놓아둔 커튼 밑에 크리스토퍼가 자기 기타를 살그머니 밀어 넣는 게 보인다. 그 애가 나를 향해 엄지손가락을 세우고 나서 다른 친구들과 섞이면서 휘파람으로 「오버 더 레인보」를 부르기 시작한다.

1분 후에 조가 성모 마리아 같은 모습으로 나타난다. 성모 마리아가 흠뻑 젖은 행주로 된 옷을 입고 머리에는 치킨 파이를 샀던 포일로 만든 후광을 달고 있다면 말이다. 살렘은 젖은 두루마리 화장지 뭉치 같은 모습인데, 자기는 폭풍우를 만난 자기 엄마의 모습이라고 말한다. 케빈 커밍스는 비에 젖은 설인 같은 모습으로 도착한다. 그 애는 모피 같은 밤색 담요를 두르고 있는데, 바지 위에 입은 팬티가 흠뻑 젖어서 그 애의 무릎을 철썩철썩 쳐댄다. 파핏 선생님이 케빈에게 그 애의 영웅이 누구였느냐고 다시 물으면서 이 털코끼리 매머드 의상이 어떻게 영웅을 상징하느냐고 하자 케빈이 선생님에게 자기 영웅은 아빠였다고 일깨운다. 파핏 선생님이 더 이상 캐묻지 않음에도 불구하고 케빈은 자발적으로 더 알려준다. 자기 아빠는 온몸이 털로 덮여 있다는 것이다. 가슴팍부터 아래쪽으로 죽—여기까지 말하자 파핏 선생님이 손을 저으며 그만하라고 막는다.

"발끝까지 털로 덮여 있다고 말하려던 거였어요." 케빈 커밍스가 말한다.

그곳을 벗어날 기회가 생기자마자 나는 우리와 객석을 나누는 커튼 쪽으로 성큼성큼 다가간다. 손가락으로 커튼을 젖히자 두 번째 줄에 앉은 엄마가 보인다. 엄마 손에는 이미 휴지 뭉치가 들려 있다. 엄마는 계속해서 눈물을 찍어내고 있다. 엄마 옆자리는 비어 있다—누나가 어디로 가버렸는지는 아무도 모른다. 엄마 뒤로 줄마다 사람들의 얼굴이 자리를 채우고 있는데, 모든 얼굴을 10초 안에 훑어보지만 아빠는 보이지 않는다. 내 눈에 보이는 것은 연회장 제일 뒤에 있는 방송국 카메라이고 카메라는 샹들리에에 초점을 맞추고 있는데, 샹들리에에서 은색 조명이 번져 나와서 객석에 앉은 사람들이 반짝이는 수두에 걸린 것처럼 보인다.

"나 좀 봐." 크리스토퍼가 등 뒤로 덤비는 바람에 커튼이 흔들리면서 우리를 거의 무대 위로 날려 보낼 뻔했다.

"나에게서 떨어져." 나는 팔꿈치로 그 애를 밀어내고는 다시 바깥을 본다. 연회장 뒤쪽으로 빅 데이브 아저씨가 천천히 들어와 제일 끝줄 좌석에 앉는 게 보인다. 아저씨를 다시 봐서 얼마나 기분이 좋은지 놀라울 지경이다. 엄마는 아저씨가 나를 보러 올 거라는 말을 하지 않았다. 하지만 요즘 두 분은 서로 말을 하지 않는 것 같다.

"세상에 맙소사." 파핏 선생님이 나를 뒤로 끌어당기며 야단친다. "누가 보면 어쩌려고 이러는 거야?"

"아무도 못 봤어요, 파핏 선생님. 두 번째 열에 앉아 저에게 손을 흔든 엄마조차 저를 보지 못했다니까요."

"가서 친구들이 의상 준비하는 걸 도와줘. 자, 빨리 가." 나는 파핏 선생님의 충고를 받아들여 선생님으로부터 되도록 멀리 달아나 곧장 구석으로 뛰어간다. 바로 그때 이상한 일이 일어난다. 흐릿한 어둠 속에서 나는 스피어민트 껌 냄새를 맡는다.

"나야." 닌자 그레이스가 속삭인다. "1초밖에 시간이 없어. 엄마한테 화장실에 간다고 했거든. 내가 곧 돌아가지 않으면 엄마가 수색대를 보낼 거야." 나는 이 말이 상당히 의심스럽다. 왜냐하면 누나는 절대로 1초 만에 화장실에 갔다 오는 법이 없으니까. 한 번도. 하지만 나를 신경 쓰이게 하는 가장 큰 문제는 그게 아니다. 나를 걱정시키는 가장 큰 문제는, 누나가 무대 뒤까지 왔을 때는 뭔가 중요한 할 말이 있으리라는 점이다. 나의 완벽한 날이 지금 막 넌자에 의해 파괴되려 한다는 생각이 든다. 날씨가 점점 더 나빠지기 때문에 엄마가 바로 집에 가고 싶어 한다는 말이면 어쩌지? 아니면 파핏 선생님이 행사를 취소하기로 결정해놓고 아직 우리에게 얘기를 안 했다면? 더 나쁜 경우로, 번개가 떨어져서 방송국 카메라가 망가지는 바람에 갑자기 방송국 사람들이 돌아가기로 결정했다면? 누나가 나를 쳐다보면서 씹던 껌을 길게 늘여 손가락에 감는다.

"누나가 여기 왜 왔어?" 내가 묻는다.

"밖에 누가 있는지 알면 믿지 못할걸!" 손가락에서 껌이 다시 풀린다.

21

내 입은 거대한 고리 모양 파스타라도 물 수 있을 만큼 크게 벌어진다. "내가 얘기를 끝낼 때까지 지금 그대로 턱 늘어진 바보처럼 굴어." 누나가 내 입술에 손가락을 대면서 말한다. 누나가 숨을 들이쉰다. "관중석에 아빠가 와 있어."

이상한 침묵이 흐르더니 내 배 속에서 웃기는 일이 일어난다. 사람들은 대부분 평소에는 창자의 존재를 인식하지 못한다. 하지만 지금처럼 특수한 상황이 오면 창자는 거품 꺼지는 소리를 내면서 자기가 얼마나 쉽게 사람을 망가뜨릴 수 있는지 일깨워준다. 누나가 내 어깨를 잡고 자기가 한 말을 알아들었느냐고 묻는다.

"응." 나는 눈을 비행접시만큼 크게 뜨고서 대답한다.

"응? 할 말이 그것뿐이야? 우리 아빠가 여기 객석에 있다고. 바로 여기, 바로 지금. 이건 미친 짓이야. 난 아빠랑 말하지 않을 거야. 아빠가 나를 쳐다봐도 무시할 거야. 아직까지는 우리를 알아보지 못했지만 우리를 알아본다면 아빠는 나에게서 혐오 가득한 눈길을 받게 될 거야." 닌자 그레이스는 실물로 보니 아빠가 얼마나 날씬한지 모르겠다며 그런데도 TV에 나오면 5킬로그램은 더 나가 보인다는 얘기를 시작한다. 솔직히 말해서 나는 듣지 않고 있다. 내 배 속에 무중력 상태에서 이리저리 움직이는 우주인이 있다는 생각을 하느라 다른 건 할 수 없다.

아빠가 분명히 여기에 왔다. 그건 확인된 사실이다. 이것은 초-대-질-량-적인 일이다.

"기운 차려." 누나가 혹시 자기를 본 사람이 있나 주위를 둘러보며 말한다. "난 이제 가봐야 해. 하지만 경고하는데, 소란 피우지 마. 엄마가 임신 중이라는 거 기억해." 누나는 자욱한 민트향 속에 나를 남겨놓은 채 다시 연회장 쪽으로 빠져나간다.

누나가 사라지자 나는 커튼 쪽으로 가서 다시 바깥을 내다본다. 누나가 자리에 앉으면서 입 모양으로 험한 말을 한다. 나도 입 모양으로 뭔가 대답하려 할 때 파핏 선생님의 손이 나를 커튼으로부터 멀리 떼어놓는다.

"내가 한 번만 더 말하면 벌써……." 나는 이번이 '두 번째'라고 생각하는데, 파핏 선생님은 "백만 번째"라고 말한다. 슬프게도 선생님들은 더 이상 예전의 선생님들이 아니다. 왜냐하면 둘과 백만의 차이를 모르기 때문이다. 나는 파핏 선생님에게 과장법에 대해 얘기할까 하다가 대신에 입술을 백만 번(두 번) 깨물고 다시는 커튼 근처에 가지 않겠다고 약속한다. 선생님은 내가 무대에 올라가 인사하는 것도 못 하게 할 수 있다고 말한다. 바로 그때 케빈이 자기 속옷이 너무 젖어서 넘어질 것 같다고 소리 지르자 선생님은 건강과 안전에 대해 중얼거리면서 그쪽으로 뛰어간다.

그로부터 15분도 지나지 않아 무대 뒤는 크리스토퍼와 나와 기타 두 대만 남고 텅 비어버린다. "나는 비가 좋아." 나는 이렇게 말하면서 기타 줄로 빗방울 같은 소리를 낸다.

"나도 그래." 크리스토퍼도 기타를 치면서 말한다. "기타를 가져오자는 건 좋은 생각이었어." 우리의 손가락으로부터 음악이 어마어마한 슈퍼파워처럼 날아간다. 우리 연주에 반주라도 하듯 창문에 부딪치는 빗방울이 리듬을 쳐대고 우르르 울리는 천둥소리는 거대한 크레센도 역할을 한다. 성난 섬광들이 방 안의 음영을 반전시키고 또 한 번의 엄청난 천둥이 밤하늘을 가른다.

그러자 온 세상이 캄캄해진다.

우리 위로 침묵이 드리운다. 그러자 작은 목소리가 속삭인다. "댄, 내 눈이 이상해졌어. 아무것도 안 보여. 도와줘!"

"전기가 나간 거야." 내가 어둠 속에서 눈을 깜빡이며 대답한다.

"웬일이야?"

"나도 몰라. 하지만 불이 들어올 때까지 기다려야 할 것 같아."

그런데 불은 다시 들어오지 않는다. 어쨌든 당장 들어오지는 않아서 우리는 한밤중처럼 짙은 어둠 속에 서 있다. 왼쪽에서 문이 열리는 소리가 나더니 손전등 불빛 한 줄기가 들어와 내 얼굴을 비춘다. "얘들아, 이건 정전일 뿐이야." 파핏 선생님이 말한다. "관객들은 처음엔 정전인지 아닌지 잘 몰랐어. 성모 마리아가 무대를 따라 우아하게 걸어가고 있을 때 모든 게 캄캄해졌거든. 누군가 성모의 재림이라고 소리치길래 내가 그냥 정전이라고 소리쳐줬어. 어쨌든 전기는 다시 들어오겠지만 언제일지는 모르겠어. 불행히도 관객들이 웅성대기 시작했어." 긴 한숨과 훌쩍이는 소리가 들린다.

"댄이 상황을 호전시킬 수 있어요." 손전등 불빛이 크리스토퍼를 비추더니 다시 나를 비춘다.

"어떻게?" 나는 스스로에게 묻고 있다.

크리스토퍼가 자기 아이디어는 다름 아닌 훌륭한 댄 호프의 재능에 달려 있다고 말한다. 사태가 이렇게 전개되자 나는 겁이 난다. 크리스토퍼는 미쳤다. 아마 마음속으로는 o를 하나 빼먹은 모양이다. 그러니까 내가 훌륭하다(good)고 생각하는 게 아니라 내가 신(God)이라고 생각하는 것이다. 천둥번개에 대해 내가 뭘 할 수 있단 말인가?

파핏 선생님이 목소리를 가다듬는다. "그러면 어떻게 대니얼이 완전한 어둠 속에 앉아 있는 모든 관객들을 즐겁게 할 수 있는지 물어봐도 될까?" '그래, 크리스토퍼, 내가 어떻게 그럴 수 있겠어?'라고 나는 생각한다.

크리스토퍼가 더듬더듬 「오버 더 레인보」를 연주하기 시작한다. "이걸 할 거예요. 댄은 이 곡을 아주 잘 연주하거든요. 선생님, 댄이 무대에서 연주하게 하세요. 관객들도 눈으로 볼 수는 없지만 귀로 들을 수 있잖아요."

무슨 일이 일어나고 있는지 채 알아차리기도 전에 나는 무대 한쪽에 서 있고 파핏 선생님이 박수 치는 관객들에게 내 소개를 하고 있다.

무대 중앙에 의자가 하나 있고, 파핏 선생님은 손전등을 설인 의상을 입은 케빈에게 건네주어 내가 공연하는 동안 나에게 불빛을 비추도록 한다. 나는 어색하게 무대로 나가 희미한 불빛을 받으며 자리에 앉는다. 예전에 파펫 선생님이 연설을 하거나 공연을 할 때는 오직 한 사람과 의사소통을 하고 있다고 생각해야 한다는 말을 해준 적이 있다. 내 마음속에서 그 한 사람은 아빠인데, 아빠는 지금 어둠 속에 앉아 있고 나는 마침내 빛을 받으며 여기 있는 것이다.

내 손가락이 기타 줄을 찾는 동안 손전등 조명이 천장을 비추다 무대를 가로질러 마침내 나에게 고정된다. 관중석에서는 안도의 한숨이 들린다. 케빈이 "맙소사, 손이 미끄러워 실수를 했어요. 이 털옷을 입고 있으면 사우나 하는 고릴라처럼 땀이 흘러요"라고 소리치자 관중석에서 웃음이 흘러나온다.

나는 첫 번째 코드를 잡고 「오버 더 레인보」를 연주하기 시작한다. 그리고 한동안 연주는 잘 흘러간다. 그러자 내 생각은 아빠가 마지막으로 파라다이스가에 있던 순간으로 돌아간다. 지난 4년 동안 내가 억누르려고 애썼던 바로 그 기억이 되살아난다. 그날 밤 나는 아빠가 떠나는 걸 보았다. 지금도 나는 똑똑히 기억한다. 아빠가 복도로 뛰쳐나온 순간 나는 계단 꼭대기에 앉아 있었다. 내가 아빠를 부르자 아빠가 나를 쳐다보았다. 소행성이 그려진 잠옷을 입은 채 놀라서 떨고 있는 작은 나를. 아빠는 계단으로 올라와 내 귀에 대고 "잘 있어"라고 속삭였다. 나는 아빠의 재킷을 움켜잡았지만 아빠가 뒤로 빼는 바람에 손에 잡은 옷을 놓쳤다. 그러자 아빠는 계단을 내려갔고 내가 한 번 더 아빠를 불렀지만 돌아보지 않았다. 아빠는 현관문을 쾅 닫고 떠났고, 나는 주름진 벽지에 그려진 수선화 다발에 머리를 기댔다.

내 손가락이 코드를 잘못 치더니 계속 틀린다. 케빈이 마치 나를 최면 상태에서 깨우려는 듯 조명을 흔들어댄다. 나는 깨어나긴 하지만 좋은 방향은 아니다. 나는 또다시 음을 잘못 치는데, 이젠 어떻게 원래 곡조로 돌아가는지도 모르겠다. 나는 기타에서 손을 뗀다. 내 목은 당구공으로 막힌 것 같다. 미안하다고 말하고 싶지만 그럴 수 없다. 목에서 소리가 나지 않는다.

내 뒤에서 가만가만 발소리가 울리자 뒤돌아보지 않아도 나는 안다. 파핏 선생님이 나를 무대에서 끌어내리기 위해 왔다는 걸. 만일 선생님이 거대한 갈고리를 가지고 있다면 아마도 그걸 내 목에 감고 내 발이 땅에 닿을 틈도 없이 재빨리 끌어내릴 것이다. 발소리가 점점 더 커진다. 나는 얼굴에 억지 미소를 띠고 눈에는 눈물을 담은 채 일어서서 슬그머니 빠져나갈 준비를 한다. 그런데 견고한 손이 내 어깨를 잡더니 다시 자리에 눌러 앉힌다. 파핏 선생님이 지금 뭘 하는 걸까? 「오버 더 레인보」 음악이 따뜻한 이불처럼 나를 감싼다. 돌아보니 크리스토퍼가 이해한다는 눈빛으로 고개를 끄덕인다.

크리스토퍼가 선율의 경로로 나를 이끌고 나는 다시 화음을 연주하기 시작한다. 함께 있을 때 우리는 강하다. 음악이 물처럼 객석 위로 흘러내리자 사람들이 우리를 응원하는 것이 느껴진다. 이제 아빠는 나를 실패자라고 생각할 수 없으리라. 아마도 아빠는 이 모든 것이 연기라고 생각할 것이다. 내가 제대로 연주할 수 없는 척하다가 갑자기 훌륭하게 연주하는 것이라고. 이건 어떤 사람이 초조해하고, 모두들 그 사람이 제대로 할 수 없을 거라고 생각하다가, 그 사람이 입을 열자 결과는 놀랍고, 그러면 다들 일어서서 박수를 보내는 흔한 리얼리티쇼와 그리 다르지 않다.

우리는 기립 박수도 받는다. 한 줄 한 줄 의자가 밀리는 소리가 나고 관객들이 일어서서 한 번 더 하라고 소리친다. 우리는 관객을 실망시키지 않고 다시 연주를 한다. 사실 우리는 노래를 두 번 더 연주하고, 마지막에는 관객들이 노래를 부르기 시작하자 자신감을 가지고 무대 위를 돌아다닌다.(케빈은 좋아하지 않는다. 왜냐하면 손전등 하나로 무대 양쪽에 있는 두 연주자에게 조명을 비추기는 어려우니까.)

공연이 끝나자 파핏 선생님이 쿵쿵거리며 '프로젝트 에코 에브리웨어' 무대 위로 올라와 우리가 즉흥 콘서트를 해줘서 고맙다고 하고, 관객들에게는 성모 재림 이후에도 자리를 지켜줘서 고맙다고 인사한다. 선생님이 웃자 케빈이 손전등 각도를 바꿔 불빛이 선생님의 턱 아래에서 비추도록 한다. 그러자 그림자 때문에 선생님은 무시무시한 괴물처럼 보인다. 관객들이 공포에 질려 뒤로 움츠리고 있다는 걸 갑자기 알아차린 파핏 선생님이 인상을 찌푸리더니 케빈에게 손전등을 끄라는 신호를 보낸다. 다시 한 번 무대에 밤이 찾아오고, 크리스토퍼와 나는 발을 헛디뎌 무대에서 떨어질까 봐 기어서 내려와야 한다.

마침내 전기가 들어올 때 우리는 무대 뒤편에 있는데, 모든 아이들이 우리를 둘러싸고 흥분해서 법석을 떤다. "너희 정말 굉장했어." 조가 말한다. "마치 진짜 성모 마리아가 객석에 있다가 일이 잘못되어가는 걸 보고 기적을 일으킨 것 같다니까."

"그렇게 볼 수도 있겠다." 내가 그 애에게서 떨어지면서 말한다. 그 애 머리에서 닭튀김 냄새가 나기 때문이다.

"진짜야." 설인 케빈이 말한다. 그 애가 윗입술에 맺힌 땀을 닦는다. "최고였어. 너 혹시 매니저나 조명 기술자 필요하지 않아? 수수료만 조금 준다면⋯⋯." 내가 무슨 말을 하기도 전에 파핏 선생님이 다가오자 모든 아이들이 스트링치즈처럼 쫙 갈라진다.

"대니얼, 네가 우리 학교의 명예를 높였어." 선생님이 내 앞에 서서 활짝 웃는다. 뒤쪽에서 누군가 헛기침을 하자 파핏 선생님이 돌아서서 말한다. "그리고 크리스토퍼, 네가 어려움에 처한 친구를 어떻게 도와줬는지 잊지 않았단다. 너도 정말 자랑스러워. 자, 이제 우리 모두 인사해야죠. 전기가 들어왔으니 이제 여러분의 시간이에요."

바로 이거다!

우리가 팔짱을 낀 채 '프로젝트 에코 에브리웨어' 무대로 올라가자 관객들이 함성을 지르고 휘파람을 불어댄다. 우리는 한 명씩 인사를 한다. 우리는 확실히 최소한 5분 동안 무대 위에 있고, 그 시간 내내 나는 객석의 얼굴들을 하나씩 살펴본다. 엄마는 젖은 손수건을 흔들면서 소리치고 있다. "쟤가 내 아들이에요. 기타 연주자 말이에요." 뒤에 앉은 사람이 엄마에게 조용히 하라고 하자 엄마가 으르렁거린다. "날 조용히 시킬 수 없어요. 난 임신 중이라고요." 하지만 아빠는 어디에 있지? 아빠는 확실히 거기에 없다.(물론 성모 마리아도 없다. 하지만 진짜 성모 마리아가 있으리라고 생각했던 건 아니다.)

무대에서 내려오는 순간 나는 코트와 기타를 움켜쥐고 연회장 안으로 뛰어 들어간다. 아빠가 호텔을 떠나기 전에 찾기 위해서다. TV 스타 말콤 메이너드가―아빠가―번쩍이는 샹들리에 아래 서서 내 사인을 받기 위해 기다리고 있을 것이다.

이건 마치 영화의 한 장면 같다.

22

영화의 한 장면 같지 않다. 연회장은 거의 텅 비어 있고, 별자리는 천장에서 떨어져 짓밟혔다. 방 안에는 프로그램 팸플릿들이 흩어져 있는데, 마치 도미노처럼 누군가 하나를 쓰러뜨리자 나머지도 모두 연속으로 쓰러진 것 같다. 엄마가 파핏 선생님과 얘기하는 동안 나는 남아 있는 사람들 사이를 뛰어다니면서 아빠를 찾아보지만 아빠는 여기에 없다.

그럼 화장실에 갔을 거야.

내가 남자 화장실로 뛰어갈 때 누나가 여자 화장실에서 모습을 드러낸다. "야." 누나가 껌으로 풍선을 불면서 나를 부른다. "급하구나. 너 무대 위에서 괜찮았어. 엄마는 펑펑 울었어. 알아둬, 엄마는 임신 중이라서 어떤 일이 일어나도 울걸."

"아빠는 감동했어?"

"아빠?" 풍선이 누나 입술 위에서 터진다.

"아빠는 날 보고 뭐라고 생각했어?" 내가 속삭인다.

나는 누나가 어떤 말을 할지 궁금해하면서 누나를 쳐다본다. 하지만 누나는 말하는 대신 내 손을 잡는다.

"싫어." 내가 투덜댄다. "싫어, 싫어, 싫어."

"댄, 내 말 좀 들어봐."

"싫어." 나는 되풀이한다. "싫어, 제발 그 말은 하지 마."

"내가 전에도 말했지, 아빠는 그럴 가치가 없다고. 아빠는 팸플릿의 이름을 읽더니 시작할 때 곧장 나가버렸어. 아마 네 이름을 봤을 거야. 유감스럽지만 이 말을 해야겠어. 아빠는 너한테 아무 도움이 안 돼." 누나의 목소리는 점점 작아져 결국 들리지 않는다.

"내가 무대 위에 있는 걸 아빠가 보지 않았어?" 누나가 고개를 젓는다. "내가 기타 치는 거 듣지 않았어?" 하나로 묶은 누나의 검은색 머리가 좌우로 흔들린다. "아빠는 더 이상 나를 사랑하지 않는 거야?" 누나가 고개를 움직이지는 않지만 눈길을 돌린다. 눈길을 돌리는 보디랭귀지는 내 말이 맞는다는 뜻이다. 아빠는 나를 사랑하지 않는다. 내 손에서 기타가 미끄러져 담쟁이 무늬가 있는 카펫에 떨어지면서 둔탁한 소리를 낸다. 기타는 목이 막힌 채 말없이 그곳에 놓여 있다. 나는 아만딘호텔 정문 쪽으로 뛰어가는데, 눈물 때문에 눈이 따끔거린다.

대기는 박하사탕처럼 매워서 숨을 들이키자 기침이 난다. 이 순간 나는 아만딘호텔로부터 가능한 한 멀리 있어야 한다는 걸 깨닫는다. 내가 호텔 진입로를 전력으로 뛰어서 내려갈 때 호텔 현관문에서 누나가 소리친다. 돌아오라고, 왜냐하면 글래디에이터 샌들을 신고는 빗속에서 뛸 수 없기 때문에 내 뒤를 쫓아올 수 없다고. "이건 겨울 세일 때 산 거야." 누나가 소리친다. "반값 세일이었어."

　나는 처음 달려보는 사람처럼 열심히 달린다. 집들이 흐릿해지고 나무들은 희미한 나무 색깔로 보이고 멍이 든 구름에서는 눈물이 쏟아진다. 빗물이 내 얼굴을 흠뻑 적시자 어느 것이 구름이 흘린 눈물이고 어느 것이 내 눈물인지 구별되지 않는다.

　아빠는 나의 저녁을 망쳐놓았고, 나의 중요한 순간을 짓밟았고, 내 영혼 안에서 자라던 작은 나무에 더 많은 제초제를 쏟아부었다.

　길옆 배수로에 빗물이 넘쳐흐르고 나는 그걸 뚫고 달리다가 컴컴한 경계를 밟는다. 그리고 스스로에게 보도의 금을 밟지 않으면 아빠가 나에게 돌아올 거라고 말한다. 금을 피해 지그재그로 가던 나는 금을 밟은 것을 알고는 절망의 탄식을 지른다.

　"징크스가 있는데 금을 밟았으니 아빠는 돌아오지 않을 거야." 나는 소리친다. "이건 내 잘못이야." 나는 더 빨리 달린다. "내 잘못이 아니야. 아니야. 아니야. 아빠는 돌아올 거야." 내가 스스로를 달래는데, 내 머릿속에서 작은 목소리가 소리쳐 내 입을 다물게 한다. "네 아빠는 너희 집에서 20분 걸리는 곳에 살고 너희 집 주소도 알지만 찾아오지 않잖아. 네 아빠는 너를 원하지 않는 거야." 나는 보도에 있는 금이란 금은 모두 밟으면서 쾅쾅 걷는다. "나는 어떤 금이라도 밟을 수 있어. 그래도 아무 차이 없을 테니까. 금만 밟지 않으면 아빠가 나에게 돌아올 거라고 생각했어. 어쨌든 나는 더 이상 네 말을 듣지 않을 거야." 목소리가 돌아온다. "넌 내 말을 무시할 수 없어. 왜냐하면 내가 바로 너니까."

의심의 목소리는 집으로 오는 길 내내 나를 따라와 내가 위층으로 올라와 침대 아래 숨을 때까지 나를 쫓아온다. 나는 괴물들이 침대 밑에 살고 있다고 생각하곤 했는데, 이제 보니 늘 숨어 있는 것만은 아닌 것이다. 때로는 변장한 모습으로 나타나고, 때로는 나와 함께 살면서 나를 돌보는 척하다가 나중에 마음을 바꾸는 것이다. 찰스 스캘리본즈가 다가와서 거대한 퀘이버스*처럼 몸을 말아서 나를 감싼다. 개의 심장 뛰는 소리와 나의 심장박동 소리가 리듬을 맞추면서 아마도 우리는 축축하고 불편한 잠에 빠져든 모양이다. 왜냐하면 다음 순간 문자 메시지가 오는 바람에 고개를 들다가 침대 밑에 머리를 쾅 부딪쳤기 때문이다.

너 어디 있니? 간다는 말도 없이 호텔에서 사라져버렸구나. 친구하고 같이 있느라 말하는 걸 잊어버린 거니? 전화해줘. 사랑하는 엄마가.

나는 핸드폰을 끄고 나서 찰스 스캘리본즈의 털에 코를 묻는다. 개가 고개를 들더니 사포 같은 혀로 재빨리 내 코를 핥고 나서 다시 앞발 사이에 머리를 묻고 나지막하게 그르렁댄다.

"넌 나를 실망시키지 않을 거지." 내가 귀를 만지자 개가 한쪽 눈을 떴다가 다시 감는다. "넌 언제나 날 위해 여기 있어줬잖아."

다시 핸드폰을 켜니 다섯 개의 음성 메시지가 도착해 있다. 첫 번째 메시지에서 엄마는 화가 나서 야단치는 어른의 목소리로, 내가 연락

● 동그랗게 말린 납작한 과자.

하지 않으면 큰 문제가 생길 거라고 말한다. 엄마가 '큰'이라고 말할 때는 '온 세상만큼'이라는 뜻이다.

두 번째와 세 번째 메시지도 대략 비슷한데, 엄마는 내가 전화하지 않으면 내 기타를 팔아버리겠다고 으름장을 놓는다. 뒤쪽에서 누나가 "팔아버려요!"라고 소리치는 것이 들린다.

네 번째 메시지에 이르자 엄마는 한층 부드러운 목소리로 나를 많이 사랑한다고, 하지만 그렇게 도망치는 건 허락할 수 없다고 말한다. 이제 집으로 오는데 내 기타를 가져오겠노라고 한다. 집으로 전화해 달라고 한다.

다섯 번째 메시지에서 엄마는 이 세상에서 중요한 건 나밖에 없다고 말한다. 뒤에서 누나가 소리친다. "그럼 나는 하나도 중요하지 않단 말이야?"

현관 자물쇠에서 열쇠 돌아가는 소리가 들리고 엄마와 누나의 목소리가 현관복도에서 들리자 나는 침대 밑에서 나온다. "엄마, 나 여기 위층에 있어요." 나는 층계참에서 힘없는 목소리로 엄마를 부른다. 나는 난간에 기댄 채 엄마가 내 머리카락이 바짝 설 만큼 큰 소리로 고함칠 거라고 예상하지만 엄마는 그러지 않는다. 엄마는 한 걸음에 두 계단씩 올라와 팔을 벌린 채 나에게 달려온다.

나는 자욱한 바닐라 컵케이크 냄새에 파묻힌다. "네가 왜 도망쳤는지 누나에게 다 들었어. 그런 일을 겪어야 했다니 정말 미안하다."

엄마는 내 손을 잡고 다시 내 방으로 들어가 문을 닫는다. 아래층에 있는 누나는 분명 내가 엄마의 관심을 독점하고 있다고 불평할 것이다. 엄마는 몸을 숙이고 내 머리카락을 쓰다듬으며 내가 젖은 옷을 입고 있다고 혀를 찬다.

"아빠라는 존재는 왜 있는 거예요?" 나는 울음을 참으려고 입술을 세게 깨문다. 그래도 소용없이 눈물 한 줄이 뺨으로 내려온다.

"이런." 엄마가 소맷자락으로 내 눈물을 닦아준다. 엄마 눈에 걱정이 번뜩이는 게 보인다. 엄마가 내 손을 잡는다. "네가 아빠 문제로 힘든 시간을 보냈다는 거 알아. 하지만 그것 때문에 슬퍼하지는 마. 많은 사람들에게 아빠는 각각 다른 존재가 될 수 있단다. 너희 아빠가 우리 곁을 떠나 자신만의 길을 가야 한다고 느꼈다고 해서 아빠가 아닌 건 아니야. 무슨 말인지 알겠니? 아빠 문제를 비밀로 하는 게 힘드니? 친한 친구에게 아빠 얘기를 털어놔도 돼."

"아빠가 TV에 나온다는 얘기를 하고 싶은 건 아니에요."

"이해해." 엄마가 미소 짓지만 엄마 눈에도 눈물이 어린다. "아빠가 유명인이라는 걸 말할 필요는 없단다. 그냥 그가 네 아빠라는 것만 얘기하면 돼."

"엄마는 천사를 믿어요?" 나는 주제를 바꿔 묻는다.

엄마가 놀란 표정을 한다. "이 세상에는 엄마도 이해하지 못하는 것들이 많은데 그중 하나가 천사란다. 하지만 네가 천사의 존재를 믿고 싶다면 괜찮아. 그게 도움이 된다면 부끄러워할 일은 아니야."

"나도 천사를 믿지 않아요. 우리 반 조라는 애가 말하길, 천사들은 모든 게 문제없다는 걸 알려주기 위해 깃털을 떨어뜨려준대요."

"그런 걸 왜 묻는 거니?" 엄마가 나를 바라본다. "아빠 얘기를 하고 있었잖아."

"조는 뭔가 믿음을 가지기 때문에 자기 생활에 만족하면서 살고 있어요. 그게 중요해요. 그 애는 모든 일이 언제나 더 좋아질 거라고 믿고, 하늘에서 보내는 징표도 믿고, 오래오래 행복하게 살게 된다는 것도 믿어요. 그 애는 천사의 존재조차 믿어요. 나에게는 믿을 게 하나도 없어요. 아빠조차 믿지 못해요."

"엄마가 대답해줄 수 없어서 미안하구나."

"난 가브리엘 성인이 대답해주기를 기다리고 있어요."

"무슨 얘기니? 이 일하고 가브리엘 성인이 무슨 상관이 있는 거야?" 엄마가 한숨을 쉬는데 어리둥절한 것 같다. 이 대화가 엄마의 계획대로 흘러가지 않는 건 분명하다.

"아무것도 아니에요." 내가 말한다. "난 그냥 아빠가 '프로젝트 에코 에브리웨어'에 내가 출연하는 걸 보려고 아만딘호텔에 온 거라고 생각했을 뿐이에요. 아빠가 내 공연을 보고 자랑스러워하기를 바랐지만 아빠는 도망쳐버렸죠. 하지만 그게 무슨 상관이에요? 나는 조금도 신경 쓰지 않을 거예요." 나는 어깨를 으쓱한다.

엄마가 고개를 젓는다. "난 널 알고, 그 일 때문에 상처받은 것도 알아. 그러니까 비밀을 하나 알려줄게. 아마 넌 잊어버렸겠지만 다시 일깨워주고 싶단다." 엄마가 더 가까이 다가오자 엄마 목덜미에서 바닐라 반죽 냄새가 피어오른다. "아빠는 널 사랑한단다."

그 말을 듣자 나는 숨을 급히 들이쉰다. 지난 4년 동안 엄마가 그런 말을 하는 걸 들어본 적이 없는 것 같다.

"아빠는 예전에도 널 사랑했고, 지금도 여전히 널 사랑하고 있어. 아빠만의 방법으로 말이야."

'아빠만의 방법.' 그 말이 다 망친다. 나는 엄마가 마지막에 그 말을 덧붙인 게 마음에 들지 않는다. 그 말은 아빠의 방법은 다른 정상적인 아빠들의 방법과는 다르다는 뜻이다. 나의 진심은 이렇다. 나는 아빠의 방법이 마음에 들지 않는다. 나는 다른 아이들과 같은 대접을 받고 싶다. 나는 침대 밑으로 손을 넣어 가브리엘 성인이 담겨 있는 보물상자를 꺼내 엄마에게 메달을 보여준다.

"조가 이걸 주면서 이게 나를 치유해줄 거라고 했지만 그렇게 되지 않았어요. 이 메달이 나에게 준 건 아빠에 대한 기괴한 꿈들뿐이었어요."

"예쁜 메달이구나." 엄마가 메달을 들여다보고 나에게 돌려주며 말한다. "메달이 널 치유할 수 있는지, 혹은 네가 찾는 대답을 줄 수 있는지 엄마는 잘 모르겠어. 하지만 천사든 성인이든 다 제쳐둔다 해도 너한테는 내가 있잖아." 나는 숨을 들이쉬고 나서 뭔가 말하려 하지만 엄마가 내 말을 막는다. "내가 너에게 엄마이면서 아빠까지 될 수 없다는 건 알아. 하지만 내가 이 세상에서 제일 바라는 게 너의 행복이란다. 네 아빠가 그렇게 처신한 건 유감스러운 일이야. 그리고 너희하고 연락을 끊어버린 것도 유감이란다. 아이들 생각으로는 어른들은 절대 틀린 일은 하지 않을 것 같겠지만 어른도 사람이라서 때로는 잘못 생각하고 실수도 한단다. 하지만 이 모든 것에도 불구하고 아빠는 오래전에 나에게 멋진 선물을 하나 주었지."

"스케이트보드 말이에요?"

엄마가 미소 짓고 고개를 젓는다. "아빠가 준 멋진 선물은 바로 너였어. 그렇기 때문에 난 늘 아빠를 사랑할 거란다." 엄마는 그 말을 하면서 일어나더니 내 정수리에 키스를 하고 문 쪽으로 가 돌아서서 말한다. "넌 행복할 자격이 있어. 난 엄마와 아빠 두 사람의 몫만큼 널 사랑한단다."

엄마가 내 방에서 빠져나가는 동안 나는 미소를 짓는다. 엄마가 나가고 내 말을 들을 수 없게 되자 나는 이렇게 중얼거린다. "나도 엄마를 사랑해요—하지만 엄마 말이 맞아요. 엄마는 엄마인 동시에 아빠까지 될 수는 없어요."

23

편지 봉투 겉면에는 내 이름이 쓰여 있지만 누구 글씨인지 알 수 없다. 나는 현관 매트에 놓인 편지를 조심스럽게 집어 들고 혼자 열어 보기 위해 위층으로 간다. 내가 왜 이러는지 나도 모른다. 그렇다고 내가 우편물을 기다리고 있었기 때문은 아니다. 마지막으로 다른 사람에게 진짜 편지를 받았던 게 언제인지 기억도 나지 않는다. 풀 붙인 곳 틈새로 손가락을 넣은 순간 기대감이 등골을 타고 흐른다. 편지 봉투가 갈라지면서 정성 들여 접은 줄 친 종이 한 장이 드러난다.

댄, 네 생활로 돌아가거라. 이제 이런 일은 그만둬라. 나를 잊어. 아빠가.

편지는 대문자로 씌어 있는데 마치 아빠가 나에게 소리를 지르는 것 같다. 나는 편지지를 뒤집어 혹시 뒷면에 뭔가 있는지 살펴본다.

아무것도 없다. 나는 혹시 다른 힌트라도 있을까 하고 편지 봉투를 살펴본다. 아무것도 없다. 제아무리 셜록 홈즈라 해도 여기에는 미스터리가 별로 없다는 걸 곧 깨달을 것이다. 이것은 자신의 아들을 원하지 않는 아버지로부터 온 성난 편지 한 장에 불과하다. 아빠는 내가 아만딘호텔에 있었다는 걸 알고는 즉시 그곳을 떠나 나에게 메시지를 확실히 전하기 위해 이 편지를 보낸 것이다. 아빠가 나를 마지막으로 완전히 버렸다는 사실이 명확하게 다가온다. '바스커빌 작전'은 끝났다.

아빠는 무정하다. 나는 아빠를 잊을 것이다. 아빠는 그래도 싸다.

이제부터 나는 나 자신의 생활을 충실히 할 것이다. 그리고 엄마가 엄마 생활을 충실히 할 수 있도록 도와줄 것이다. 엄마는 빅 데이브 아저씨와의 이별 때문에 비탄에 잠겨 있는데, 엄마가 슬프면 나도 슬프다. 그래서 '라이헨바흐 작전'은 그러니까…… 다시 시작이다. 이 사태의 책임은 우리, 그러니까 나하고 누나에게도 일부 있다. 누나는 아저씨 집에 불을 냈고, 나는 나도 모르는 사이에 누나가 불내는 걸 도운 셈이다. 우리는 합작해서 바보 같은 핑크색 실크 가운 사건으로 아저씨와 엄마를 갈라놓았다. 하지만 나는 모든 일을 정상화시키려 한다. 만일 엄마와 아저씨가 함께할 운명이라는 희망의 불꽃이 희미하게라도 있다면, 그게 아무리 작은 희망이라도 나는 두 사람이 그 희망을 잡도록 도와주고 싶다.(이번에는 아저씨에게 '유죄가 확정될 때까지는 무죄'라는 원칙을 적용하려 한다.)

* * *

그날 늦은 저녁, 나는 빅 데이브 아저씨의 집으로 이어진 길을 허세 당당하게 행진한다. 하지만 초인종을 누르는 순간 나의 허세는 썰물처럼 사라진다. '캐롤라인 1973'이 문을 열면 어쩌지? 그녀에게 뭐라고 말하지? 그녀가 면도칼처럼 날카로운 머리카락으로 나를 베어버리거나 얼룩말 무늬 레인코트로 나를 공격할지도 모른다. 내 방에 앉아서 생각할 때는 훌륭한 생각 같았는데 지금은 잘 모르겠다.

내가 도망칠 시간도 없이 갑자기 문이 열린다.

"댄?"

"크리스토퍼?"

"댄?"

"너 여기 웬일이니?" 내가 그를 빤히 쳐다본다.

"나 여기 살아." 크리스토퍼가 나를 빤히 쳐다본다.

"하지만 여긴 빅…… 데이브 아저씨 집인데." 내가 더듬거린다.

"맞아, 그리고 그 사람은 우리 아빠야." 크리스토퍼가 놀라서 눈을 깜빡인다. "자동차 수리 때문에 아빠를 찾아온 거야?"

아저씨가 현관에 모습을 드러낸다. "자동차 때문은 아닐 거야, 키트. 들어와, 댄. 우리 할 얘기가 있는 것 같구나."

나는 집 안으로 걸어 들어가면서 방금 아저씨가 크리스토퍼를—내 친구 크리스토퍼를—키트라고 불렀다는 사실을 이해하려고 노력한다. 키트는 아저씨의 다섯 살 난 아들 이름이 아니었던가? 그 사진 속에 있던 어린아이가 아니란 말인가? 도대체 앞뒤가 맞지 않지만 나는 그들을 따라 토스트 탄 냄새와 커튼 탄 냄새(아마도 누나 덕분에)가 나는 집 안으로 들어간다.

"우리는 저녁을 만들고 있었어." 아저씨가 말한다. "너도 좀 먹을래?"

"어, 아니요." 내가 대답한다. "오늘은 목요일이니까 전자렌지용 감자튀김 먹는 날이에요."

"그래." 아저씨가 말하면서 청바지에 손을 닦고는 판지 상자를 치우고 소파에 앉는다. "솔직히 말하면 우린 그냥 토스트하고 콩으로 저녁을 먹을 생각이었어. 하지만 네가 마음을 바꿔서 우리하고 같이 밥을 먹겠다면, 탄 토스트 위에 네 이름을 써줄 수도 있어. 어쨌든 어디 좀 앉으렴. 무슨 일 때문에 날 찾아왔니?"

복도를 따라 거실로 향하는 발소리가 들린다. '캐롤라인 1973'이 걸어 들어오더니 손을 내민다. "키트의 친구를 만나게 되다니 근사한 걸." 나는 그녀가 현관 계단에서 아저씨와 키스하던 여자라는 걸 알아차린다.

크리스토퍼가 말한다. "이본 고모, 얘는 같은 반 친구 댄이에요."

"당신은 '캐롤라인 1973'이 아닌 거죠?" 내가 중얼거린다. "빅 데이브 아저씨 부인이 아닌 거죠?"

그녀가 웃음이 터지는 걸 참기 위해 손으로 입을 막는다. "나는 빅 데이브의 누이야. 대체 '캐롤라인 1973'이 누구니?"

아저씨는 자신의 이두박근을 내려다보면서 손가락으로 문신을 더듬어 찾는다. "난 알아. '캐롤라인 1973'은 내 팔뚝에 있는 이름이야. 캐롤라인은 내가 좋아하는 노래 제목인데 스테이터스 쿠오가 불렀지. 1973은 그 노래가 발표된 해고. 난 오래전에 이 문신을 했어. 내 아내의 이름은 캐롤라인이 아니라 카즈였어. 실제 캐롤라인이 누구였는지는 전혀 몰라. 알고 싶으면 프랜시스 로시하고 밥 영에게 물어봐야 할 거야. 그들이 그 노래를 만들었으니까."

"우리 엄마 이름은 카트리오나라고 내가 전에 말했잖아." 크리스토퍼가 말한다. "그리고 우리 엄마는 스코틀랜드 어딘가에 있다는 것도 말했잖아. 엄마하고 아빠는 같이 살지 않아."

마침내 나는 더듬거리며 말한다. "내가 끔찍한 오해를 한 것 같아."

아저씨가 넓적한 얼굴로 나를 보면서 걱정하지 말라고 말한다. 하지만 내 머릿속에서는 죄책감이 살금살금 헤집고 다닌다. 이 모든 일을 뒤죽박죽 혼동하게 된 건 내가 계속 그래왔듯이 사람을 신뢰하지 않기 때문이다. 아빠가 무슨 짓을 했는지 보라—나는 아빠를 믿었지만 아빠는 나를 실망시켰다. 누나가 나에게 아저씨도 똑같은 짓을 할 거라고 설득하는 건 쉬운 일이었다. 나는 아저씨가 엄마를 속이고 있다고 확신했다. 오히려 이번에는 내가 아저씨를 실망시킨 것이다.

크리스토퍼가 자기 아빠를 바라보면서 내가 그의 여자친구의 아들이냐고 물어본다. "아빠가 얘기한 새 형제가 바로 얘예요?"

"그렇단다." 아저씨가 말한다. "키트, 애는 댄이야. 댄, 애는 키트야."

크리스토퍼가 웃음을 터뜨린다. "이건 완전히 말도 안 되는 동시에 최고야."

"넌 닌자 그레이스도 덤으로 가지게 됐어." 내가 말한다. "게다가 태권도 도장에서 봤던 우리 개 기억해? 그 개도 공동으로 소유하게 됐어."

"그 개가 부를 어떻게 할지 궁금한데?"

"장담하건대 부가 개를 토하게 만들 거야." 내가 말한다. "우리 개는 뭘 먹든 토해버리거든."

"우리가 너희 집으로 이사 가면 우리 같은 방 쓸 거야?" 크리스토퍼는 아저씨를 쳐다보고 아저씨는 나를 쳐다본다. 나는 고개를 끄덕인다. 내 방은 끔찍하게 좁지만 그래도 크리스토퍼하고 함께 쓴다면 재미있을 것이기 때문이다.

"댄이 괜찮다고 하면 괜찮아." 아저씨가 말한다.

알고 보니 모든 게 얼마나 뒤죽박죽이었는지 초대질량 블랙홀과 견줄 수 있을 정도였다. 우선 크리스토퍼는 전학 온 학교나 반 친구들에 대해 전혀 얘기하지 않았다. 게다가 그 애는 자기 아빠가 여자친구와 가족에 대해 얘기하려고 할 때마다 막았다. "내가 너희 엄마 얘기를 꺼내기만 하면 키트는 귀를 막고 딴청을 피웠지." 아저씨가 말한다.

"안 그랬어요." 크리스토퍼가 대답한다.

"화요일 저녁 식사에 키트를 데려가려고도 했지."

"하지만 난 태권도장에 있었다고요."

"태권도 때문만은 아니었어. 넌 그들을 만날 준비가 안 돼 있었지. 그건 괜찮아. 이 세상에는 서두를 수 없는 일들도 있으니까." 아저씨가 말한다.

"왕사탕처럼 말이죠." 내가 대꾸하면서 이렇게 덧붙인다. "하지만 아저씨는 우리가 같은 학교에 다니는 건 알고 있었죠?"

아저씨는 그 사실은 알고 있었지만 '정문의 성모 마리아' 학교에는 6학년이 세 반이나 있을 뿐 아니라 키트는 내 얘기를 한 번도 안 했기 때문에 추측하지 못했다고 말한다. 게다가 나한테 키트 얘기를 했을 때 내가 그 이름을 아는 것 같지 않았다는 것이다. 결국 아저씨는 우리가 서로 알지 못한다고 생각했는데, 아만딘호텔에서 우리가 함께 있는 걸 보자 우리가 단짝인 게 확실해 보였다는 것이다. "하지만 그때 너희 엄마와 난 사이가 별로 좋지 않았기 때문에 난 그냥 조용히 들어갔다가 나왔어." 아저씨가 말한다. "모든 게 충분히 복잡했던 것 같구나."

솔직히 말해서 나는 어쨌든 셜록 홈즈 쪽은 아닌 모양이다. 키트가 크리스토퍼의 다른 이름이라는 걸 알아차리지 못했으니. 게다가 카트리오나의 애칭이 카즈라는 것도 몰랐다.

"하지만 이제 그 모든 게 엄청난 오해였다는 걸 알았으니 우리 집으로 와서 같이 살 거죠?" 내가 말한다.

"잘 모르겠어." 아저씨가 말한다. "너하고 그레이스가 내가 가는 걸 원치 않는다고 생각했어. 화재와 핑크색 실크 가운 사건 이후로는……."

"맞아." 이본 고모가 대답한다. "지금 얘기하는 실크 가운은 내 거야. 나는 그거 잃어버린 줄 알았어. 돌려주면 좋겠어. 부탁할게."

아저씨가 그녀에게 다른 걸 사 주겠다고 하지만 나는 실크 가운은 물론이고 '포이즌' 한 병까지 덧붙여 돌려주겠다고 약속한다. 그녀는 활짝 웃더니 향수는 없어도 된다고 말한다. 잘된 일이다. 왜냐하면 향수는 아마도 상당히 비쌀 테고 내 저금통에는 1파운드 동전 세 개와 티들리윙크스* 원반 두 개밖에 없기 때문이다.

"빅 데이브 아저씨." 내가 말한다. "나한테 좋은 생각이 있어요……."

꼬마전구들에게 또 다른 용도가 있다는 걸 누가 알았겠는가? 크리스토퍼가 꼬마전구 한 줄을 꼬아 거실 벽에 테이프로 붙이는 동안 나는 다른 꼬마전구 줄을 크리스마스트리에서 벗겨내고 있다. 한편 누나는 사향 냄새가 나는 바디스프레이를 방 안에 뿌리고 있는데 엄마가 도착하기도 전에 우리는 그 냄새 때문에 질식하고 말 것이다.

꼬마전구들이 크리스토퍼의 머리 위로 떨어지자 그 애는 손으로 쳐낸 다음 끈끈한 테이프 한 뭉치로 그것들을 다시 벽지에 붙이려 한다. "이렇게 하면 될까?"

얽힌 전구 한 세트를 풀어내자 크리스마스트리가 본모습을 반쯤 드러낸다. 장식용 구슬들이 바닥에 이리저리 뒹굴고 떨어진 솔잎들이 폭신한 피라미드를 이룬다. 찰스 스캘리본즈는 그게 저녁밥이 아닐까 궁금해하면서 솔잎 냄새를 맡다가 내가 "안 돼"라고 하자 자리를 옮겨 솔잎 대신 누나의 핸드백에 달린 술 장식을 씹어대기 시작한다.

"시간이 많지 않아. 길어야 한 시간이야. 엄마 근무 시간이 곧 끝나." 누나가 이렇게 말하면서 방에 바디스프레이를 한 번 더 뿌린다.

나는 걷어낸 꼬마전구를 크리스토퍼가 붙인 꼬마전구 둘레에 두르고는 테이프로 벽에 붙인다. "자, 전구 플러그를 꽂아봐. 제대로 됐는지 보자고."

누나가 방 안의 불을 끄고 꼬마전구 전원을 켠다. "믿을 수 없을 정도야." 누나가 손뼉을 치면서 말한다. "정말 낭만적이야. 내 동생이 이런 생각을 했다니 믿을 수 없어." 누나가 모든 불을 끄자 우리는 어둠

● 작은 원반 끝을 튕겨서 컵 속에 넣는 게임.

속에 서 있다.

현관 자물쇠에서 열쇠 돌아가는 소리가 들리자 우리는 모두 거실 구석으로 숨는다. 아저씨만 빼고. 솔직히 그는 하도 커서 숨을 곳이 없다. 크리스토퍼와 나는 기타를 준비했고, 누나는 노래하겠노라고 선언했다. 아까 나는 누나에게 노래하지 않는다면 1파운드와 티들리윙크스 원반을 주겠다고 제안했지만 누나는 자기가 인어공주의 목소리를 가졌다고 말하면서 거절했다.(그 말은 일리가 있는 것 같다. 왜냐하면 누나가 입을 열면 물속에서 중얼대는 것 같은 소리가 나니까.) 잠시 동안 우리 가운데 아무도 말하지 않는다. 사실 그 침묵은 누나 얼굴에 한 화장만큼이나 두껍다. 엄마가 가방을 내려놓으면서 소리친다. "대체 이게 무슨 일이야? 집 안이 칠흑처럼 깜깜하잖아. 얘들아, 우리에게 전구를 살 돈은 있단다. 그런데 왜 집에서 향수 공장이 폭발한 것 같은 냄새가 나지?"

엄마가 거실에 들어서고 누나가 꼬마전구 스위치를 올리자 거실 벽면에는 큼직한 하트 모양 안에 빅 데이브 아저씨의 이니셜 D와 엄마의 이니셜 V 모양으로 구부린 전구들이 반짝인다. "어머나 세상에, 세상에." 엄마가 벽에 테이프로 붙여놓은 꼬마전구들을 바라보면서 감탄사를 연발한다.

이 정도면 엄마가 놀랐다고 말해도 될 것 같다.

아저씨가 팔을 뻗어 엄마를 안으면서 얼마나 엄마를 사랑하는지, 그리고 어떻게 여기에 오게 되었는지 얘기한다. 그러는 동안 크리스토퍼와 나는 기타로 「오버 더 레인보」를 연주하기 시작한다. 물론 이 노래가 크리스마스 테마와 정확하게 맞지 않는다는 건 우리도 알지만 모든 게 완벽할 수는 없는 법이다. 누나가 노래를 하려 하고 있고, 개는 내가 어제 카펫에 떨어진 걸 실수로 밟아버린 길 잃은 프레첼 부스러기를 먹고 있다.

"심장마비를 일으킬 셈이야?" 엄마가 아저씨 품에서 벗어나면서 말한다. "이게 다 뭘 하려는 거야?"

나는 기타를 내려놓는다. "엄마, 엄마는 행복할 자격이 있고 아저씨가 그 행복을 엄마에게 줄 수 있어요."

엄마는 한쪽 눈썹을 올리더니 활짝 웃는다. "그거 내가 너한테 했던 말 아니니? 빅 데이브 얘기는 빼고 말이야."

"맞아요. 이제 내가 그 말을 엄마한테 하는 거예요." 나는 다가가서 엄마와 아저씨 사이에 서서 말한다. "두 분은 함께할 운명이에요. 왜냐하면 ……. 음……. "

"우리가 서로 사랑하기 때문에?" 엄마가 미소 짓는다.

"아뇨, 엄마가 아저씨의 아기를 가졌고, 그 애에게는 아빠가 필요하기 때문이에요. 게다가 엄마가 내 도시락 싸는 걸 자꾸만 잊어버리기 때문이에요. 그러면 나는 조의 도시락을 나눠 먹어야 하는데, 나는 그 녹색 진흙이 싫거든요."

"그럼 네가 바로?" 엄마가 크리스토퍼에게 눈길을 돌리며 미소 짓는다.

"키트예요."

"그럴 거라고 생각했어. 이렇게 실제로 만나서 정말 기쁘구나, 키트. 우리가 통화한 이후로 죽 너를 만나고 싶었단다." 엄마는 큰 행복으로 빛나고 있어서 마치 나의 황금색 외형 물질을 빌려 간 것 같다.

모든 것이 꼭 내가 계획한 대로 되었다.(찰스 스캘리본즈가 쿠션에 프레첼 부스러기를 토해낸 일과, 엄마가 아기가 발길질을 한다면서 우리에게 배를 만져보라고 했는데 그게 아니라 가스일 뿐이라는 걸 알게 된 사건만 제외하고.) 누나가 아저씨에게 이본 고모의 실크 가운을 돌려주면서 그게 아저씨의 부인 거라고 생각해서 미안하다고 말한다. 이것은 그 자체로 대단한 업적이다. 왜냐하면 닌자 그레이스는 어떤 일이든 미안하다고 하는 법이 없기 때문이다. 그다음에 누나는 자기가 아저씨를 꽤 좋아한다고 인정한다. 아저씨는 미소 지으면서 자기가 누나에게 운전하는 법을 가르쳐줘도 되겠느냐고 묻는다. 갑자기 누나는 아저씨를 사랑하게 된다.

크리스토퍼와 나는 미래에 대해 이야기하는 엄마와 아저씨를 남겨두고 자리에서 일어선다. 두 사람의 미래 설계는 어떻게 하면 벽지가 찢어지지 않게 테이프를 떼어낼 수 있을지에 대한 논의로 바뀐다. 우리는 찰스 스캘리본즈를 데리고 산책을 나선다. 파라다이스 단지를 통과해 '프라잉 스쿼드'를 지나가는데 골목길 안에서 두 사람이 진하게 키스를 하고 있다. 남자가 잠시 고개를 들었다가 다시 여자의 입을 뽑을 것처럼 키스를 계속한다. 내가 아는 사람인 게 분명하지만 골목길의 침침한 불빛 때문에 확신할 수 없다.

"좀 더 빨리 걸어." 크리스토퍼가 재촉한다. "히말라야 설인이라도 이런 날씨에는 얼어버릴 거야."

나는 그 남자에게서 눈길을 떼고 크리스토퍼와 찰스 스캘리본즈를 따라잡는다. 덤불이 우거진 곳으로 접어들 때 나는 크리스토퍼에게 그 애가 내 형제가 돼서 정말 행복하다고 말한다. "이제 우리 엄마를 빌려줄게."

"그리고 난 우리 아빠를 빌려줄게." 크리스토퍼가 대꾸한다.

나는 잠시 생각하다가 대꾸한다. "고마워. 하지만 나에게는 아직 아빠가 있어."

"그래." 크리스토퍼가 얼어붙은 흙덩이를 차면서 말한다. "그건 네맘대로 해. 난 네 엄마를 빌리게 돼서 좋아. 왜냐하면 우리 엄마는 내게 편지도 보내지 않으니까."

나는 사기를 친 것 같은 기분이 든다. 아빠가 나에게 편지를 보내긴했지만 그건 남에게 보여주고 싶을 만한 편지가 아니다. 그게 여전히마음을 아프게 하지만 나는 놓아주면 다시 돌아오는 법이라는 말을어디에선가 읽었다. 그렇다면 이것이 아빠에 관한 나의 새로운 전략이다. 아빠를 놓아주면 아빠는 결국 돌아올 것이다. 왜 일찌감치 이런생각을 못 했을까?

우리는 파라다이스의 황무지를 걸어간다. 새로운 모험을 막 시작하려는 두 소년과 버려진 패스트푸드 상자를 먹고 있는 개 한 마리가.

24

우리가 기타 연주를 한 이후로 학교생활은 최고가 된다. 나는 백만 번(사실은 두 번) 사인을 했는데, 그중 한 번은 4학년 여학생의 다리 깁스에 했다. 그 여자애는 원래 깁스에 사인 받으면 안 되지만 내가 유명 인사이기 때문에 그만한 가치가 있다고 말했다.(물론 곧 이어 자기는 곧 깁스를 풀 것이며, 내 사인이 병원 쓰레기통에 처박힌다 해도 어쩔 수 없다는 말을 덧붙이긴 했지만.) 크리스토퍼 역시 사인해달라는 부탁을 받자 이름을 쓰면서 i 위에 점을 찍는 대신 번개 모양을 그려 넣었다. 그래서 나는 크리스토퍼의 배에 사인해도 되느냐고 물었다. 그 애가 웃옷을 올리자 나는 이름을 쓰며 a를 배꼽 주위에 그렸고, 우리는 학교 가는 내내 킥킥거렸다. 월요일 아침에 웃음을 주는 데는 마커펜만 한 게 없다.

조는 우리의 공식적인 팬이다. 내가 크리스토퍼에게 이제 록 스타가 된 그 애를 조가 좋아하니 둘이 사귀어보라고 말하자 그 애는 여자에겐 관심 없다고 대답한다—알고 보니 여자들은 너무 성가시다는 것이다. "어쨌든 내가 성인들과 경쟁할 방법은 없잖아, 아무리 그러고 싶어도 말이야." 크리스토퍼는 이렇게 말하고는 스타에게 푹 빠진 조의 주위를 빙 둘러서 축구장으로 뛰어가더니 골대 사이로 공을 차 넣는다.

우리는 케빈이 우리의 매니저 겸 보디가드를 하기로 계약했다. 케빈이 우리 팬들을 모아 오면 우리가 50펜스를 받고 사인을 해주는 것이다. 그러면 케빈은 1인당 10펜스의 커미션을 받는 것이다. 불행하게도 우리는 계약을 맺은 동안 통틀어서 1파운드밖에 벌지 못하고, 케빈은 커미션으로 20펜스를 받고 나머지 80펜스도 의뢰 비용 및 세금이라는 명목으로 가져간다. 한편 보디가드 임무를 따져보면 케빈은 우리 쪽으로 오는 여자애들을 중간에 가로채 수작을 거는 것 외에는 별로 하는 게 없다.

달라진 것은 학교생활뿐이 아니다. 빅 데이브 아저씨와 크리스토퍼와 부가 파라다이스가 10번지로 이사 왔다. 크리스토퍼와 부는 내 방에서 지내는데, 찰스 스캘리본즈는 다른 곳에는 가지 않고 쳇바퀴만 돌리고 있는 폭신폭신한 생물체에 대해 흥미와 공포를 동시에 가지고 있다. 가끔씩 개는 부의 먹이를 먹어볼까 생각하지만 결국 햄스터 우리 사이로 이빨을 들이밀지 못하고 화만 낼 뿐이다.

크리스마스가 되자 우리는 다 함께 행복한 대가족이 되어 있고, 게다가 닌자 그레이스는 오전 내내 한마디도 하지 않고 있다.(그것에 대해 누가 불평한다는 말은 아니다.) 엄마는 이번이 최고의 크리스마스가 될 거라고 말한다. 점심시간이 되자 엄마는 식탁 위에 흰색 식탁보를 펼치고 그 위에 가짜 촛불들을 놓는다. 누나가 아저씨의 침실을 태워먹은 후로 우리에게는 진짜 촛불이 허용되지 않는다. 그 사건에 대해 말하는 것도 허용되지 않는다. 그것은 그저 '언급할 수 없는 사건'이라고 지칭될 뿐이다.

엄마가 누나한테 수저를 꺼내놓으라고 하자 누나는 "아라셔어어요"라고 대답한다. 엄마가 누나에게 혹시 크리스마스 셰리주를 훔쳐 마셨느냐고 묻는다. "아뇨." 누나가 포크와 나이프를 식탁에 놓으면서 대답한다. "이거 상한 거 가타요." 엄마는 누나를 쳐다보다가 김이 나는 미니 양배추 그릇에 스푼을 탁 내려놓는다. 파라다이스 단지 너머 들판에 있는 풍력발전기를 돌릴 정도의 바람을 만들어내는 방법은 참으로 다양하다. 아저씨는 자리에 앉으면서 미니 양배추는 악마의 음식이지만 자기는 그걸 먹고 저주를 받겠다고 말한다.

"나는 그으게에 요오오정의 야앙배츄라고 쉥가캐썬는데요." 누나가 말한다.

아저씨는 입을 쩍 벌리는데, 그건 유쾌한 광경이 아니다. 왜냐하면 아저씨 혀 위에 있는 게 으깨진 요정의 양배추가 분명하기 때문이다. 누나가 얼굴을 붉히고 구운 감자 그릇을 아저씨 쪽으로 건넨다. 아저씨는 구운 감자도 악마의 음식이기 때문에 우리를 사악한 맛있음으로부터 보호하기 위해 그걸 먹어치우는 게 자기의 의무라고 말한다. 그는 감자 하나를 집어서 입에 넣는다. 아저씨의 입에서는 김이 새어 나오고, 아저씨는 입안을 식히기 위해 맥주 한 캔을 다 마셔야 한다.

점심식사가 끝나자 엄마가 하얀 가루로 덮인 크리스마스 케이크를 내온다. 나는 엄마에게 순록 장식이 있는 부분으로 한 조각 잘라 누나에게 주라고 말하는 걸 잊지 않는다.

만찬이 끝나면 선물을 열어 보는 것이 우리 집의 전통이다. 하지만 누나가 엄마에게 향수를 받고 고맙다는 인사를 하려고 입을 열었을 때 엄마가 "세상에, 어째서 양배추 조각이 아직도 혀에 붙어 있는 거니?"라고 소리 지른 것은 우리 집의 전통이 아니다. 그건 양배추가 아니다. 그건 장신구다. 누나는 혀에 상처가 난 것 같다.(혀에 바늘을 꽂고 은구슬을 박아 넣었다기보다는 혀에 상처가 났다는 쪽이 가깝다.) 누나는 크리스마스이브에 스스로에게 주는 선물로 그걸 했다고 설명한다. 엄마는 스스로에게 주는 선물로 좀 누워야겠다고 말하고, 우리는 엄마 없이 선물을 계속 풀어 본다.

엄마가 내게 새 핸드폰을 사 줬는데, 누나가 내 핸드폰에 반짝이 스티커를 붙여주겠다고 하자 나는 자석을 가지고 누나 혀에 있는 금속 장식에 어떤 일이 일어나는지 봐야겠다고 말한다. 그러자 누나는 입과 그 부풀어 오른 혀를 다물어버린다. 크리스토퍼는 대형 햄스터 쳇바퀴를 선물로 받았는데, 설치류용 런던아이*쯤 되는 것 같다. 아저씨는 나에게 셜록 홈즈 추리소설 한 권과 풍등 세트를 사 줬는데, 그것으로 나만의 훌륭한 고급 풍등을 만들 수 있다고 말한다. 누나가 아저씨에게 받은 선물은 편지 봉투 한 장이었는데, 누나는 처음에는 실망하더니 그 속에 운전 연습을 열 번 시켜주겠다는 종이가 들어 있는 걸 발견하자 달라진다. 그 순간 나는 아저씨에게 바보들을 위한 자동차 수리법에 대한 책을 선물하지 말고 트라우마 상담을 해주겠다고

● 런던에 있는 대관람차.

했어야 하는 게 아닐까 하는 생각이 든다. 아저씨는 그 책을 아주 재미있는 선물이라고 생각했지만 재미있으라고 그 책을 산 건 아니었다. 서점에서 내가 가진 돈으로 살 수 있는 건 그 책뿐이었다. 요즘에는 사인 장사가 별로 돈이 되지 않는다.

크리스마스 저녁 동안 누나는 혀 장식을 피해 음식을 집어 먹고 있고, 나는 이 순간 아빠는 그 뚱뚱한 소년과 함께 크리스마스 푸딩을 먹고 있을까 하는 생각을 한다. 나는 크리스마스카드를 아빠 집 우편함에 넣는 일 따위는 하지 않겠다고 다짐했지만 그 약속을 깨고 말았다. 카드 앞면에는 크리스마스 모자에 한 무더기의 콩(bean)이 담긴 그림이 있고, '지금까지 중에서 최고의 크리스마스예요(It's the best Christmas there's ever bean)'● 라는 글이 쓰여 있다. 이름은 적지 않았다. 나는 비겁하게도 내가 만진 물건이 아빠의 세계로 들어갔다는 사실만으로 스스로를 만족시키려 했다. 비록 아빠는 그 카드를 내가 보냈다는 걸 모른다 해도. 아빠는 나에게 카드를 보내지 않았고, 나도 기대조차 하지 않았다—다만 혹시 내가 아빠를 놓아준다면 아빠가 돌아오지 않을까 생각하긴 했다. 가브리엘 성인과 친구가 된다 해도 기적 같은 일은 일어나지 않는다.

가브리엘 성인은 또 다른 문제다. 나는 조에게 메달을 돌려줘야겠고 생각하는데, 무엇인가 그렇게 하지 말라고 막는다. 내가 진정한 행복을 느끼지 못하는 게 아빠 문제 때문인지는 잘 모르겠다. 내 삶의 다른 부분은 모두 잘 돌아가고 있다. 바로 이 한 가지—이 한 가지만

● 'been' 대신 발음이 비슷한 'bean'을 사용한 말장난.

완벽해질 수 없는 것이다. 조 역시 메달을 돌려달라는 말을 하지 않았다. 조는 이제 새끼 유니콘의 눈물로 자신만의 묵주를 만들고 있다. 나는 사실 조가 채리티숍*에서 산 목걸이가 끊어져 그 구슬로 그걸 만들고 있다고 생각하지만 어쨌든 그 애는 내가 가브리엘 성인을 가지고 있다는 걸 기억하지 못했다.

그렇게 해서 가브리엘 성인은 나와 함께 살게 되었는데, 그는 해적섬에 도착한 조난자로서 꽤 행복하게 사는 것처럼 보인다. 한번은 찰스 스캘리본즈가 그를 먹어버리려 했지만 내가 개의 입에서 필사적으로 그걸 꺼냈다. 찰스 스캘리본즈는 그 대신 원숭이와 야자수를 하나씩 먹었고, 나는 가브리엘 성인을 구해냈다는 게 기뻤다. 그건 나 자신도 성인이 될 수 있다는 뜻이다. '호프의 대니얼 성인.' 어울리지 않는가.

다른 일도 있다. 나는 아빠 꿈, 특히 내가 나뭇잎 아래 묻혀 있는데 아빠가 손을 뻗치는 꿈을 더 이상 꾸지 않는다. 그런데 내가 그걸 그리워하는 것 같지는 않다.

---

* 기증받은 물건을 팔아 자선 기금을 만드는 가게.

25

지난 다섯 달이 어떻게 지나갔는지 잘 모르겠다. 누나의 혀에 생긴 상처는 아물었고, 이제 혀 짧은 소리를 내지 않고도 말을 할 수 있게 되었다. 엄마는 볼링공을 삼킨 것처럼 보인다. 빅 데이브 아저씨와 크리스토퍼는 우리 식구가 되었다. 호프 일가의 생활은 상당히 잘 흘러가고 있다. 사실 내가 상상할 수 있었던 것보다도 훨씬 좋다. 아저씨는 약속했던 대로 엔진 분해법을 가르쳐주었고, 누나는 지금까지 운전 레슨을 일곱 번 받으면서 몬데오에 페인트가 긁힌 흔적을 남겼다.

아빠는 여전히 텔레비전에 나오지만 나는 예전처럼 아빠 방송을 많이 보지는 않는다. 하루 종일 아빠 방송을 보는 것은 딱지를 긁는 것과 같다. 딱지를 긁어서 떨어지면 한동안 아프다. 그러다가 상처가 아물면 다시 딱지를 긁고, 그러면 모든 과정이 다시 반복되는 것이다. 그 결과 나는 절대 낫지 않는다. 나는 새해 결심을 했다. 물론 그게 효과 있다고 믿지는 않지만. 나는 최소한 여덟 달 동안은 아빠에게 집착하지 않고 나 자신의 생활을 잘해나가겠다고 스스로에게 다짐했다. 처음 몇 달 동안은 잘 지켰는데, 오늘은 마치 운석 덩어리 하나가 머리에 내려앉은 것 같은 기분이다.

"댄, 하고 싶은 말이 있어." 엄마가 배 속에 있는 데이브 2세를 쓰다듬으면서 말한다. "네 아빠를 봤어."

내 배 속은 잔잔한 호수 위로 비스듬히 던져진 조약돌처럼 통통 튕기기 시작한다. 엄마와 아빠가 만났다면 중대한 뉴스일 것이다. 엄마가 아빠에 대해 진지하게 얘기하는 법은 없으며, 두 사람은 몇 년 동안 연락한 적도 없다. 분명히 아빠는 나하고 다시 연락하고 싶은 것이다. 통, 통, 통, 통. 이게 바로 내가 꿈꿔오던 일이다. 통, 통, 통, 통. 이제 모든 일이 잘 풀릴 것이다. 통, 통, 통, 통.

"아빠는 썩 건강해 보이지 않았어. 사실대로 말하면 아주 나빠 보였단다. 거의 알아볼 수 없을 정도였어."

통, 통, 통, 퐁당.

"물론 너한테 거짓말을 할 수도 있겠지만 내가 본 걸 너도 알고 있는 편이 좋을 거라고 생각해. 내가 검진받으러 갔을 때 아빠도 그 병원에 있었단다. 아빠는 날 보지 못했지만 난 아빠가 복도로 걸어가는 걸 봤어." 엄마가 지금까지 데이브 2세를 쓰다듬던 손으로 내 손을 감싸고 쓰다듬는다. "내가 본 걸로 판단하면 아빠는 병에 걸린 것 같아."

"하지만 텔레비전에 나오잖아요." 내가 손을 빼내며 말한다. "병에 걸렸다면 텔레비전에 나올 수 없어요." 엄마는 지금 과장하고 있는 것이다.

나는 용감한 표정으로 전혀 신경 쓰이지 않는 척했지만 몇 시간 후 찰스 스캘리본즈를 데리고 산책 나갈 때 내 머릿속은 온통 그 생각으로 가득하다.

아픈 것에도 여러 단계가 있다. 토요일 아침에 빅 데이브 아저씨가 속이 안 좋다고 하면 엄마는 자초한 일이라고 말한다. 보통 브라운소스를 듬뿍 바른 베이컨에그샌드위치가 아저씨에게 문제를 일으킨다. 찰스 스캘리본즈는 언제나 속이 안 좋아서 토하지만 수의사 말로는 해적선 하나를 통째로 삼킨 개치고 아주 건강하다고 한다. 닌자 그레이스는 머리가 아프지만 해결할 방법이 없다. 그렇다면 아빠는 이 중에서 어느 단계일까? 어느 쪽이든 아주 나쁜 상태일 리는 없다. 왜냐하면 아빠에게는 만만찮은 직업이 있기 때문이다. 엄마 말대로 아프다면 스튜디오의 밝은 조명을 받고 있지 않고 침대에 누워 있을 것이다. 하지만 내 마음은 불편하다. 기회가 된다면 아빠에게 정식으로 편지를 써야겠다. 우리가 자신만의 영웅에 대해 쓸 때 파핏 선생님이 말했던 것처럼, 한 글자 한 글자에 내 진심을 담을 것이다. 그래서 아빠가 내 편지를 무시할 수 없도록 만들 것이다. 편지도 내가 직접 전달해야지. 그런 다음 아빠의 눈을 똑바로 쳐다보면서 아빠가 필요하다고 말해야겠다.

다음 날 저녁, 내가 흰 종이를 내려다보면서 아빠에게 뭐라고 쓸까 고민하고 있는데, 엄마가 헉헉 숨 가쁜 소리를 내며 집 안을 왔다 갔다 하면서 물건을 집어 가방에 던져 넣기 시작한다. "이건 조금 빠른데." 엄마가 계속 중얼거린다. "혼자서 준비해야 하다니." 엄마가 조용히 호흡을 한다. 내쉬고, 들이쉬고, 내쉬고, 들이쉬고. 엄마 배 속에서 데이브 2세가 오르락내리락한다.

"뭐가 빨라요?" 나는 "보고 싶은 아빠"라고 쓰인 종이를 떨어뜨린다.

"시간이 없어." 엄마가 헐떡거린다. "구급차 좀 불러주렴. 그다음엔 빅 데이브 아저씨를 찾아줘. 지금 고객을 만나러 갔는데, 끝나면 퀵카스 정비소로 돌아올 거야." 엄마는 미소 지으려고 애쓰지만 소용이 없다. "그 바보 같은 남자가 핸드폰을 부엌에 놓고 갔잖아."

"누나가 엄마를 병원으로 태워 갈 수 있을 거예요." 내 목소리가 커진다.

"누나가 부엌 식탁에 쪽지를 남겨놨으니 읽어봐. 저녁 먹으러 스탠네 간다는 것 같더라. 어쨌든 차는 아저씨한테 있고, 나는 온전한 채로 병원에 가고 싶어, 왜냐하면……." 엄마는 말하다 멈추고 호흡에 집중한다. 마치 숨 쉬는 게 인생에서 제일 어려운 일인 것처럼. 하지만 호흡은 전혀 어려운 일이 아니다. 나는 매일 숨 쉬고 있으니 말이다. "아무 일도 아니야. 그냥 구급차 불러줘."

나는 이미 999를 누르고 있다.

여보세요. 어떤 응급 서비스가 필요하신가요?

구급차를 보내주세요. 파라다이스가 10번지예요.

구급차가 가고 있어요. 환자에 대해 얘기해주시겠어요?

환자 이름은 밸 호프고 보통 키에 금발 머리예요. 아, 진짜 금발은 아니에요. 그게 문제가 되나요? 머리는 크롭스앤바버스 미용실에서 했는데, 탈색을 하면서 그렇게 비싸게 받다니 범죄라고 말했어요. 환자는 튀김 가게에서 파는 튀김은 먹지 않을 거고, 컵케이크 냄새가 나는 향수를 뿌리고 있어요. 향수 이름은 잊어버렸어요.

　잘 들었어요. 하지만 환자한테 무슨 문제가 있는 건지 조금만 얘기해주면 좋겠어요.

　아, 그렇게 말하지 그랬어요?

　그렇게 말한 것 같은데.

　엄마는 임신을 했어요.

　그렇군요. 지금 엄마는 뭘 하고 있나요?

　엄마는 빅 데이브 아저씨하고—그게 아기 아빠 이름이에요—지금 생각나는 모든 이름들을 소리쳐 부르고 있어요. 그중 어떤 이름들은 무례하게 들려요.

　진통이 얼마나 자주 오는지 시간을 재봤어요?

　진통(contraction)이 뭐죠? 그거 뺄셈(subtraction) 같은 건가요? 지금은 엄마가 울부짖고 있기 때문에 뺄셈을 제대로 할 수 없을 것 같아요.

　침착하게 있어요. 진통 같은 건 걱정하지 말고. 구급차가 거의 다 도착했어요. 잘 돌보세요.

　나를 돌보라고요? 물론이죠.

　내 말은, 환자를 돌보라고요.

　구급차가 도착했는데, 응급대원들은 내가 준비한 따뜻한 물수건이 필요 없는 것 같다. "수건은 세탁기 안에 던져 넣어." 한 사람이 말한다. "우린 지금 TV 드라마를 찍는 게 아니야." 또 다른 사람이 엄마를 휠체어에 태워 나가면서 말한다. 그 말은 분명히 맞다. 왜냐하면 우리가 TV 드라마를 찍는다면 따뜻한 물수건이 필요했을 테니까. 어쨌든 물수건을 준비해야 된다는 생각도 TV를 보고 한 것이었다.

응급대원들이 엄마를 금속으로 된 리프트에 태울 때 엄마가 희미하게 미소 짓는다. 그들이 엄마를 구급차 뒷문으로 끌어올려 태우기 직전에 나는 엄마 손에 뭔가를 쥐여준다. "사랑한다." 엄마가 그걸 내려다보면서 말한다. 나도 "사랑해요"라고 꼭 말해야 했다고 생각한다. 그런데 나는 구급차 문이 닫힐 때까지 기다리다가 그다음에는 내 말이 들리지도 않을 텐데 사랑한다고 말하는 건 바보 같다는 생각이 들어서 하지 않았다.

구급차가 모퉁이를 돌자마자 나는 코트를 껴입고 아저씨의 정비소를 향해 뛰어간다. 그곳에 도착하자 나는 가까스로 숨을 쉬는데, 옆구리 통증이 하도 심해서 거대한 바지라도 만들 수 있을 정도다.* 정비소는 비어 있는 것 같지만 어쨌든 나는 문을 밀쳐본다. 문은 잠겨 있다. 나는 잔디와 쐐기풀이 번갈아 난 공터 한복판에 서서 아저씨를 기다린다. 지금쯤 근처에 와 있을 거야, 라고 혼잣말을 한다. 그 고객과의 약속은 오래 걸리지 않을 거야. 당장에라도 몬데오가 저 모퉁이를 돌아 골목길로 들어서서 내 쪽으로 오겠지.

차는 오지 않는다.

---

* 옆구리 통증(stitch)과 바느질의 철자가 같다는 점을 이용한 말장난.

26

누나와 크리스토퍼에게 문자를 보내면서 10분이 간다. 지금 크리스토퍼는 태권도 도장에 있는데 아마도 온 힘을 다해 허공에 발길질을 하고 있을 것이다. 다음 10분은 골목길에 있는 개똥의 수를 세면서 보낸다. 다섯 개까지 셌다. 하지만 여섯 개가 있었을 텐데 하고 보니하나는 내 발 밑에 있다. 쐐기풀에 신발을 문질러 닦느라 다리가 따끔거릴 때 자동차 한 대가 도로로 들어서더니 헤드라이트로 나를 비춘다. 나는 펄쩍펄쩍 뛰면서 팔을 흔든다.

"댄?" 아저씨가 차창으로 머리를 내민다.

나는 엄마가 진통 중이라고 설명하고 차에 올라탄다. 이건 근사한일이다. 우리는 도로에서 악당들을 추적하는 두 명의 경찰관 같다. 아저씨가 전속력으로 모퉁이를 돌자 타이어에서 끼익 소리가 난다. 우리에게 필요한 건 번쩍이는 파란색 비상등뿐이다. 신호등이 빨간색으로 바뀌자 아저씨가 운전대를 쾅쾅 치면서 소리 지른다. "어서! 앞으로 쭉 녹색불만 켜지길 기도해."

나는 기도를 하고 기도는 효과가 있다. 최소한 네 번째 신호등까지
는 그렇다. 다섯 번째 신호등은 노란색인데 그건 내 머리가 집중력을
잃고 내가 엄마에게 준 엽산을 생각하기 때문이다. 왜 그런 생각이 드
는지, 왜 아직도 그걸 기억하는지 모르겠지만 어쨌든 나는 그 생각을
한다.

"엄마가 엽산 두 알을 먹었다면 그게 과다 복용한 거예요?"

"뭐라고?" 아저씨가 너무 급하게 모퉁이를 도는 바람에 나는 한쪽
으로 쏠려 차 문에 팔을 부딪친다. "엉뚱한 소리 하지 마. 엄마는 엽산
을 먹어야 하는 거였어."

"나도 알아요." 나는 팔을 문지르며 대답한다. "하지만 엄마가 우연
히 실수로 한 알 더 먹은 거 같아서요."

"엽산 한 알 더 먹었다고 과다 복용이라고 하지는 않아. 어디서 그
런 이상한 생각이 들었는지 모르겠다만 걱정은 그만하면 좋겠구나.
내가 서두르는 건 오직 출산 시간에 맞춰 병원에 도착하고 싶기 때문
이야."

나는 의자에 등을 기대고 앉아 팔에 양귀비 모양으로 멍이 퍼지는
걸 확인한다.

아저씨는 진짜로 제시간에 도착한다. 아저씨가 엄마 병실로 들어
간 사이 나는 10파운드짜리 한 장을 들고 복도를 서성인다. 아저씨가
지갑에서 10파운드 지폐를 꺼냈는데, 그걸 다시 넣고 잔돈을 꺼내 줄
시간이 없었던 것이다. 10파운드가 있으면 초콜릿을 많이 살 수 있다.
나는 초코바 다섯 개를 먹고 나서 양파 피클 맛 감자칩 한 봉지를 시

작했다. 초콜릿과 양파 피클이 서로 어울리지 않는다는 건 사실이다.

누나가 오자 나는 남은 과자를 건네주면서 말한다. "그거 누나였지?"

누나 입에서 과자 부스러기가 뿜어져 나온다. "내가 뭐?"

"몇 달 전에 난 아빠로부터 이 편지를 받았어. 그런데 이건 아빠가 보낸 게 아니었어. 누나가 보냈던 거야. 누나가 아빠인 척했던 거야. 누나가 엄마한테 남긴 쪽지를 보지 못했다면 그냥 넘어갔을 거야. 누나는 그걸 대문자로 썼지. 그런데 E를 급하게 쓰면 3을 뒤집어놓은 것처럼 쓰잖아. 그 전에는 전혀 알아차리지 못했었어."

누나는 얼굴을 붉히더니 속눈썹이 뺨을 간지럽힐 정도로 아래를 내려다본다. "그렇다고 날 증오하는 건 아니지?" 누나는 그 사실을 부정할 생각도 하지 않는다. "미안해. 그 '프로젝트 에코 에브리웨어' 공연에서 아빠가 너한테 너무 큰 상처를 줬기 때문에 네가 아빠를 잊어버리길 바랐어. 난 아빠가 네 생활로 돌아가길 요구한다고 생각하게 하는 게 유일한 방법임을 알았어. 내가 그렇게 말했다면 넌 듣지도 않았을 테니까."

"맞아." 나는 신중하게 말한다. "듣지 않았을 거야."

누나는 과자 봉지를 동그랗게 뭉쳐서 주머니에 쑤셔 넣는다. "널 위해 그런 거야."

"누나도 분명 아빠가 그리울 거 아니야."

누나가 눈길을 돌린다. "난 그 생각은 하지 않으려고 노력해."

누나가 닌자로 변한 게 아빠가 우리 곁을 떠났을 때라는 것을 깨닫자 후회가 든다. 누나가 처음으로 성을 내고 성질이 나빠진 게 바로 그때였다. 아빠가 없다는 게 누나에게 그런 식으로 영향을 끼쳤다는 생각은 한 번도 해보지 않았다. 나는 마치 그동안 내내 세차 중이던 자동차 안에 있다가 이제야 거품이 걷히고 있는 것 같다. 아빠는 누나를 '공주님'이라고 부르곤 했다. 그 이후로는 아무도 누나를 그렇게 부르지 않았는데 그게 상처가 되었다는 건 분명하다.

누나는 마스카라가 번져 겁먹은 판다처럼 보인다. 나는 화를 내고 싶지만 그럴 수가 없다. "괜찮아." 내가 말한다. "화 안 났어. 누나는 나한테 호의를 베푼 셈이야. 정말이지 누나는 닌자 그레이스가 아니야. 뭐랄까, 그레이스 공주님 같기도 해." 누나 손을 잡으면서 이 마지막 말을 하는데 목이 막힌다. 누나가 반짝이 매니큐어를 칠한, 반쯤 물어뜯은 손톱으로 내 손을 감싸 쥐고 희미하게 미소를 짓는다. 그러고는 손을 빼더니 코트 주머니를 뒤진다.

"오래전부터 이걸 주고 싶었어. 워키토키를 찾다가 네 침대 밑에서 리스트를 발견했어. 알고 있겠지만 누나한텐 아무것도 감출 수 없어. 너도 슬펐다는 거 알아. 네가 리스트에서 지워버리긴 했지만 이걸 줄게." 누나는 코트에서 작은 장난감 로켓을 꺼낸다. 한쪽 면에는 흰색 매니큐어로 '호프 1호'라고 써놓았다. "너 진짜로 새 누이를 원하는 건 아니지? 네 리스트에 그 말도 쓰여 있더라."

"응." 나는 한 손에 로켓을 쥔 채 다른 손으로 누나를 꽉 잡는다. "지금 있는 한 명이면 족해."

"네 누이는 이제 한 명 이상인걸." 빅 데이브 아저씨가 얼굴에 바보 같은 웃음을 띤 채 접수대 쪽에 모습을 나타낸다. 그리고 엄마가 아이를 낳았다는 말을 하는 순간 크리스토퍼가 흰색 도복 차림으로 들어오는데, 그 도복은 생각해보면 상당히 적절한 차림이다. 왜냐하면 병원에 있는 사람들도 대부분 도복을 입은 것처럼 보이기 때문이다.

우리는 서둘러 병실로 들어간다. 엄마는 침대에 앉아 있고, 그 옆에 놓인 바구니에 핑크색 블라망주* 두 개가 들어 있다.

"엄마, 실수로 다른 사람의 아기가 여기 있네요." 누나가 바구니 안을 들여다보면서 말한다.

"아니야." 엄마가 말한다. "둘 다 우리 아기란다. 깜짝 선물이야, 쌍둥이."

아저씨의 설명에 의하면 두 사람은 쌍둥이라는 걸 처음부터 알았지만 우리에게 얘기하지 않았다는 것이다. "우린 이 사실을 가장 큰 깜짝 선물로 하고 싶었단다. 지난번 초음파 사진을 볼 때 너희가 알아낼지도 모른다고 생각했지만 모르더구나."

나는 작은 새끼 돼지처럼 부드럽게 훌쩍거리는 1번 아기를 바라본다. 나는 "초음파 사진을 볼 때는 새우처럼 생겼다고 생각했어요"라고 말하고 이렇게 덧붙인다. "게다가 한 명밖에 안 보였는데."

"두 번째 아기는 첫 번째 아기 뒤에 숨어 있었어." 엄마가 기뻐하며 박수를 친다. "이제 우리가 함께하는 삶이 시작된 거야." 엄마가 손짓으로 나를 불러 손을 펴보라고 하더니 뭔가를 돌려준다. "여기 있어. 이건 네 거야. 그게 오늘 우리를 행복하게 만들었어. 왜냐하면, 자, 우리가 뭘 얻었는지 보라고." 엄마가 쌍둥이를 가리킨다. "둘 다 건강하고 아름다운 여자애들야. 이제 누이가 세 명이구나, 댄, 크리스토퍼.

---

* 우유, 생크림, 설탕 등으로 만든 푸딩.

숫자로 밀리겠어.”

나는 한 손에 있는 빨간색 로켓과 다른 손에 있는 가브리엘 성인을 내려다본다. 6개월 넘도록 그분을 가지고 있었으니 이제는 확실히 돌려줘도 된다. 엄마에게는 아기들이 생겼고 우리 모두 행복할 거라고 하니 더 이상 잘될 일은 없는 것 같다. 하지만 솔직히 말하면 나는 가브리엘 성인을 그리워할 것 같다. 그가 나에게 무얼 주었는지는 잘 모르겠지만 어쨌든 현재 호프 가족은 만족한다. 엄마가 고개를 들어 나를 향해 미소 지으며 아기를 안아보겠느냐고 묻는다. 나는 고개를 젓지만 엄마가 아기 하나를 바구니에서 들어 올리더니 나에게 앉으라고 하고 내 무릎에 아기를 내려놓는다. 나는 아기를 내려다보며 미소 짓는 것 외에는 별로 할 수 있는 게 없다. 아기가 꼼지락대더니 엉덩이에서 꾸르륵 소리가 나는 것 같아 나는 아기를 다시 엄마에게 돌려준다.

엄마가 미소 짓는다. “아저씨가 처리할 거야. 하지만 그동안 너희 셋이 날 위해 해줄 일이 있단다. 너희가 아기 이름을 지어주면 좋겠어. 명심해, 너무 별난 이름은 안 돼. 넥타린이라든가 하푼, 에멘탈 같은 이름은 싫단다.”●

그레이스 누나는 아기 한 명을 그레이시라고 부르고 싶어 하지만 나는 누나 이름을 따서 아기를 부르면 절대 안 된다고 단언한다. 그렇게 되면 나는 질식해버릴 것이다. “다니엘●●은 어때요? 서사시적인 이름이잖아요.” 내가 말한다.

“아니면 크리스티는요?” 크리스토퍼가 대답한다. “키티는 어때요?”

● 넥타린은 천도복숭아, 하푼은 고래 잡는 작살, 에멘탈은 구멍이 송송 난 치즈. ●● 대니얼(Daniel)은 남자 이름이고, 다니엘(Danielle)은 여자 이름이다.

합의에 이르는 데는 오랜 시간이 걸리지만 마침내 우리는 우리가 결정한 이름들을 엄마와 아저씨에게 발표한다. "우리는 아기들을 페이스하고 호프*라고 부르고 싶어요."

엄마는 놀란 것 같지만 곧 함박웃음을 짓는다. "내가 들어본 이름 중에서 최고구나. 정말 완벽해."

원래 내 아이디어이긴 했지만 나는 칭찬을 독차지하길 바라지는 않으면서 한 발짝 나서서 말한다. "나는 우리 두 가족을 연결하기 위해 한 명을 호프라고 불러야 한다고 생각했어요. 그러면 아기가 우리의 성을 이름으로 하고 아저씨의 성을 붙이게 되니까요."

"훌륭해." 아저씨가 말한다. "그런데 캐롤라인이라는 이름은 고려해 보지 않았어? 그 이름은 이미 내 몸에 문신되어 있으니 훨씬 쉬울 텐데."

"아뇨. 그냥 호프와 페이스로 할래요." 누나가 나를 팔꿈치로 밀면서 말한다. "두 이름이 잘 어울리잖아요."

엄마가 사랑스러운 표정으로 아기들을 내려다보면서 말한다. "쌍둥이까지 있으니 우린 완전해졌어."

내가 아기들이 담긴 바구니에 빨간색 로켓을 넣으며 말한다. "페이스, 호프, 세상에 나온 걸 환영해."

다음 날 페이스와 호프는 집으로 와서 먹고 자고 싸고 토하는 생활을 시작한다. 나는 아기들이 찰스 스캘리본즈에게 비법을 전수받았

---

* 믿음과 희망이라는 뜻.

다고 생각한다. 한편 찰스 스캘리본즈는 꼼지락거리는 두 개의 물체가 거실에 새로 자리 잡은 걸 보고 꽤 놀란 것 같다. 뿐만 아니라 개는 아기 손수건 조금과 작은 딸랑이 하나를 먹어버렸다. 그렇지만 그 덕에 개를 잃어버릴 일은 없게 되었다. 걸을 때마다 딸랑이 소리가 나니 말이다.

나는 오빠 역할을 진지하게 받아들이고 있다. 나는 이미 아기들에게 크면 내 침실에 있는 초대질량 블랙홀의 두 배 크기의 블랙홀을 만들어냄으로써 나와 라이벌이 될 수 있다는 점을 설명해줬다. 엄마는 그런 경쟁을 좋아할 것이다. 나는 아기들에게 바퀴가 네 개 달린 스케이트보드를 타는 게 최고라고, 그게 유모차보다 훨씬 재미있다는 얘기와, 으깬 홍당무는 '소용돌이치는 카펫의 바다'에 뱉는 게 최고라는 얘기를 해주었다.

아기들에게 최소한 일주일에 한 번은 그레이스 언니의 화장품과 옷을 빌려야 한다는 설명을 하고 있을 때, 텔레비전에서 아빠 프로가 시작된 것이 보인다. 왜 그랬는지 모르지만 나는 모든 걸 멈춘 채 새로운 여자 아나운서가 뉴스를 읽는 걸 지켜본다. 날씨 순서가 오자 그녀가 새로운 기상 캐스터를 소개한다. 처음에 나는 아빠가 하루 쉬는 거라고 생각하지만 다음 순간 배 속이 트위스터게임이라도 하듯 뒤틀리는 느낌이 든다.

"그리고 오늘 밤⋯⋯." 뉴스 진행자가 머리를 한쪽으로 약간 기울이면서 말한다. "마지막으로 슬픈 소식을 전해드립니다." 나는 숨이 턱 막힌다. "저희 방송 진행자 중 한 명이었던 말콤 메이너드가 짧은 기간 병을 앓은 끝에 오늘 아침 일찍 사망했습니다. 그는 지방 신문의 기자로 시작해 텔레비전으로 진출해 많은 성공을 거두었습니다. 유족으로는 부인 바버라 앤 메이너드와 아들 제러미가 있습니다. 유족에게 심심한 애도를 전합니다."

그 뚱뚱한 소년 이름이 제러미구나.

어떻게 제러미라는 이름이 있을 수 있지?

어떻게 아빠가 죽을 수 있지?

제러미라고?

아빠가?

죽었다고?

여자 진행자가 다른 카메라를 보며 이렇게 말한다. "오늘 순서는 여기까지입니다. 저희는 내일 아침 6시에 다시 돌아옵니다. 남은 저녁 시간 잘 보내시기 바랍니다."

내 영혼 안에서 자라고 있던 아빠 나무가 이 비극적인 한 방의 도끼질로 끝장난 것이다.

27

나는 거대한 다이빙대에 서서 곧 끝없는 바다로 뛰어내릴 참인 것 같은 기분이다. 나는 내가 어떤 식으로 바다에 닿을지 알지 못한다. 떨어지는 동안 살아남을지, 바다에 도달하면 익사할지조차 알지 못한다.

힘이 없다. 다리에 뼈가 없는 것 같다. "아빠, 가면 안 돼요. 아직 날 떠나지 마요. 우리 만나야 하잖아요. 내가 아빠한테 「오버 더 레인보」를 연주해줄 거고, 그러면 아빠는 날 자랑스러워할 거예요."

내 안에서 엄청난 슬픔의 해일이 만들어진다. 부풀어 올랐다가 가라앉았다가 다시 솟아오르더니 내 앞에서 전속력으로 질주한다. 마치 겁을 먹고 달리는 거품 말들처럼. 나는 다이빙대에 서서 발가락으로 가장자리를 움켜잡고 있다. 내 등 뒤에 있는 건 내 예전의 삶이다. 60초 전만 해도 나는 부모가 둘 다 있는, 지금과는 다른 사람이었다. 나는 아빠가 나에게 돌아와 나를 두 팔로 감싸 안고는 용서해달라고 할 거라는 희망을 가졌다. 그러면 나는 용서하려고 했다. 나는 진심으로 아빠를 사랑하니까. 내 앞에 있는 것은 대양이다. 그건 곁에 아빠가 없는 채 영원히 나 혼자 헤엄쳐야 한다는 뜻이다. 나는 바다로 뛰어들고 싶지 않다. 다시 사다리로 내려가서 내가 있던 곳에 머물고 싶다. 하지만 사다리는 산산이 부서져버렸고, 이제 나에게는 미래를 향해 뛰어내리는 것 외에 달리 방법이 없다. 이 모든 일을 겪을 때 아빠가 내 손을 잡아주기를 원하지만 아빠가 그럴 수 없다는 걸 안다.

나는 비명을 지르면서 미지의 세계로 뛰어내린다.

쿠션이 뜯어지고 흰색 구름 같은 충전재가 손가락 사이로 떨어지는 게 흐릿하게 보인다. 나는 거실 탁자를 걷어차고 잡지를 찢어 허공에 뿌린다. 종이들이 다친 나비처럼 퍼덕거리며 내 위로 내려앉는다. 그러자 나는 답답한 마음으로 울부짖는데, 그 소리는 어느 공포영화에 나오는 늑대인간이 내는 소리보다도 험악하다. 내 안의 암흑으로부터 나오는 그 소리가 얼마나 원초적인지 페이스와 호프가 비명을 질러댄다. 엄마와 빅 데이브 아저씨가 무슨 일인지 놀라서 거실로 뛰어 들어오자 나는 그들을 밀치고 지나간다.

"아빠가 죽었대!" 내가 소리 지른다.

엄마가 헉 소리를 내면서 나를 잡으려 하지만 나는 엄마의 손에서 벗어나 엄마가 말 한마디 내뱉기도 전에 거리로 나온다. 나는 요리조리 차를 피하며 파라다이스 단지를 빠져나와 황무지를 가로지른다. 차들이 경적을 눌러댄다. 차들이 나를 치든 말든 나는 신경 쓰지 않는다. 다리 아래로 기차가 지나가고 그 여파가 내 얼굴을 때린다. 나는 다리를 건너 스케이트보드 언덕으로 올라간다. 정상에 도달하니 해가 하늘에 낮게 걸려 있다. 해 질 녘 숲 속으로 들어가자 새들이 날아서 흩어진다.

아빠가 떠났다.

나무 사이로 약한 햇빛이 새어 들어 먼지가 마치 미세한 씨몽키*처럼 운동화 주변에서 깐딱대는 게 보인다. 내가 쓰러져 있는 이 나무에서 멀지 않은 곳에 아빠의 집이 있다. 아니, 아빠의 집이 있었다. 가슴 속 깊은 곳에서 엄청난 흐느낌이 솟아오르자 나는 눈물을 참기 위해 두 손에 얼굴을 묻어보지만 눈물이 손가락 사이로 흘러나와 내 웃옷 위로 떨어진다.

어떻게 아빠가 이런 식으로 날 떠날 수 있단 말인가?

이 질문이 머릿속에서 빙빙 돈다. 나에게는 아빠가 나를 원하는 게 절실히 필요했기 때문에 나는 그런 일이 일어날 수 있다고 믿어버렸다. 나는 내 꿈이 큰 나무로 자라게 두었다. 그 너머는 볼 수조차 없었던 것 같다. 나는 소매로 콧물을 닦고 뒤에 있는 나무를 손가락으로 쓰다듬는다. 문제는 오직 한 가지였다. 나의 아빠 나무에는 뿌리가 없었던 것이다. 뿌리가 없었기 때문에 나에게는 아무것도 남지 않았다.

나는 뒤엉킨 나뭇가지들과 가시덤불 아래 마치 금이 간 달팽이 껍데기처럼 망가진 채 누워 있다. 수풀 너머로 더 낮게 내려앉은 태양이 내 위로 길고 어두운 그림자를 드리운다. 마치 불편한 이불 같다. 나는 몸을 웅크려 키스라도 할 만큼 무릎을 가까이 끌어안는다. "내가 뭘 잘못한 거야?" 나는 땅에 대고 속삭인다. "뭘 어쨌다고 날 무시하는

● 관찰용으로 키우는 바다 새우.

거야? 넌 날 속여서 아빠를 빼앗아 갔어. 내가 이 세상에서 가장 원했던 한 가지를. 내 가브리엘 성인 리스트에 마지막까지 남아 있던 소원을. 이제 난 그 소원도 지워버려야 해. 아빠, 그건 아빠 잘못이에요. 이곳으로 돌아와 나의 아빠가 되어줘요. 이곳으로 돌아와 나를 사랑해줘요."

나에게는 나의 아빠가 필요하다.

그다음에는 아무것도 없다. 평화뿐이다. 가끔씩 기차가 마을을 통과하면서 대기를 빨아들이는 소리가 들리지만 그 외에는 아무것도 없다. 그러자 나는 소리 지른다. "내가 이해할 수 있도록 도와줘!" 그 소리가 어쩌나 큰지 내 입에서 나왔다고 믿을 수 없을 정도다. 새들이 자신들의 숲 속에 숨어든 미친 동물로부터 도망치느라 꺄악꺄악 소리를 내면서 하늘을 선회한다.

내 허파가 더 이상의 압력을 견딜 수 없을 때가 되어서야 공황 상태가 진정된다. 나는 기력이 다해 조용히 있는다. 나는 몸을 일으켜 나무에 머리를 기댄다.

"댄!" 나를 부르는 소리가 들린다. 발소리가 가까워지더니 누군가 큰 몸집으로 스케이트보드 언덕을 힘들게 올라오느라 헉헉거리는 소리가 들린다.

"나 여기 있어요." 나는 힘이 다 빠져 작게 말한다. "여기 있어요." 말소리가 사그라진다.

"정말 다행이다." 빅 데이브 아저씨가 내 옆에 쭈그려 앉아 나를 끌어안고, 나는 몸을 빼지 않는다. "우린 정말 걱정 많이 했어. 나도 정말 걱정했어. 네가 멀리 가버린 줄 알았어."

"갈 곳이 없잖아요."

"만일 갈 곳이 있다 해도 네가 있을 곳은 우리 곁이야." 아저씨가 나를 안았던 팔은 풀지만 계속 내 눈을 마주 보면서 말한다. "네 아빠 일은 정말 안됐고, 이제 어떤 걸로도 상황이 나아지지 않는다는 건 알아. 하지만 슬퍼하고 싶다면 혼자 슬퍼하지 말고 우리한테 와서 함께 슬퍼하자. 우린 널 위해 여기 있어. 언제나 널 위해 여기 있을 거야."

"나는 아빠 한 명을 원했는데 이제 그를 잃어버렸고 영원히 되찾을 수 없어요." 눈에서 예상치 못한 눈물 한 줄기가 솟아나자 나는 재빨리 눈물을 빨아먹고는 아무 일도 없었던 척한다. 하지만 그럴 수 없다. 왜냐하면 다시 눈물 한 줄기가 흘러내리고, 뒤이어 또 한 줄기가 흘러내리면서 얼굴이 눈물 자국으로 얼룩지기 때문이다.

"나는 네 아빠를 대신할 수 없어." 아저씨가 엄지손가락으로 내 눈물을 닦아주면서 대꾸한다. "하지만 네가 원한다면 아들아, 내가 있잖니."

아들.

아저씨가 날 아들이라고 불렀다.

나무 사이로 부드러운 바람이 불어와 푸른 나뭇잎들이 떨어지면서 우리 정수리에 고운 가루를 떨어뜨린다. 아저씨가 일어나 나에게 손을 내밀자 은은한 은빛 햇살 한 줄기가 그의 팔에 난 솜털을 비춘다. 나는 그를 향해 손가락을 뻗친다. 우리는 서로 연결되고, 그의 손이 나를 잡아 이끈다. 꿈속에서 나를 잡아끄는 사람의 얼굴이 보이지 않았을 때 나는 늘 그게 아빠의 손이라고 생각했다. 하지만 그게 아니었다. 아저씨가 내 쪽으로 고개를 돌리고 미소 짓는다.

엄마는 한 팔에는 페이스를, 다른 팔에는 호프를 안은 채 현관문에서 기다리고 있다. 나는 아저씨에게서 몸을 빼 엄마를 향해 달려가서 팔을 벌리고 엄마를 끌어안는다. 엄마가 허리를 굽히며 나에게 아빠 일은 정말 안됐다고 말한다. 내가 뭐든 얘기하고 싶다면 엄마가 언제나 내 곁에서 얘기를 들어주겠다는 말도 한다.

"충격을 받았어요. 아빠와 이야기하길 그토록 원했는데, 이제 절대 그럴 수 없잖아요."

"이해한단다." 엄마가 나를 끌고 집 안으로 들어가더니 페이스와 호프를 아기 바구니에 내려놓는다. "아빠는 널 사랑한다고 전에 내가 말했지. 난 지금도 그렇게 생각해. 아마 아빠가 네가 원하는 방식으로 널 사랑하지는 않았을 거야. 하지만 그렇다고 사랑이 없었다는 뜻은 아니야. 난 네 아빠가 사랑 어린 눈빛으로 널 안는 걸 지켜보았단다."

"사랑을 꺼버릴 수도 있나요?" 나는 엄마의 표정을 보며 진실을 알아내려 한다.

"그러지 못할 거야. 진심으로 꺼버릴 수는 없지. 아주 끌 수는 없어."

아저씨가 슬며시 자리에서 빠져나가자 내가 그를 불러 세운다. "가지 마세요. 아저씨도 가족이잖아요." 아저씨가 멈춰 서더니 다시 돌아와 자리에 앉는다. "엄마." 내가 고개를 돌려 엄마를 본다. "예전에, 내가 계단 위에 앉아 있었는데, 아빠가 나한테 작별 인사를 속삭였어요. 하지만 난 아빠한테 작별 인사를 하지 못했고, 그래서 작별 인사를 하고 싶어요. 정말 간절히요."

"우리가 아빠 장례식에 갈 수 있을지 잘 모르겠어. 아빠의 새 가족이 있을 테니 어색할 것 같아. 작별 인사를 할 다른 방법을 찾아보는 게 어떻겠니? 아빠를 기억하기 위해 식물을 심을 수도 있어."

나는 입술을 깨문다. "싫어요. 아빠 나무는 지금까지로도 충분해요."

"뭔가를 심고 싶지 않다면 해변으로 가서 모래사장에 아빠 이름을 써도 되고, 아니면 별(star)을 하나 찾아서 아빠 이름을 붙일 수도 있어."

"고마워요, 하지만 아빠를 스타로 기억하고 싶지도 않아요."

아저씨가 의자에서 일어나 위층으로 사라진다. 그가 내 방을 뒤적거리는 소리가 들리고, 곧 뭔가가 떨어지자 찰스 스캘리본즈가 짖어댄다. 방문이 쾅 닫히는 소리가 나고 아저씨의 발이 쿵쾅거리면서 계단을 내려온다.

"이거." 아저씨가 말한다. "이게 작별 인사를 하는 완벽한 방법이야." 그가 나에게 상자를 내밀고 나는 고개를 끄덕인다.

나는 아저씨가 무슨 말을 하는지 정확하게 안다.

28

아빠에게

아직 아빠라고 불러도 되죠? 아빠라고 부르기는 약간 어색하지만 그렇다고 이름을 부르는 건 더 이상할 것 같아요. 그러니까 그냥 아빠라고 할게요. 엄마가 그랬어요, 아빠는 언제나 나의 아빠로 남을 거라고. 그거면 됐어요. 엄마가 그러는데 아빠하고 나는 피로 연결돼 있대요. 무슨 일이 있어도 이 사실은 변할 수 없어요. 내 몸에서 피를 없앨 수는 없잖아요. 뱀파이어에게 물리지만 않는다면요. 죽음이 온다고 해도—죽음에 대해서는 아빠가 나보다 더 많이 알고 있겠죠—아버지와 아들이라는 우리 관계를 끊지는 못해요. 엄마 말이 맞아요. 엄마 말은 대부분 맞아요. 하지만 나는 엄마한테 그렇다고 말해주지는 않아요.

나는 아빠한테 제러미라는 이름의 아들이 있다는 것도 알아요. 그는 버스티 뱁스하고 전 남편 사이의 아들이라고 엄마가 얘기해줬어요. 나는 그도 아빠의 아들이었다는 게 샘나지 않아요. 한때는 그를 부러워하기도 했죠. 하지만 이제 알아요. 아빠와 7년 동안 함께 지낸 내가 행운아라는 걸. 그는 겨우 4년 동안만 아빠와 함께 지냈는데, 그건 슬픈 일인 것 같아요.

해변에서 아빠와 헤어졌을 때 아빠가 사 준 곰 인형, 나는 아직도 가지고 있어요. 몇 년 전에 엄마가 인형 속을 다시 채워 넣었어요. 내가 그동안 인형을 얼마나 꽉 끌어안았는지 배 부분이 터져버렸거든요. 곰 인형 앞발에는 내가 흘린 눈물 자국이 남아 있어요. 아빠가 나에게 남겨준 건 이게 전부예요. 나는 곰 인형을 소중하게 간직할 거예요. 이건 중요한 일이기 때문에 아빠한테 알리고 싶었을 뿐이에요.

또 하나 나에게 중요한 건 무엇이 잘못됐는지 이해하려고 노력하는 거예요. 나에게는 질문이 하나 있는데, 이제 그 질문을 우주로 날려버리려 해요. 아빠가 내 말을 들을 수 있길 바라면서요. 아빠는 끝까지 나를 사랑했나요? 엄마 말로는 그랬을 거래요. 물론 엄마 말을 믿고 싶지만 나는 확신할 수가 없어요. 과연 어떻게 해야 확신하게 될까요?

일단 나는 아빠가 매년 생일카드를 써놓고 죄책감이 들어 부치지 못한 거라고 믿기로 했어요. 이 세상 어딘가에 내 이름이 적힌 생일카드 묶음이 있겠죠. 아마 한 50년쯤 후에 누군가 그걸 찾아내 우편으로 부칠 테고 그러면 카드 봉투 한 묶음이 내 우편함으로 들어오겠죠. 가끔씩 그런 일이 일어난다는 걸 아빠는 알았나요? 사라졌다가 50년 만에 나타난 엽서들이 수신자 주소로 배달되었다는 이야기를 읽은 적이 있거든요. 내가 아무리 나이 들어 대머리가 되어 있다고 해도 카드가 도착한다면 세상 무엇과도 바꿀 수 없을 거예요.

마음이 슬퍼져서 눈물방울을 괴물 모양으로 바꿔봤어요. 꽤 잘 그렸죠?

얼마 전에 나는 미술 시간에 금색 별 스티커를 받았어요.

아빠, 나는 아빠가 나쁜 사람이라고 생각하지 않아요. 아빠는 나쁜 사람이 될 수 없어요. 아빠가 나쁘다고 말하면 나도 나쁘다고 말하는 셈일 테니까요. 어쨌든 나는 아빠의 일부잖아요. 이제부터 리스트를 만들 거예요. 왜냐하면 라이스지 위에 글씨를 쓰는 건 쉬운 일이 아니라서 손목이 아프거든요. 타이핑을 했더라면 좋겠지만 그렇게 하면 효과가 없었을 거예요. 신경쓰지 마세요. 자, 그러면 리스트예요.

긴 리스트: 슬픈 일들

아빠가 죽을 거라는 얘기를 내게 해주지 않았어요. 말해줬다면 좋았을 텐데. 작별 인사를 하고 싶었거든요. 이게 바로 내 마음을 가장 아프게 하는 일이에요. 나는 죽는 척할 때 사람들을 모두 내 침실에 불러들여 죽어가는 쉰 목소리로 얘기하면서, 그 기회에 내가 얼마나 그들을 좋아하는지, 혹은 싫어하는지 말해요. 내가 죽음을 선택한 그 시점까지 그들이 나를 얼마나 귀찮게 해왔는지에 따라서요. 누군가에게 사랑한다고 말하는 건 정말 중요한 일이에요. 아빠는 나한테 그 말을 해줬어야 했어요, 최소한 한 번이라도요. 나는 모든 사람에게 사랑한다고 말할 거예요—그레이스 누나만 빼고요. 하지만 누나는 내가 자기를 좋아한다는 걸 알아요. 왜냐하면 내가 누나 일에 관심을 기울이니까요. 몇 달 전에 프라잉 스쿼드 골목에서 스탠 형이 어떤 여자하고 열렬히 키스하는 걸 봤다는 얘기를 누나한테 해줬어요. 그게 스탠 형이라는 걸 알아차리기까지는 조금 시간이 걸렸지만 그의 윗입술에 난 솜털을 보자 확실해졌거든요. 누나는 내가 그 말을 해주자 아주 기뻐하면서 누나를 위해 늘 감시하는 남동생이 있다는 건 어쨌든 그리 나쁜 일이 아니라고 말했어요. 그리고 수고했다며 2파운드를 줬는데, 나는 그 돈으로 페이스와 호프(자세한 설명은 나중에 할게요)에게 줄 엉덩이 크림을 샀어요. 가게에서 내가 가진 돈으로 살 수 있는 건 그것밖에 없었는데, 나는 그것이 '끊임없이 선물하는 선물'이라고 생각했거든요. 아시겠죠, 난 내 방식대로 사람들을 사랑한다는 말을 하는 거예요.

아빠가 새로운 사람들과 함께 새로운 삶을 시작한 건 괜찮아요. 하지만 오래된 사람들을 잊을 수는 없잖아요. 내 말은, 우리가 늙은 사람들이라는 게 아니라, 무슨 뜻인지 알죠? 아빠, 우리는 계속 여기 있었어요. 우리는 아빠가 돌아오길 기다리고 있었어요. 최소한 나는 그랬어요. 그래서 슬퍼요.

더 긴 리스트: 행복한 일들

엄마는 행복해요. 엄마에겐 빅 데이브 아저씨가 있거든요. 두 사람은 가을에 결혼할 거예요. 아빠도 아저씨가 마음에 들 거예요. 나도 아저씨가 좋아요. 그는 '퀵 카스(Kwik Kars)'를 운영하는데, 비록 'Quick Cars'라고 철자법에 맞게 쓰진 못해도 몇 분 만에 엔진을 해체할 수 있어요. 아저씨는 카트리오나라는 이름의 여자와 결혼했었어요. 나는 아저씨 전 부인의 이름이 캐롤라인이라고 생각했었죠. 하지만 이건 설명하기엔 너무 기니까 그런 얘기로 아빠를 지루하게 하지는 않을게요. 아빠는 분명 하늘나라에서도 바쁠 테니까요. 하늘나라에서도 행성들이 보이나요? 한번은 아저씨가 나한테 행성 모빌을 사 줬는데 찰스 스캘리본즈가 그걸 먹어버렸어요.

나를 행복하게 만드는 것 중 하나는 기타예요. 나는 기타 연주를 끝내주게 잘해요. 내가 제일 잘 치는 곡은 「오버 더 레인보」예요. 우리가 '프로젝트 에코 에브리웨어' 공연을 할 때 아빠에게 내 연주를 들려주고 싶었지만 아빠는 연주를 듣기 전에 가버렸죠. 아빠, 지금 눈을 감으면 내가 연주하는 걸 상상할 수 있을 거예요. 얼마 전에 엄마가 나한테 선물을 하나 사 줬어요. 엄마는 그게 아빠로부터 온 선물이라고 했어요. 처음에 나는 무슨 말인지 이해하지 못했어요. 알고 보니 은으로 된 기타 픽이었는데, 거기에 엄마가 글자를 새기게 했더라고요. 아빠는 무지개 너머에 있다(DAD IS "OVER THE RAINBOW"),라고 씌어 있었어요. 기타를 칠 때마다 나는 음악이 바람을 타고 퍼져 나가도록 하는데, 혹시 음악이 아빠에게도 도달할지 몰라요. 그리고 무지개를 볼 때마다 나는 그 뒤편에 아빠가 있다는 걸 알게 되겠죠—남색의 좀비처럼. 내 손이 닿지 않는 곳에요. 요즘 새로운 곡을 배우기 시작했어요. 제목은 「캐롤라인」이에요. 그 노래도 아빠 마음에 들 거예요. 아저씨가 악보를 사 줬어요. 그리고 나는 소년 밴드에 들어갔어요. 말하자면 밴드에는 나하고 크리스토퍼(이 설명도 나중에 할게요) 둘뿐인데, 우리는 밴드 이름을 '페이퍼컷츠'●라고 붙이려고 해요. 왜냐하면 내가 밴드 이름들을 죽 적다가 종이에 베었거든요. 종이가 치명적일 줄 누가 알았겠어요?

● 종이에 벤 상처들이라는 뜻.

닌자 그레이스는 다시 킥복싱을 시작했어요. 하지만 괜찮아요. 이제 나도 태권도를 할 거니까요. 누나는 바람피운 스탠 형을 차버리고 새 남자친구를 사기고 있는데 '사랑의 신, 토드'라 불러요. 그 별명은 내가 붙인 게 아니라 누나가 붙인 거예요. 토드 형은 그냥 괜찮고, 윗입술에 털이 많지도 않고, 그 입술에 다른 여자가 붙어 있지도 않아요. (주: 아빠가 그랬던 것처럼 나도 누나를 '그레이스 공주님'이라고 불러보려고 했는데, 내 개가 누나의 가장 좋은 발레 슈즈를 먹어버렸다는 이유로 누나가 내 팔을 거의 부러뜨릴 뻔했어요. 이건 공주다운 행동이 아닌 것 같아요.)

크리스토퍼는 나의 새 형제예요. 그래요, 나에게도 형제가 생겼어요. 말도 안 되는 일이라는 건 알지만 어쨌든 그렇게 된걸요. 크리스토퍼는 빅 데이브 아저씨의 아들인데 나하고 나이가 같아요. 뿐만 아니라 우리는 학교에서도 같은 반이에요. 우리는 여자 때문에 절교할 뻔한 적이 있지만 지금은 다 해결됐고 우리는 단짝이에요. 크리스토퍼가 나에게 태권도를 알려줬는데 이제는 나도 태권도를 정말 좋아해요. 크리스토퍼도 나처럼 기타를 치는데, 실력은 나만큼 훌륭하지 않아요. 누나 말로는, 크리스토퍼는 훌륭한 기타 연주자가 아니라도 나보다 훨씬 잘생겼기 때문에 문제없대요. 밴드에서 중요한 건 외모라면서. 닌자 그레이스가 그렇게 말도 안 되는 얘기를 하는 걸 보니 킥복싱을 하다 머리를 걷어차인 모양이에요.

쌍둥이 여동생이 생겼어요. 한 명은 페이스, 한 명은 호프라는 이름이에요. 그 아기들은 살아서 숨 쉬는 응가 제조기예요. 엄마가 아기들에게 우유 말고 뭘 먹이는지 모르겠지만 응가 기저귀에서는 가장 악취가 심한 쓰레기 같은 냄새가 나요. 꽃양배추 위에 스틸튼 치즈가 있고 그 위에 양배추와 썩은 달걀이 있다고 상상해보면 그 냄새의 반쯤은 맞춘 셈이죠. 하지만 아기들은 약간 귀엽기도 해요, 여자아이치고는요.

학교생활은 문제없고 친구는 엄청 많아요. 조세핀 비스터하고는 여전히 친구로 지내고 있어요. 요즘 그 애는 종교적인 것에 흠뻑 빠져 있어요. 몇 달 전에 조가 '성모 마리아의 가브리엘 성인' 메달을 주면서 이 세상에서 내가 제일 원하는 것 열 가지를 적어보라고 했어요. 한 가지 꿈이 가브리엘 성인의 도움으로 실현될 거라고 조가 말했어요. 한 가지 꿈이 내 상처를 치유하고 나를 슬픔에서 구할 거라고 했어요. 나는 그 메달을 몇 달 동안 가지고 있었는데, 그동안 내가 원했던 꿈들은 하나씩 리스트에서 지워져 결국 마지막 하나만 남게 됐어요. 10번만 남았죠. 처음에 나는 이 꿈을 이루지 못했다고 생각했지만 곧 이뤘다는 걸 깨달았어요. 얼마 전에 나는 메달을 조에게 돌려줬고 조는 메달을 받았어요. 솔직히 말하면 나는 가브리엘 성인이 나를 치유해준 건지, 아니면 내가 스스로 치유한 건지 잘 모르겠어요. 내가 아는 건, 오랫동안 나는 우리 가족이 완벽하지 않다는 생각을 해왔지만 그런 건 문제가 아니라는 걸 알아냈다는 거예요. 왜냐하면 나한테 우리 가족은 완벽하니까요.

나는 행복해요.

이게 다예요.

아빠의 사랑스런 아들 댄.

우리는 말없이 걷는다. 나는 생각에 잠긴 채, 빅 데이브 아저씨는 바다 같은 하늘을 바라보면서. 달빛이 은빛 물결로 우리를 목욕시키고 밤공기는 얼얼할 정도로 차갑다. 내 손가락은 얼었지만 나는 손에 들고 있는 물건이 다치지 않게 하려고 애쓴다. 두 손으로 감싸 쥔 얇은 종이로 된 보물. 나는 그것이 귀중품이라도 되는 것처럼 들고 간다. 풍등 틀을 덮은 종이 위로 글자들이 흘러넘치고, 눈물을 참으려 애쓰자 글자들이 부옇게 흐려진다. 내 주머니에는 아저씨가 부엌 찬장에서 집어 온 성냥과 내가 신문에서 오린 아빠 사진이 들어 있다.

아저씨가 걸음을 멈추더니 내 어깨에 손을 얹고 꽉 누른다. 그는 내가 돌아올 준비가 될 때까지 기다리고 있겠다고 약속한다. 나는 고개를 끄덕이고는 혼자서 계속 간다. 머리 위의 하늘이 다이아몬드 가루로 장식되어 있다. 바람이 내 머리카락을 부드럽게 날리고, 그러자 나는 알게 된다. 그냥 알게 된다. 나는 멈춰 선다. 이제 때가 왔다.

이제 놓아야 할 순간이 왔다.

나는 스스로를 성장시켜왔다. 내가 해야 한다는 걸 아는 일에 직면할 수 있도록 스스로를 준비시켜왔다. 그 일이 쉬울 것이라는 말은 아니다. 왜냐하면 내 안에서 산더미 같은 거품이 솟아오르면서 쉽지 않다는 말을 하고 있기 때문이다. 나는 주머니에서 아빠 사진을 꺼낸다. 마지막 키스를 한다. 사진에서 잉크 냄새가 나지만 나는 눈을 감으면서 아빠가 쓰던 애프터셰이브의 사과 향기를 떠올린다. 다시 눈을 뜨자 백만 개의 별로 둘러싸인 우주에는 오직 아빠와 나 둘뿐이다.

"이제 작별이에요." 나는 풍등 안에 사진을 넣으면서 속삭인다. "이제 내가 아빠를 보낼 거고, 그러면 아빠도 나를 자유롭게 해주겠죠."

초에 불을 붙이는데 내 손가락이 떨린다. 나는 아빠를 보내는 걸 두

려워하면서 오랫동안 풍등을 잡고 있다. 초가 다 타가는 바람에 나는 다른 초로 바꾼다. 나는 다시 한 번 촛불을 켜고 그러자 풍등이 내 손에서 빠져나가려 한다. 마치 아빠가 풀려나려고 필사적으로 애쓰는 것 같다. 풍등이 빠져나가려고 뒤틀리자 나는 풍등을 손에서 놓는다.

아빠를 보내자.

풍등이 밤하늘로 부드럽게 날아올라 길을 떠난다. 나는 눈물을 참으려 눈을 깜빡이며 바라본다. 목이 막힌 나머지 내가 할 수 있는 말이란 오직 "안녕히 가세요, 아빠. 사랑해요"뿐이다. 이제 황금색 점이 된 등불이 깐닥거리며 기류를 타고 오른다. 높이 더 높이, 나무들 위로 올라가더니 그다음엔 지붕들 위로, 그리고 그 너머 들판으로 멀리 흘러간다. 불은 꺼지지 않는다. 다만 지평선 너머로 흘러간다.

내 시야에서 영원히 사라졌다.

눈물 한 줄이 뺨으로 흘러내린다. 이것이 아빠에게 하는 마지막 작별 인사라는 것을 알기에. 그렇다, 아빠는 내가 일곱 살일 때 계단에서 나에게 작별 인사를 했지만 나는 이제야 작별 인사를 할 기회를 가졌다. 그렇다고 내가 아빠를 잊을 거라는 말은 아니다. 나는 잊지 않을 것이다. 절대로. 아빠는 언제나 내 인생의 작은 퍼즐 조각으로 남아 있을 것이다. 아마 그 퍼즐 조각은 예전처럼 크지는 않겠지만 내가 아빠를 아주 없앤다면 퍼즐은 완성되지 않을 것이다. 그렇게 아빠는 언제나 나와 함께 있을 것이고, 그 누구도 그 사실을 없애지는 못한다. 마음은 아프지만 나는 앞으로 모든 일이 잘될 것임을 안다. 부드러운 바람 한 줄기가 내 눈물을 말릴 때 그런 기분이 든다. 그리고 뒤돌아서 등 뒤에 있는 나무들을 바라볼 때 그런 기분이 든다. 겨울을 난 나무들이 이제 더 강인하게 자라고 있는데, 나도 그럴 것이다.

들판을 성큼성큼 가로질러 가면서 나는 지금 이 순간이 완전히 새로운 댄 호프의 출발점임을 깨닫는다. 저 멀리 아저씨의 모습이 보인다. 나를 보자 그가 손을 흔든다. 바로 그때 정말로 놀라운 일이 일어난다. 내가 아무리 의심했어도 아빠는 언제나 나를 사랑했기 때문에 아빠를 떠나보낸 것도 괜찮다는 확신을 갖게 하는 놀라운 사건이 일어난 것이다.

흰색 깃털 하나
어디선가 떨어진다
천천히 나선형을 그리며
흰색 깃털 하나
외로운 눈송이처럼
흰색 깃털 하나
텅 빈 밤하늘에
흰색 깃털 하나
바람 타고 흘러간다
흰색 깃털 하나
그것은 천사의 명함

옮긴이의 말

　『호프라는 아이(A Boy Called Hope)』는 잡지 편집자 출신의 젊은 영국 작가 라라 윌리엄슨의 데뷔작으로, 2014년 우리에게도 잘 알려진 어스본 출판사에서 발간되었다. '감동적이고 진지하고 재미있다'는 반응을 얻고 있는 이 작품은 소년과 희망에 대한 이야기다.

　주인공 댄 호프는 아침에 일어나면 초콜릿 시리얼을 먹고 걸어서 학교에 가는 평범한 영국 소년이다. 학교에서 선생님의 눈을 피해 몽상을 하고, 점심시간에는 운동장에서 축구를 하고, 집에 오면 누나와 티격태격하고, 저녁에는 개를 데리고 동네를 산책한다. 여기까지는 여느 열한 살 영국 소년의 삶과 그리 다르지 않다. 다만 댄의 집에는 아빠가 없고, 가족들은 엄마 혼자 슈퍼마켓 계산원으로 버는 돈으로 늘 '허리띠를 졸라매야' 한다.

　댄 호프에게는 몇 가지 소원이 있다. 자기 이름을 딴 로켓을 타고 우주로 날아가는 꿈을 꾸고, 셜록 홈즈처럼 훌륭한 탐정이 되고 싶어

하고, 해리 포터처럼 마법사 학교에 다니고 싶어 한다. 여기까지는 여느 열한 살 영국 소년의 소원과 그리 다르지 않다. 다만 댄은 그 외에도 몇 년 전에 집을 나간 아빠, 지금은 텔레비전 뉴스 진행자가 된 유명인사 아빠가 다시 돌아와서 자기를 사랑해주기를 바란다.

소설은 열한 살 소년의 눈높이에서 바라본 일상을 통해, 우리가 이미 너무나 익숙해져버린 것들에 대한 몇 가지 진지한 질문을 끌어낸다. 가족은 무엇인가. 아빠라는 존재는 어떤 의미인가. 희망은 무엇인가. 소원이 이루어지지 않는다면 희망도 소용없을까.

댄 호프의 가족

댄에게는 세상에 이해되지 않는 일들이 많다. 그중에서도 특히 아빠에 대한 수수께끼는 풀리지 않는다. 아빠는 왜 집을 나갔을까. 왜 내가 보낸 메일에 답장을 하지 않을까. 댄 호프는 셜록 홈즈의 방법을 따라 '바스커빌 작전'을 시작한다. 그리고 모든 일이 해리 포터가 부리는 마법처럼 해결되기를 바란다. 하지만 현실의 댄은 셜록 홈즈도 아니고 해리 포터도 아니다. 현실은 잔인하다. 알고 보니 아빠에게는 새 부인과 새 아들이 있다. 그리고 아빠는 댄을 피해 도망친다. 아빠가 돌아와서 미안하다고 하면 기꺼이 용서하려고 했던 댄은 깊은 상처를 입는다. 댄은 이 세상에는 자기 힘으로는 어쩔 수 없는 일들이 있다는 것을 깨닫게 된다.

한편 엄마가 사귀고 있는 빅 데이브 아저씨는 여전히 부인과 함께 살고 있는 것 같다. 그렇다면 말이 안 된다. 엄마를 또다시 상처받게 해서는 안 된다는 생각에 댄과 그레이스는 '라이헨바흐 작전'을 펼친다. 작전은 성공하고 엄마와 빅 데이브 아저씨는 헤어진다. 하지만 이상하다. 작전은 성공했는데 엄마는 슬프고, 그걸 바라보는 댄도 슬프다. 마침내 댄은 엄마의 행복을 위해 자신의 행복을 희생할 수도 있다는 생각으로 빅 데이브 아저씨를 찾아간다. 그리고 자기가 얼마나 바보 같은 오해를 했는지 깨닫게 된다.

입만 열면 독설을 날리는 누나 닌자 그레이스는 댄에게는 위협적인 인물이다. 그레이스는 가족을 버린 아빠는 잊어야 하고 양다리를 걸치는 빅 데이브 아저씨는 경멸해야 한다고 주장한다. 아빠를 사랑하고 빅 데이브 아저씨를 좋아하는 댄은 누나의 말에 동의할 수 없다. 하지만 누나의 진심을 알게 된 순간 댄은 누나도 자기처럼 상처받았다는 사실을 깨닫게 된다.

댄 호프의 새로운 가족

아빠가 떠난 후 아빠가 사 준 곰 인형을 끌어안고 있던 댄 호프는 지금은 밤마다 찰스 스캘리본즈를 데리고 산책을 나간다. 아빠가 들려주었던 무지개 너머에 산다는 영혼들의 이야기는 이제는 옛날얘기일 뿐이다. 어린 시절 침대 밑에 사는 괴물을 무서워했던 댄은 성령의 기적에도 시큰둥한 열한 살 소년이 되었다. 그만큼 세월이 흘렀고 그만큼 모든 것이 변했다. 하지만 댄은 아빠도 그만큼 변했으리라는 것은 몰랐다. 아빠에게 다른 아들이 있다는 것을 알고는 충격을 받고, 아빠가 초밥을 먹는다는 것을 알고는 배반감을 느낀다. 꿈속에서 다정한 손길을 내미는 사람이 아빠라는 믿음에 매달리던 댄은 아빠 나무가 시들어가는 것을 보면서 절망에 빠진다. 그리고 마침내 아빠를 영원히 떠나보내야 하는 비극적인 순간이 온다. 댄은 슬픔으로 괴로워하지만 그사이에 자신도 많이 성장했다는 것을 알게 된다. 아빠에게 보내는 마지막 편지에 댄은 이렇게 적는다. "가브리엘 성인이 나를 치유해준 건지, 아니면 내가 스스로 치유한 건지 잘 모르겠어요. 내가 아는 건, 오랫동안 나는 우리 가족이 완벽하지 않다는 생각을 해왔지만 그런 건 문제가 아니라는 걸 알아냈다는 거예요. 왜냐하면 나한테 우리 가족은 완벽하니까요. 나는 행복해요. 이게 다예요."

댄이 집으로 돌아가면 가족이 기다리고 있다. 엄마와 누나와 찰스 스캘리본즈, 여기에 엄마의 약혼자와 그의 아들과 그 애의 햄스터, 그리고 새로 태어난 쌍둥이 아기들까지, 사람과 동물이 북적대는 '완벽한' 대가족이 댄 호프를 기다리고 있다.

그렇게 해서 댄 호프는 마침내 자기가 행복하다는 것을 알게 된다. 저자 윌리엄슨의 말대로 '때로는 작은 희망만으로도' 충분할 수 있는 것이다. 윌리엄슨은 어디에선가 흰색 깃털이 날아오는 기적 같은 이야기로 끝을 맺음으로써, 그것이 성령의 응답인지 아닌지 진위는 알 수 없지만 이 세상에서는 여전히 작은 기적이 일어날 수 있음을 시사한다. 작은 희망으로 작은 기적을 만들 수 있다면 셜록 홈즈의 모험이나 해리 포터의 마법만큼 멋진 일이 아닐까.

가족의 의미라는 진지한 주제를 다루고 있음에도 『호프라는 아이』는 무척 재미있는 작품이다. 라라 윌리엄슨의 경쾌하고 재치 있는 글을 읽는 동안 오늘날 영국 사회의 다양한 단면들을 엿볼 수 있다. 학교에서 '에코 프로젝트'를 하면 호텔은 행사 장소를 빌려주고, 지역 방송국에서 이를 취재하러 온다. 튀김 가게에서는 여전히 기름에 감자를 튀겨내고, 집에서는 냉동 코티지파이를 전자레인지에 데워 먹고, 방송국에서는 초밥 도시락을 시켜 먹는다. 그레이스의 독설은 '닌자' 같고 크리스토퍼는 '도복'을 입고 태권도를 배운다. 댄은 셜록 홈즈는 믿지만 성령의 기적은 믿지 않고, 조는 성모 마리아에 심취해 있으면서도 록 스타에 열광한다. 열한 살 소년 둘이 기타 연주를 하는데, 그들이 연주하는 곡은 1939년부터 유명해진 「오버 더 레인보」이다. 이렇듯 과거와 현재, 다양한 문화가 공존하는 영국 생활의 일면을 볼 수 있다는 것도 작품이 주는 재미이다.

『호프라는 아이』는 읽는 재미와 읽은 후의 감동, 둘 다 보장하는 작품이다. 이처럼 평범하지만 특별하고 일상적이지만 아름다운 이야기를 찾아내서 국내 독자들에게 소개하는 나무옆의자 편집부의 안목과 노력에 진지한 감사의 말씀을 드린다. 많은 독자들이 하루빨리 댄 호프를 만나게 되기를 '희망'한다.

2014년 11월
김안나

호프라는 아이

초판 1쇄 인쇄 2014년 10월 31일
초판 1쇄 발행 2014년 11월 7일

지은이 라라 윌리엄슨
옮긴이 김안나
펴낸이 이수철
주 간 신승철
편 집 박상미
마케팅 정범용
관 리 전수연

펴낸곳 나무옆의자
출판등록 제396-2013-000037호
주소 (140-750) 서울시 용산구 한강대로 109 용성비즈텔 802호
전화 02) 790-6630~2 팩스 02) 718-5752

페이스북 www.facebook.com/namubench9
카페 cafe.naver.com/namubench
인쇄 제본 현문자현 종이 월드페이퍼

값 12,000원
ISBN 979-11-952602-4-9 03840

국립중앙도서관 출판시도서목록(CIP)

호프라는 아이 / 지은이: 라라 윌리엄슨 ; 옮긴이: 김안나. ― 서울 :
나무옆의자, 2014
p. ; cm

원표제: A boy called hope
원저자명: Lara Williamson
영어 원작을 한국어로 번역
ISBN 979-11-952602-4-9 03840 : ₩12000

영국 현대 소설[英國現代小說]

843.6-KDC5
823.92-DDC21   CIP2014029348